《丑陋的中国人》三部曲

丑陋的中国人

著

人民文学出版社

柏楊
著

「丑陋的中国人」三部曲——

丑陋的中国人

人民文学出版社

著作权合同登记号　图字 01–2014–7105

图书在版编目(CIP)数据

丑陋的中国人/柏杨著.—北京:人民文学出版社,2013
(《丑陋的中国人》三部曲)
ISBN 978–7–02–010092–7

Ⅰ.①丑… Ⅱ.①柏… Ⅲ.①杂文集—中国—当代 Ⅳ.①I267.1

中国版本图书馆 CIP 数据核字(2013)第 231197 号

责任编辑　常雪莲
装帧设计　刘　静
责任校对　杨益民
责任印制　史　帅

出版发行　人民文学出版社
社　　址　北京市朝内大街 166 号
邮政编码　100705
网　　址　http://www.rw-cn.com

印　　刷　三河市鑫金马印装有限公司
经　　销　全国新华书店等

字　　数　200 千字
开　　本　640 毫米×960 毫米　1/16
印　　张　17.25　插页 3
印　　数　40001—60000
版　　次　2008 年 4 月北京第 1 版
印　　次　2015 年 9 月第 4 次印刷

书　　号　978–7–02–010092–7
定　　价　49.00 元

如有印装质量问题,请与本社图书销售中心调换。电话:01065233595

出 版 说 明

2007年,我社曾出版"典藏柏杨·杂文"系列五种,其中《丑陋的中国人》、《酱缸震荡——再论丑陋的中国人》和《我们要活得有尊严》,三部作品的思考重点都是中国的国民性,反映了不同时期柏杨对中国国民性不断深入的认识,特别是《我们要活得有尊严》更是一改以往对国民性的严厉批判,转而要为国人重塑尊严寻找明晰路径。我们此次将这三部作品重新装帧设计,并对内容进行了修订,作为"丑陋的中国人"三部曲一起推出,正是要向读者呈现柏杨对中国国民性认识的发展脉络。

人民文学出版社编辑部
2014年5月

中国人丑陋吗？

冯骥才

人与人确实会擦肩而过,比如我和柏杨先生。

1984年聂华苓和安格尔主持的"爱荷华大学国际写作计划"对我发出邀请,据说与我一同赴美的是诗人徐迟。同时还从台湾邀请了柏杨先生。但我突然出了点意外,没有去成,因之与这两位作家失之交臂,并从此再没见过。人生常常是一次错过便永远错过。

转年聂华苓再发来邀请。令我惊讶的是,在我周游美国到各大学演讲之时,所碰到的华人几乎言必称柏杨。其缘故是头一年他在爱荷华大学演讲的题目非常扎眼和刺耳:丑陋的中国人。一个演讲惹起的波澜居然过了一年也未消去,而且有褒有贬,激烈犹新,可以想见柏杨先生发表这个演讲时,是怎样的振聋发聩,一石撩起千层浪!其实作家就该在褒贬之间才有价值。我找来柏杨先生的讲稿一看,更为头一年的擦肩而过遗憾不已。其缘故,乃是当时我正在写《神鞭》和《三寸金莲》,思考的也是国民性问题。

国民性是文化学最深层的问题之一。国民性所指是国民共有的文化心理。一种文化在人们共同的心理中站住脚,就变得牢固且顽固了。心理往往是不自觉的,所以这也是一种"集体无意识"。对于作家来说,则是一种集体性格。由于作家的天性是批判的,这里所说的国民性自然是国民性的负面,即劣根性。鲁迅先生的重要成就是对中国人国民劣根性的揭示;柏杨先生在《丑陋的中国人》所激烈批评的也是中国人国民性的负面。应该说,他们的方式皆非学者的方式,不是严谨而逻辑的理性剖析,而是凭着作家的敏感与尖锐,随感式却一针见血地刺中国民性格中的痼疾。鲁迅与柏杨的不同是,鲁迅用这种国民集体性格的元素塑造出中国小说人物画廊中前所未有的人物形象——阿Q,遂使这一人物具有深刻又独特的认识价值。当然,鲁迅先生也把这种国民性批判写在他许多杂文中。柏杨则认为杂文更可以像"匕首一样"直插问题的"心脏"——这也是他当年由小说创作转入杂文写作的缘故。故而柏杨没有将国民性写入小说,而是通过杂文的笔法单刀直入地一样样直了了地摆在世人面前。他在写这些文字时,没有遮拦,实话实说,痛快犀利,不加任何修饰,像把一面亮光光的镜子摆在我们面前,让我们把自己看得清清楚楚,哪儿脏哪儿丑,想想该怎么办。

被人指出丑陋之处的滋味并不好受。这使我想起从十九世纪下半期到二十世纪初西方人的"传教士文学"——也就是那时到中国传教来的西方的教士所写的种种见闻与札记。传教士出于对异文化的好奇,热衷于对中国文化形态进行描述。在这之中,对中国人国民性的探索则是其中的热点。被传教士指出的中国人的劣根性是相当复杂的。其中有善意的批评,有文化误解,也有轻蔑和贬损;特别是后者,往往与西方殖民者傲慢的心态切切相关。由于人们对1840年鸦片战争以后那段屈辱的历史记忆刻骨铭心,所以很少有人直面这些出自西方人笔下的批评。这种传教士文学倒是对西方人自己影响得太深太长,而且一成不变甚至成见地保持在他们的东方观中。这又是另一个需要思辨的话题。

然而我们对自我的批评为什么也不能接受呢?无论是鲁迅先生还是柏杨先生对国民劣根的批评,都不能平心静气以待之。是他们所言荒谬,还是揭疤揭得太狠?不狠不痛,焉能触动。其实任何国家和地域的集体性格中都有劣根。指出劣根,并不等于否定优根,否定一个民族。应该说,揭示劣根,剪除劣根,正是要保存自己民族特有的优良的根性。

还有一个问题值得思考。就是我们对国民的劣根性的反省始自"五四"以来。一方面由于国门打开,中西接触,两种文化不同,便有了比较。比较是方方面面的,自然包括着深层的国民的集体性格。另一方面,由于在中西的碰撞中,中国一直处于弱势。有责任感的知识分子面对这种软弱与无奈,苦苦寻求解脱,一定会反观自己,追究自己之所以不强的深在于自身的缘故。这便从社会观察到文化观察,从体制与观念到国民性。然而从文化视角观察与解析国民性需要非凡的眼光,用批评精神将国民性格的痼疾揭示出来需要勇气。所以我一直钦佩柏杨先生的这种批评精神与勇气。尤其是这个充满自责和自警的题目——丑陋的中国人——多容易被误解呀!但是只要我们在这些激烈的自责中能够体会一位作家对民族的爱意,其所言之"丑陋"便会开始悄悄地转化。

如今,中国社会正以惊人的速度走向繁荣。繁荣带来的自信使我们难免内心膨胀。似乎我们不再需要自省什么"丑陋不丑陋"了。然而一个真正的文明的民族,总要不断自我批评和自我完善,不管是穷是富。贫富不是文明的标准。我们希望明天的中国能够无愧地成为未来人类文明的脊梁,那就不要忘记去不断清洗历史留下的那些惰性,不时站在自省的镜子里检点自己,宽容和直面一切批评,并从中清醒地建立起真正而坚实的自信来。

也许为此,柏杨先生这本令人深省的书重新又放在我们的案头。

2008.3.26.

酱缸国医生和病人(代序)

柏　杨

话说,从前,有个"酱缸国",酱缸国里每天最大的事就是辩论他们是不是酱缸国,而最热闹的事就是医生和病人的争执,结果当然是医生大败,大概情形是这样的——

病人:我下个月就要结婚了,大摆筵席,你可要赏光驾临,做我的上宾。我的病化验的结果如何?

医生:对不起,我恐怕要报告你一个坏消息,化验的结果就在这里,恐怕是三期肺病,第一个是咳嗽……

病人:怪了,你说我咳嗽,你刚才还不是咳嗽,为什么不是肺病?

医生:我的咳嗽跟你的不一样。

病人:有什么不一样?你有钱、有学问,上过大学堂,喝过亚马孙河的水,血统高人一等,是不是?

医生:不能这么说,还有半夜发烧……

病人:不能这么说,要怎么才能称你的心、如你的意?半夜发烧,我家那个电扇,用到半夜能把手烫出泡,难道它得了三期肺病?

医生(委屈解释):吐血也是症候之一。

病人:我家隔壁是个牙医,去看牙的人都被他搞得吐血,难道他们也都得了三期肺病?

医生:那当然不是,而是综合起来……

病人:好吧,退一万步说,即令是肺病,又是七八期肺病,又有什么关系?值得你大呼小叫!外国人还不照样得肺病?为什么你单指着鼻子说我。我下个月结婚,谁不知道,难道你不能说些鼓励的话,为什么要打击我?我跟你有什么怨?有什么仇?你要拆散我们?

医生:你误会了我的意思,我只是说……

病人:我一点也不误会,我一眼就看穿了你的肺腑。你幼年丧母,没有家庭温暖,中年又因强奸案和谋财害命,坐了大牢,对公平的法律制裁,充满了仇恨,所以看不得别人幸福,看不得国家民族享有荣耀。

医生:我们应该就事论事……

病人:我正是在就事论事。坦白告诉我,你当初杀人时,是怎么下得手的,何况那老太太又有恩于你。

医生(有点恐慌):诊断书根据你血液、唾液的化验,我不是平空说话。

病人:你当然不是平空说话,就等于你当初的刀子,不会平空插到那老太太胸膛上一样。你对进步爱国人士的侮辱已经够了,你一心一意恨你的同胞,说他们都得了三期肺病,你不觉得可耻?

医生:老哥,我只是爱你,希望你早日康复,才直言提醒,并没有恶意。

病人(冷笑兼咳嗽):你是一个血淋淋的刽子手,有良心的爱国人士会联合起来,阻止你在"爱"的障眼法下,进行对祖国的谋杀。

医生:我根据的都是化验报告,像唾液,那是天竺国大学化验……

病人:崇洋媚外、崇洋媚外,你这个丧失民族自尊心的下流坯、贱骨头,我严肃地警告你,你要付出崇洋媚外的代价。

医生(胆大起来):不要乱扯,不要躲避,不要用斗臭代替说理,我过去的事和主题有什么关系?我们的主题是:"你有没有肺病?"

病人：看你这个"丑陋的中国人"模样，嗓门这么大，从你的历史背景，可看出你的恶毒心肠。怎么说没有关系？中国就坏在你们这种人手上，使外国人认为中国人全害了三期肺病，因而看不起我们。对你这种吃里扒外的头号汉奸，天理不容！锦衣卫（努力咳嗽），拿下！

当然不一定非锦衣卫拿下不可（柏杨先生就被拿下过一次），有时候是乱棒打出，有时候是口诛笔伐。

1985.7.23.台北

目　录

中国人丑陋吗？ ……………………………… 冯骥才　1
酱缸国医生和病人(代序) ……………………… 柏　杨　4

上辑·沉痛出击

丑陋的中国人 ………………………………………… 3
正视自己的丑陋面 …………………………………… 22
中国人与酱缸 ………………………………………… 32
人生文学与历史 ……………………………………… 43
老昏病大展 …………………………………………… 72
　　起敬起畏的哲学 ………………………………… 72
　　缺少敢讲敢想的灵性 …………………………… 74
　　对事不对人 ……………………………………… 75
　　只我例外 ………………………………………… 76
　　谋利有啥不对 …………………………………… 78
　　沉重的感慨 ……………………………………… 79
　　第一是保护自己 ………………………………… 80

尿入骨髓	82
现代文化的基本精神	84
洋人进一步，中国人退一步	88
最大的殷鉴	93
把羞愧当荣耀	96
炫耀小脚	100
臭鞋大阵	101
为别人想一想	103
不会笑的动物	106
礼仪之邦	108
三句话	109
排队国	113
到底是什么邦	117
酱缸蛆的别扭	121
目光如豆	121
不讲是非，只讲"正路"	123
一盘散沙	124
唐人街——吞噬中国人的魔窟	126
《春秋》责备贤者	128
谈丑陋的中国人（陈文和）	132
虚骄之气	135
恐龙型人物	137
崇洋，但不媚外	141
种族歧视	144
集天下之大鲜	146

下辑·怒涛拍岸

我们还可以做个好儿子	执笔 江舟峰	151

柏杨余波 ……………………………	执笔 南　日	153
也是丑陋中国人余波 ………………	执笔 余　波	156
中国传统文化的病征——酱缸 ……	执笔 姚立民	158
如何纠正死不认错之病 ……………………………		173
推理能力发生故障 …………………………………		175
从酱缸跳出来 ………………………………………		177
"酱缸文化" ………………………	执笔 朱正生	179
要隐恶扬善,勿作践自己 …………	执笔 徐　瑾	191
贱骨头的中国人 ……………………	执笔 王亦令	194
丑陋的王亦令 ………………………	执笔 江　泐	198
评王亦令《贱骨头的中国人》 ………	执笔 张绍迁	201
王亦令越描越丑 ……………………	执笔 江　泐	204
不懂幽默 ……………………………	执笔 回旋处	206
中国人的十大奴性 …………………	执笔 柏　仁	208
没有文明哪有文化 …………………	执笔 胡菊人	212
中国文化不容抹黑 …………………	执笔 刘前敏	214
中国文化之"抹黑"与"搽粉" ………	执笔 张绍迁	222
伟大的中国人 ………………………	执笔 朱　桂	226
你这样回答吗? ……………………	执笔 张香华	239
看,这个丑陋的中国人 ……………	执笔 张香华	251
老根发芽与大和民族 ………………	执笔 潘耀明	254
"酱缸"文化的批判者——柏杨与《丑陋的中国人》		
…………………………	执笔 向　阳	257

上辑

沉痛出击

丑陋的中国人

本文是柏杨于1984年9月24日在美国爱荷华大学讲辞,吕嘉行记录。

多少年以来,我一直想写一本书,叫《丑陋的中国人》。我记得美国有一本《丑陋的美国人》,写出来之后,美国国务院拿来作为他们行动的参考。日本人也写了一本《丑陋的日本人》,作者是驻阿根廷的大使,他阁下却被撤职,这大概就是东方和西方的不同。中国比起日本,好像又差一级,假定我把这本书写出来的话,可能要麻烦各位去监狱给我送饭,所以我始终没有写。但是我一直想找个机会,把它作一个口头报告,请教于各阶层朋友。不过作一个口头报告也不简单,在台北,请我讲演的人,一听说要讲这个题目,就立刻不请我了。所以,今天是我有生以来,第一次用"丑陋的中国人"讲演,我感到非常高兴,感谢各位给我这个机会。

有一次,台中东海大学请我演讲,我告诉他们这个题目,我问同学会会长:"会不会有问题?"他说:"怎么会有问题?"我对他说:"你去训导处打听一下,因为我这个人本来就被当作问题人物,又讲一个问题题目,那可是双料。"跟训导处谈过之后,他打电话到台北来说:"问题是没有的,不过题目是不是可以改一改?训导处认为题目难听。"接着把他拟定的一个很长的冠冕堂皇的题目告诉我,他问:"同意不同意?"我说:"当然不同意,不过你一定要改,只好就改!"那是我第一次讲有关"丑陋的中国人"。我对他说:"希望我讲的时候能做个录音,以后我就可以把它改写成一篇文章。"他慷慨承诺。结果讲过之后,把录音带寄来,只有开头的几句话,以后就没有了声音。

今年我六十五岁,台北的朋友在3月7日给我过了一个生日,我对他们说:"我活了六十五岁,全是艰难的岁月!"我的意思是:不仅仅我个人艰难,而是所有的中国人都艰难。在座的朋友都很年轻,尤其是来自台湾的朋友们,多数拥有富裕的经济环境,同你们谈"艰难",你们既不爱听,也不相信,更不了解。我所谈的艰难,不是个人问题,也不是政治问题,而是超出个人之外的,超出政治层面的整个中国人问题。不仅仅是一个人经历了患难,不仅仅是我这一代经历了患难。假使我们对这个患难没有了解,对这个有毒素的文化没有了解,那么我们的灾祸还会再度发生,永远无尽无期。

在泰国考伊兰难民营中的难民,百分之九十是从越南、柬埔寨等国被驱逐出来的中国人(我们所讲的"中国人"不是国籍的意思,而是指血统或文化)。有一位中国文化大学华侨研究所的女学生,是派到泰国为难民服务的服务团的一员,到了那里几天之后,不能忍受,哭着回来。她说:"那种惨状我看不下去。"后来我到了泰国,发现中国难民的处境使人落泪。好比说:中国人不可以有私有财产,而且不能有商业行为,假使你的衣服破了,邻居太太替你缝两针,你给她半碗米作为回报,这就是商业行为,然后泰国士兵会逼着那位太太全身脱光,走到裁判所,问她:"你为什么做这种违法的事情?"这只是一件很轻微的侮辱,我除了难过和愤怒外,只有一个感慨——中国人造了什么孽?为什么受到这种待遇?

前年,我同我太太从巴黎的地下铁出来,看到一个卖首饰的摊子,卖主是一个东方面孔的中年妇女,我同我太太一面挑,一面讲,卖主忽然用中国话向我们解释,我们觉得很亲切,问她:"你怎么会讲中国话?"她说:"我是中国人,从越南逃出来的。"她就住在考伊兰难民营,一面说,一面呜咽,我只好安慰她:"至少现在还好,没有挨饿。"在告辞转身时,听到她叹了一口气:"唉!做一个中国人好羞愧!"我对这一声叹息,一生不忘。

十九世纪的南洋群岛,就是现在的东南亚,那时还是英国和荷兰的属地,有一个英国驻马来西亚的专员说:"做十九世纪的中国人是一个灾难。"因为他看到中国人在南洋群岛像猪仔一样,无知无识,自生自灭,而且随时会受到屠杀。民族固然是长远的,个人的生命却是有限。人生能有几个大的盼望?人生能有几个大的理想,经得起破灭?展望前途,到底是光明的,还是不光明的?真是一言难尽。四年前,我在纽约讲演,讲到感慨的地方,一个人站起来说:"你从台湾来,应该告诉我们希望,应该鼓舞我们民心,想不到你却打击我们。"一个人当然需要鼓励,问题是,鼓励起来之后怎么办?我从小就受到鼓励,五六岁的时候,大人就对我说:"中国的前途就看你们这一代了!"我想我的责任太大,负担不起。后来我告诉我的儿子:"中国的前途就看你们这一代了!"现在,儿子又告诉孙子:"中国的前途就看你们这一代了!"一代复一代,一代何其多?到哪一代才能够好起来?

在马来西亚,华人占百分之三十几。有次我去博物馆参观,里面有马来文,有英文,就是没有华文。这不是说有华文就好,没有华文就不好,那是另外一个问题。这个现象一方面说明,马来人的心胸不够宽广;另一方面,也说明华人没有力量,没有地位,没有受到尊重。泰国的华人说:"我们掌握了泰国稻米的命脉。"不要自己安慰自己,一个法令下来,你什么都没有了。

这种种事情,使得作为一个中国人,不但艰难,而且羞辱、痛苦。就是身在美国的中国人,你不晓得他是怎么一回事,左、右、中、中偏左、左偏中、中偏右、右偏中等等,简直没有共同语言。世界上没有一个国家像中国那么历史悠久,没有一个国家有我们这样一脉相传的文化，而且这个文化曾经达到高度的文明。现代的希腊人跟从前的希腊人无关，现代的埃及人跟从前的埃及人无关，而现代的中国人却是古中国人的后裔，为什么这样一个庞大的国家，这样一个庞大的民族，落到今天这种丑陋的地步？有时候我在外国公园里停一下，看到外国小孩，他们是那么快乐，我从内心产生羡慕。他们没有负担，他们的前途坦荡，心理健康，充满欢愉。我们台湾的孩子，到学校去念书，戴上近视眼镜，为了应付功课的压力，六亲不认。他母亲昏倒在地，他去扶她，母亲悲怆地喊："我死了算了，管我干什么？你用功罢！你用功罢！"我太太在教书的时候，偶尔谈到题外做人的话，学生马上就抗议："我们不要学做人，我们要学应付考试。"

我在台湾三十多年，写小说十年，写杂文十年，坐牢十年，现在将是写历史十年，平均分配。为什么我不写小说了？我觉得写小说比较间接，要透过一个形式，一些人物，所以我改写杂文。杂文像匕首一样，可以直接插入罪恶的心脏。杂文就好像一个人坐在司机的旁边，一直提醒司机，你已经开错了，应该左转，应该右转，应该靠边走，不应该在双黄线超车，前面有桥，应该放缓油门，前面有一个十字路口，有红灯等等。不停地提醒，不停地叫，叫多了以后就被关进大牢。掌握权柄的人认为：只要没有人指出他的错误，他就永远没有错误。

我自己在牢房里沉思，我为什么坐牢？我犯了什么罪？犯了什么法？出狱之后，我更不断地探讨，像我这样的遭遇，是不是一个变态的、特殊的例子？为什么一个中国人，稍微胆大心粗一点，稍微讲一点点实话，就要遭到这种命运？我认为这不是个人的问题，而是中国文化的问题。

一个人生活在世上，就好像水泥搅拌器里的石子一样，运转起来之后，身不由主。使我们感觉到，不是某一个人的问题，而是社会问题，而是文化问题。耶稣临死的时候说："宽容他们！他们做的他们不知道。"年轻时候读这句话，觉得稀松平常，长大之后，也觉得这句话没有力量。但是到了我现在这个年龄，才发现这句话多么深奥、多么痛心。使我想到我们中国人，成了今天这个样子，我们的丑陋，来自于我们不知道我们丑陋。我到爱荷华,我们夫妇的经费是由爱荷华大学出一半,再由私人捐助一半,捐助一半的是爱荷华燕京饭店老板,一位从没有回过中国的中国人裴竹章先生,我们从前没见过面,捐了一个这么大的数目,使我感动。他和我谈话,他说:"我在没有看你的书之前,我觉得中国人了不起,看了你的书之后,才觉得不是那么一回事,所以说,我想请你当面指教。"

裴竹章先生在发现我们文化有问题后,深思到是不是我们中国人的质量有问题。我第一次出国时,孙观汉先生跟我讲:"你回国之后,不准讲一句话——唉!中国人到哪里都是中国人。"我说:"好,我不讲。"回国之后,他问我:"你觉得怎么样?"我说:"还是不准讲的那句话——中国人到哪里都是中国人。"他希望我不要讲这句话,是他希望中国人经过若干年后,有所改变,想不到并没有变。是不是我们中国人的质量真的有了问题?是不是上帝造我们中国人的时候,就赋给我们一个丑陋的内心?我想不应是质量问题。这不是自我安慰,中国人可是世界上最聪明的民族之一,在美国各大学考前几名的,往往是中国人;许多大科学家,包括中国原子科学之父孙观汉先生,诺贝尔奖金得主杨振宁、李政道先生,都是第一流的头脑。中国人并不是质量不好,中国人的质量足可以使中国走到一个很健康、很快乐的境界,我们有资格做到这一点,我们有理由相信中国会成为一个很好的国家。我想我们中国人有高贵的质量。但是为什么几百年以来,始终不能使中国人脱离苦难?什么原因?

我想冒昧地提出一个综合性的答案,那就是,中国传统文化中有一种滤过性病毒,使我们子子孙孙受了感染,到今天都不能痊愈。有人说:"自己不争气,却怪祖先。"这话有一个大漏洞。记得易卜生有一出名剧(《群鬼》),有梅毒的父母,生出个梅毒的儿子,每次儿子病发的时候,都要吃药。有一次,儿子愤怒地说:"我不要这个药,我宁愿死。你看你给我一个什么样的身体?"这能怪他而不怪他的父母?我们不是怪我们的父母,我们不是怪我们的祖先,假定我们要怪的话,我们要怪我们的祖先给我们留下什么样的文化。这么一个庞大的国度,拥有全世界四分之一人口的一个庞大民族,却陷入贫穷、愚昧、斗争等等的流沙之中,难以自拔。我看到别的国家人与人之间的相处,心里充满了羡慕。这样的一个传统文化,产生了现在这样的一个现象,使我们中国人具备了很多种可怕的特征。

最明显的特征之一就是脏、乱、吵。台北曾经一度反脏乱,结果反了几天也不再反了。我们的厨房脏乱,我们的家庭脏乱。有很多地方,中国人一去,别人就搬走了。我有一个小朋友,国立政治大学毕业的,嫁给一个法国人,住在巴黎,许多朋友到欧洲旅行,都在她家打过地铺。她跟我说:"她住的那栋楼里,法国人都搬走了,东方人都搬来了。"(东方人的意思,有时候是指整个东方,有时候专指中国人。)我听了很难过,可是随便看看,到处是冰淇淋盒子、拖鞋;小孩子到处跑,到处乱画,空气里有潮湿的霉味。我问:"你们不能弄干净吗?"她说:"不能。"不但外国人觉得我们脏、我们乱,经过这么样提醒之后,我们自己也觉得我们脏、我们乱。至于吵,中国人的嗓门之大,真是天下无双,尤以广东老乡的嗓门最为叫座。有个发生在美国的笑话:两个广东人在那里讲悄悄话,美国人认为他们就要打架,急拨电话报案。警察来了,问他们在干什么,他们说:"我们正耳语。"

为什么中国人声音大?因为没有安全感,所以中国人嗓门特高,觉得声音大就是理大,只要声音大、嗓门高,理都跑到我这里来了,要不然我怎么会那么气愤?我想这几点足够使中国人的形象受到破坏,使我们的内心不能平安,因为吵、脏、乱,自然会影响内心,窗明几净和又脏又乱,是两个完全不一样的世界。

至于中国人的窝里斗,可是天下闻名的中国人的重要特性。每一个单独的日本人,看起来都像一头猪,可是三个日本人加起来就是一条龙,日本人的团队精神使日本所向无敌!中国人打仗打不过日本人,做生意也做不过日本人。就在台北,三个日本人做生意,好,这次是你的,下次是我的。中国人做生意,就显现出中国人的丑陋程度,你卖五十,我卖四十,你卖三十,我卖二十。所以说,每一个中国人都是一条龙,中国人讲起话来头头是道,上可以把太阳一口气吹

为什么中国人声音大？因为没有安全感，所以中国人嗓门特高，觉得声音大就是理大，只要声音大、嗓门高，理都跑到我这里来了。

灭，下可以治国平天下。中国人在单独一个位置上，譬如在研究室里，在考场上，在不需要有人际关系的情况下，他可以有了不起的发展。但是三个中国人加在一起——三条龙加在一起，就成了一头猪、一条虫，甚至连虫都不如。因为中国人最拿手的是内斗。有中国人的地方就有内斗，中国人永远不团结，似乎中国人身上缺少团结的细胞，所以外国人批评中国人不知道团结，我只好说："你知道中国人不团结是什么意思？是上帝的意思！因为中国有十亿人口，团结起来，万众一心，你受得了？是上帝可怜你们，才教中国人不团结。"我一面讲，一面痛彻心腑。

中国人不但不团结，反而有不团结的充分理由，每一个人都可以把这个理由写成一本书。各位在美国看得最清楚，最好的标本就在眼前：任何一个华人社会，至少分成三百六十五派，互相想把对方置于死地。中国有一句话："一个和尚担水吃，两个和尚抬水吃，三个和尚没水吃。"人多有什么用？中国人在内心上根本就不了解合作的重要性。可是你说他不了解，他可以写一本团结重要的书给你看看。我上次（1981年）来美国，住在一个在大学教书的朋友家里，谈得头头是道，天文地理，怎么样救国等等，第二天我说："我要到张三那儿去一下。"他一听是张三，就眼冒不屑的火光。我说："你送我去一下吧！"他说："我不送，你自己去好了。"都在美国学校教书，都是从一个家乡来的，竟不能互相容忍，那还讲什么理性？所以中国人的窝里斗，是一项严重的特征。

各位在美国更容易体会到这一点，凡是整中国人最厉害的，不是外国人，而是中国人。凡是出卖中国人的，也不是外国人，而是中国人。凡是陷害中国人的，不是外国人，而是中国人。在马来西亚就有这样的一个故事：有一个朋友住在那儿开矿，一下子被告了，告得很严重，追查之下，告他的原来是个老朋友，一块从中国来的，在一起打天下的。朋友质问他怎么做出这种下流的事，那人说："一块儿打天下是一块儿打天下，你现在高楼大厦，我现在搞得没办法，我不告你告谁？"所以搞中国人的还是中国人。譬如说，在美国这么大的一个

　　中国人的不能团结，中国人的窝里斗，是中国人的劣根性。这不是中国人的质量不够好，而是中国的文化中，有滤过性的病毒，使我们到时候非显现出来不可，使我们的行为不能自我控制！明明知道这是窝里斗，还是要窝里斗。整中国人最厉害的是中国人自己。

国度,沧海一粟,怎么会有人知道你是非法入境?有人告你么!谁告你?就是你身边的朋友,就是中国人告你。

有许多朋友同我说:如果顶头上司是中国人时,你可要特别注意,特别小心,他不但不会提升你,裁员时还会先开除你,因为他要"表示"他大公无私。所以我们怎么能跟犹太人比?我常听人说:"我们同犹太人一样,那么勤劳。"像报纸上说的:以色列国会里吵起来了,不得了啦,三个人有三个意见。但是,却故意抹杀一件事情,一旦决定了之后,却是一个方向,虽然吵得一塌糊涂,外面还在打仗,敌人四面包围,仍照旧举行选举!各位都明白,选举的意义是必须有一个反对党,没有反对党的选举,不过是一台三流的野台戏。在我们中国,三个人同样有三个意见,可是,跟以色列不一样的是,中国人在决定了之后,却是三个方向。好比说今天有人提议到纽约,有人提议到旧金山,表决决定到纽约。如果是以色列人,他们会去纽约。如果是中国人,哼,你们去纽约,我有我的自由,我还是去旧金山。我在英国影片中,看见一些小孩子在争,有的要爬树,有的要游泳,闹了一阵子之后决定表决,表决通过爬树,于是大家都去爬树。我对这个行为有深刻的印象,因为民主不是形式,而是生活的一部分。

中国人的不能团结,中国人的窝里斗,是中国人的劣根性。这不是中国人的质量不够好,而是中国的文化中,有滤过性的病毒,使我们到时候非显现出来不可,使我们的行为不能自我控制!明明知道这是窝里斗,还是要窝里斗。锅砸了大家都吃不成饭,天塌下来有个子高的可以顶。因为这种窝里斗的哲学,使我们中国人产生了一种很特殊的行为——死不认错。各位有没有听到中国人认过错?假如你听到中国人说:"这件事我错了。"你就应该为我们国家民族额手称庆。我女儿小的时候,有一次我打了她,结果是我错怪了她,她哭得很厉害,我心里很难过,我觉得她是幼小无助的,她只能靠父母,而父母突然翻脸,是多么可怕的一件事。我抱起她来,我说:"对不起,爸爸错了,爸爸错了,我保证以后不再犯,好女儿,原谅爸爸。"她很久很久以后才不哭。这件事情过去之后,我心里一直很痛苦,但是我又感

很多外国朋友对我说:"和中国人交往很难,说了半天不晓得他心里什么想法。"我说:"这有什么稀奇,不要说你们洋人,就中国人和中国人来往,都不知道对方心里想的什么。"要察言观色,转弯抹角,问他说:"吃过饭没有?"他说:"吃了!"其实没有吃,肚子还在叫。

到无限骄傲,因为我向我的女儿承认自己错误。

中国人不习惯认错,反而有一万个理由,掩盖自己的错误。有一句俗话:闭门思过。思谁的过?思对方的过!我教书的时候,学生写周记,检讨一周的行为,检讨的结果是:"今天我被某某骗了,骗我的那个人,我对他这么好,那么好,只因为我太忠厚。"看了对方的检讨,也是说他太忠厚。每个人检讨都觉得自己太忠厚,那么谁不忠厚呢?不能够认错是因为中国人丧失了认错的能力。我们虽然不认错,错还是存在,并不是不认错就没有错。为了掩饰一个错,中国人就不能不用很大的力气,再制造更多的错,来证明第一个错并不是错。所以说,中国人喜欢讲大话,喜欢讲空话,喜欢讲假话,喜欢讲谎话,更喜欢讲毒话——恶毒的话。不断夸张我们中华民族大汉天声,不断夸张中国传统文化可以宏扬世界。因为不能兑现的缘故,全都是大话、空话。我不再举假话、谎话的例子,但中国人的毒话,却十分突出,连闺房之内,都跟外国人不同。外国夫妻昵称"蜜糖"、"打铃",中国人却冒出"杀千刀的",一旦涉及政治立场或争权夺利的场合,毒话就更无限上纲,使人觉得中国人为什么这么恶毒、下流!

我有位写武侠小说的朋友,后来改行做生意,有次碰到他,问他做生意可发了财,他说:"发什么财?现在就要上吊!"我问他为什么赔了,他说:"你不晓得,和商人在一起,同他讲了半天,你还是不知道他主要的意思是什么。"很多外国朋友对我说:"和中国人交往很难,说了半天不晓得他心里什么想法。"我说:"这有什么稀奇,不要说你们洋人,就中国人和中国人来往,都不知道对方心里想的什么。"要察言观色,转弯抹角,问他说:"吃过饭没有?"他说:"吃了!"其实没有吃,肚子还在叫。譬如说选举,洋人的作风是:"我觉得我合适,请大家选我。"中国人却是诸葛亮式的:即令有人请他,他也一再推辞:"唉!我不行啊!我哪里够资格?"其实你不请他的话,他恨你一辈子。好比这次请我讲演,我说:"不行吧!我不善于讲话呀!"可是真不请我的话,说不定以后台北见面,我会飞一块砖头报你不请我之仇。一个民族如果都是这样,会使我们的错误永远不能改正。往往用十个错误来掩饰一个错误,再用一百个错误来掩饰十个错误。

有一次我去台中看一位英国教授,有一位也在那个大学教书的老朋友,跑来看我,他说:"晚上到我那儿去吃饭。"我说:"对不起,我还有约。"他说:"不行,一定要来!"我说:"好吧!到时候再说。"他说:"一定来,再见!"我们中国人心里有数,可是洋人不明白。办完事之后,到了吃晚饭的时候,我说:"我要回去了!"英国教授说:"哎!你刚才不是和某教授约好了的吗?要到他家去啊!"我说:"哪有这回事?"他说:"他一定把饭煮好了等你。"外国人就不懂中国人这种心口不一的这一套。

这种种情形,使中国人生下来就有很沉重的负担,每天都要去揣摩别人的意思。如果是平辈朋友,还没有关系。如果他有权势,如果他是大官,如果他有钱,而你又必须跟他接近,你就要时时刻刻琢磨他到底在想什么。这些都是精神浪费。所以说,有句俗话:在中国做事容易,做人难。"做人"就是软件文化,各位在国外住久了,回国之后就会体会到这句话的压力。做事容易,二加二就是四,可是做人就难了,二加二可能是五,可能是一,可能是八百五十三,你以为你讲了实话,别人以为你是攻击。这是一个严重的课题,使我们永远在一些大话、空话、假话、谎话、毒话中打转。我有一个最大的本领,开任何会议时,我都可以坐在那里睡觉,睡醒一觉之后,会也就结束。为什么呢?开会时大家讲的都是连他自己都不相信的话,听不听都一样。环境使我们说谎,使我们不能诚实。我们至少应该觉得,坏事是一件坏事,一旦坏事被我们认为是一件荣耀的事,认为是无所谓的事的话,这个民族的软件文化就开始下降。好比说偷东西被认为是无所谓的事,不是不光荣的事,甚至是光荣的事,这就造成一个危机,而我们中国人正面对这个危机。

因为中国人不断地掩饰自己的错误,不断地讲大话、空话、假话、谎话、毒话,中国人的心灵遂完全封闭,不能开阔。中国的面积这么大,文化这么久远,泱泱大国,中国人应该有一个什么样的心胸?应该是泱泱大国的心胸。可是我们泱泱大国民的心胸只能在书上看到，只能在电视上看到。你们看过哪一个中国人有泱泱大国民的胸襟？只要瞪他一眼，马上动刀子。你和他意见不同试一试？洋人可以打一架之后回来握握手，中国人打一架可是一百年的仇恨，三代都报不完的仇恨！为什么我们缺少海洋般的包容性？

没有包容性的性格，如此这般狭窄的心胸，造成中国人两个极端，不够平衡。一方面是绝对的自卑，一方面是绝对的自傲。自卑的时候，成了奴才；自傲的时候，成了主人！独独的，没有自尊。自卑的时候觉得自己是团狗屎，和权势走得越近，脸上的笑容越多；自傲的时候觉得其他人都是狗屎，不屑一顾。变成了一种人格分裂的奇异动物。

在中国要创造一个奇迹很容易，一下子就会现出使人惊异的成绩。但是要保持这个奇迹，中国人却缺少这种能力。一个人稍稍有一点可怜的成就，于是耳朵就不灵光了，眼睛也花了，路也不会走了，因为他开始发烧。写了两篇文章就成了一个作家，拍了两部电影就成了电影明星，当了两年有点小权的官就成了人民救星，到美国来念了两年书就成了专家学人，这些都是自我膨胀。台湾曾经出过一个车祸，"国立台湾师范大学"的毕业生出去旅行，车掌小姐说："我们这位司机先生，是天下一流的司机，英俊、年轻。"那位司机先生立刻放开方向盘，向大家拱手致意。这就是自我膨胀，他认为他技术高明，使他虽不扶方向盘，照样可以开车。若干年前，看过一部电影。有一次，罗马皇帝请了一个人来表演飞翔，这个人自己做了一对翅膀，当他上塔之前，展示给大家看，全场掌声雷动。他一下子膨胀到不能克制，觉得伟大起来，认为不要这对翅膀照样可以飞，接着就顺着梯子往上爬，他太太拉他说："没有这个东西是不能飞的，你怎么可以这个样子？"他说："你懂什么？"他太太追他，他就用脚踩他太太的手。他到了塔上后，把盖子一盖，伟大加三级，再往下一跳，噗通一声就没有了。观众大发脾气：我们出钱是看飞的，不是看摔死人的，叫他太太飞。他太太凄凉地对她丈夫在天之灵说："你膨胀的结果是，害了你自己，也害了你的妻子。"

  中国人不断地掩饰自己的错误，不断地讲大话、空话、假话、谎话、毒话，中国人的心灵遂完全封闭，不能开阔。中国的面积这么大，文化这么久远，泱泱大国，中国人应该有一个什么样的心胸？应该是泱泱大国的心胸。

中国人是天下最容易膨胀的民族，为什么容易膨胀？因为中国人"器小易盈"，见识太少、心胸太窄，稍微有一点气候，就认为天地虽大，已装他不下。假如只有几个人如此，还没有关系，假使全民族，或是大多数，或者是较多数的中国人都如此的话，就形成了民族的危机。中国人似乎永远没有自尊，以至于中国人很难有平等观念。你如果不是我的主人，我便是你的主人。这种情形影响到个人心态的封闭，死不认错，可是又不断有错，以致使我们中国人产生一种神经质的恐惧。举一个例子来说明：台北有个朋友，有一次害了急病，被抬到中心诊所，插了一身管子，把他给救活了。两三天之后，他的家人觉得中心诊所费用较贵，预备转到荣民总医院，就跟医生去讲，医生一听之下，大发雷霆，说："我好不容易把他的命救回来，现在要转院呀。"于是不由分说，把管子全部拔下，病人几乎死掉。朋友向我谈起这件事时，既悲又愤，我向他说："你把那医生的名字告诉我，我写文章揭发他。"他大吃一惊说："你这个人太冲动、好事，早知道不跟你讲。"我听了气得发疯，我说："你怕什么？他只不过是个医生而已，你再生病时，不找他便是了，难道他能到你家非看病报复不可？再说，他如果要对付的话，也只能对付我，不会对付你。是我写的，我都不怕，你怕什么？"他说："你是亡命之徒。"我觉得我应该受到赞扬的，反而受到他的奚落。我想这不是他一个人的问题，他是我很好的朋友，人也很好，他讲这些话是因为他爱护我，不愿意我去闯祸。然而这正是神经质的恐惧，这个也怕，那个也怕。

记得我第一次到美国来，纽约发生了一次抢案，是一个中国人被抢，捉到强盗后，他不敢去指认。每个人都恐惧得不得了，不晓得什么是自己的权利，也不晓得保护自己的权利，每遇到一件事情发生，总是一句话："算了，算了。""算了，算了"四个字，不知害死了多少中国人，使我们民族的元气，受到挫伤。我假如是一个外国人，或者，我假如是一个暴君，对这样一个民族，如果不去虐待她的话，真是天理不容。这种神经质的恐惧，是培养暴君、暴官最好的温床，所以中国的暴君、暴官，永远不会绝迹。中国传统文化里——各位在《资治通鉴》中可以看到——一再强调明哲保身,暴君暴官最喜欢、最欣赏的就是人民明哲保身,所以中国人就越来越堕落萎缩。

中国文化在春秋战国时代,是最灿烂的时代,但是从那个时代之后,中国文化就被儒家所控制。到了东汉,政府有个规定,每一个知识分子的发言、辩论、写文章,都不能超出他老师告诉他的范围,这叫做"师承"。如果超出师承,不但学说不能成立,而且还违犯法条。这样下来之后,把中国知识分子的想象力和思考力,全都扼杀、僵化。就像用塑料口袋往大脑上一套,滴水不进。一位朋友说:"怎么没有思考力?我看报还会发牢骚。"思考是多方面的事,一件事不仅有一面,不仅有两面,甚至有很多面。孙观汉先生常用一个例子,有一个球,一半白,一半黑,看到白的那半边的人,说它是个白球,另一边的人,则说它是个黑球。他们都没有错,错在没有跑到另一边去看,而跑到另一边看,需要想象力和思考力。当我们思考问题时,应该是多方面的。

有一则美国的小幽默,一位气象学系老师举行考试,给学生一个气压计,叫他用"气压计"量出楼房的高度——意思当然是指用"气压"测量高度,但那位学生却用很多不同方法,偏偏不用"气压",老师很生气,就给他不及格,学生控诉到校方委员会,委员会就问他为什么要那么回答,他说:"老师要我用那个'气压计'来量楼有多高,他并没有说一定要用'气压',我当然可以用我认为最简单的方法!"委员会的人问他:"除了那些方法之外,还有没有其他的方法?"学生说:"还有很多。我可以用绳子把气压计从楼上吊下来,再量绳子,就知道楼有多高了。""还有没有别的方法?"学生说:"还有,我可以找到这栋楼房的管理员,把这个气压计送给他,让他告诉我这个楼有多高。"这个学生并不是邪门,他所显示的意义,就是一种想象力和思考力,这种能力常使糨糊脑筋吓死。

还有一种"买西瓜学"。老板对伙计说:"你一出门,往西走,第一道桥那里,就有卖西瓜的,你给我买两斤西瓜。"伙计一出门,往西走,没有看见桥,也没有卖西瓜的,于是就空手回来。老板骂他混蛋,没有头脑。他说:"东边有卖的。"老板问他:"你为什么不到东边去?"他说:"你没叫我去。"老板又骂他混蛋。其实老板觉得这个伙计老实,服从性强,没有思考能力,才是真正的安全可靠。假如伙计出去一看,西边没有,东边有,就去买了,瓜又便宜、又甜。回去之后老板会夸奖他说:"你太聪明了,了不起,做人正应该如此,我很需要你。"其实老板觉得这个家伙靠不住,会胡思乱想。各位,有思考能力的奴隶最危险,主子对这种奴隶不是杀就是赶。这种文化之下孕育出来的人,怎能独立思考?因为我们没有独立思考训练,也恐惧独立思考,所以中国人也缺乏鉴赏能力,什么都是和稀泥,没有是非,没有标准。中国到今天这个地步,应该在文化里找出原因。

这个文化,自从孔丘先生之后,四千年间,没有出过一个思想家!所以认识字的人,都在那里批注孔丘的学说,或批注孔丘门徒的学说,自己没有独立的意见,因为我们的文化不允许这样做,所以只好在这潭死水中求生存。这个潭,这个死水,就是中国文化的酱缸,酱缸发臭,使中国人变得丑陋。就是由于这个酱缸深不可测,以致许多问题无法用自己的思考来解决,只好用其他人的思考来领导。这样的死水,这样的酱缸,即使是水蜜桃丢进去也会变成干屎橛。外来的东西一到中国就变质了,别人有民主,我们也有民主;别人有法制,我们也有法制;别人有自由,我们也有自由;你有什么,我就有什么。你有斑马线,我也有斑马线——当然,我们的斑马线是用来引诱你给车子压死的。

要想改变我们中国人的丑陋形象,只有从现在开始,每个人都想办法把自己培养成鉴赏家。我们虽然不会演戏,却要会看戏,不会看戏的看热闹,会看戏的看门道。鉴赏家本身就是一个了不起的成就。我记得刚到台湾的时候,有一个朋友收集了很多贝多芬的唱片,有七八套,我请求他送一套或卖一套给我,他当场拒绝,因为每一套都由不同的指挥和乐队演奏,并不一样。我听了很惭愧,他就是一个鉴赏家。

上一次美国总统竞选的时候,我们看到候选人的辩论,从不揭露对方阴私,因为这样做选民会觉得你水平不够,丧失选票。中国人的做法就不一样,不但专门揭露阴私,而且制造阴私,用语恶毒。什么样的土壤长什么样的草,什么样的社会就产生什么样的人。人民一定要自己够水平,人民自己如果不够水平,还去怪谁?对一个不值得尊敬的人,我们却直着脖子叫他万岁,那你能怪他骑到你头上?拿钱买选票这种事情,使人痛心。选民在排着队选举,一看到人在付钱买票,有人就问:"怎么不给我呀?"这个人还配实行民主?民主是要自己争取的,不能靠别人赏赐。现在,常有人讲:"政府放宽多了。"这是很可怕的事情,自由、权利是我们的,你付给我,我有,你不付给我,我也有。民主还需要有鉴赏力,我们没有鉴赏的能力,连美女和麻子脸都分不出,能够怪谁?好比说画画,假使我柏杨画了毕加索的假画,有人看到说:"这真好!"花五十万美金买下来了。请问你买了假画能怪谁?是你瞎了眼,是你没有鉴赏能力。可是在这种情况之下,真的毕加索的画就不会有人买下,假画出笼,真画家只好饿死。买了假画不能怪别人,只能怪自己。就好像有一个人请来了一个裁缝师傅修他的门,结果把门装颠倒了,主人说:"你瞎了眼?"裁缝师傅说:"谁瞎了眼?瞎了眼才找错人!"这个故事我们要再三沉思,没有鉴赏能力,就好像是瞎了眼的主人。

中国人有这么多丑陋面,只有中国人才能改造中国人。最后一点,我的感想是:我们中国人口太多,仅只十亿张大的口,连喜马拉雅山都能吞进去,使我们想到,中国人的苦难是多方面的,必须每一个人都要觉醒。如果我们每一个人都成为一个好的鉴赏家,我们就能鉴赏自己,鉴赏朋友,鉴赏国家领导人物。这是中国人目前应该走的一条路,也是唯一的一条路。

谢谢!

——原载 1984.11.15.香港《百姓》半月刊
12.1.纽约《台湾与世界》杂志
12.8.台北《自立晚报》
12.13.洛杉矶《论坛报》

正视自己的丑陋面

柏杨先生于1984年8月访问美国,在纽约逗留期间,于11月12日,在时任《北美日报》总编辑俞国基先生寓所,与林樵清、李兆钦、黄仕中进行了长时间的热烈谈话。柏杨先生在谈话中,着重谈了中国人的丑陋面及劣根性。他说,他走到哪里都要讲这个问题,以唤起中华民族对自身的反省。他认为,反省是走向进步的开始。

问:我知道您十分关心中国人的苦难,是不是在这方面告诉我们一些您的看法。

柏:你要看中国历史,五千年历史中,有几天是好日子?我们当然可以情绪化地高声呐喊:"我们很快乐,我们没有一天不快乐。"但是,如果仔细看古人歌颂的汉王朝、唐王朝是怎样记载,就知道我们中国人的命运,早就如此悲惨。不断发生"改朝换代型"的战争,不断遭遇到"瓶颈时代"的屠杀。好不容易迈过这两关,朝代稳定时,又有倾盆大雨般的暴君和贪官污吏,对人民百般虐待。

问:我们中华民族有五千年悠久文化,对世界也有贡献嘛。

柏:当然,我们有贡献,但只是过去有贡献。

如果仔细看古人歌颂的汉王朝、唐王朝是怎样记载，就知道我们中国人的命运，早就如此悲惨。不断发生"改朝换代型"的战争，不断遭遇到"瓶颈时代"的屠杀。好不容易迈过这两关，朝代稳定时，又有倾盆大雨般的暴君和贪官污吏，对人民百般虐待。

问:不是很多外国人崇拜孔老夫子吗?

柏:中国人崇拜释迦牟尼的更多,崇拜耶稣的更多。现在还有很多人崇拜马克思,崇拜林肯。

问:您认为为什么会有这种现象?

柏:洋大人去了一趟台北、北京,就被形容为崇拜中国文化。可是有这么多中国人跑到美国不肯回去,以当美国人为荣,是谁崇拜谁的文化?

问:中国人有句话说:不要以最坏的想法去猜测别人。但是实践上,偏偏以最坏的想法去猜测别人。我们应该透视自己、认识自己民族的问题。

柏:中国人最大的问题是:好话都是输出给别人用的,自己绝不沾染。

问:所以,这是文化方面的原因。

柏:是的。我十八岁就加入国民党,如果乖乖听话,现在起码可以有个小官可做。但是,为了这个民主理想,不但小官没做成,倒弄进牢房里去了。因此我想,为什么我们追求的一直追求不到?政权不好要它改革,它不改革怎么办?只好革命,只有这条路可走。可是,革不成功,头就革掉;革成功了,你又和他一样。

问:柏杨先生,你说你是国民党,可是国民党却开除了你。

柏:人的心路历程在不停地变。抗战初期,我曾参加战时工作干部训练,我们那时年轻,只知道国,不知道党。如果没有国,哪有党?流行的所谓"党国",实在是天下最大的荒谬。我从小对蒋介石忠心耿耿,后来,他把国家治理成那个样子,使人痛心。是什么原因造成这种局面?我想应该在中国文化中探本求源。

问:您是否做了这方面的探本求源工作?

柏:做了一些。目前,别的地区有什么,台湾立刻也有什么。你有宪法,我也有"宪法"。但是,台湾的"宪法"好像戏院门口的海报,谁上一次台,就变一次"宪法",那又何必"宪法"?又如何使人相信"宪法"?这就跟我们的文化有关系。中国古时候的故事说,淮河之南的橘子,拿到淮河之北,就成了枳子。我们的文化就是淮河之北的文化,逾淮而枳,好像是,一个美国苹果,只要搬到中国,就立刻变成了干屎橛!酱缸的侵蚀力很强,你们在美国留学,学会了解此地的文化和政治制度。当你们把这些带回国之后,恐怕只要短短几年时间,它就会被淹灭。

问:所以您说中国文化是个酱缸。台湾的孙观汉先生写过几本书,他也是在抨击您所指的酱缸文化。请问,您所指的文化及您所说的民族性弱点(劣根性),是否是同一个东西,同一个问题?

柏:我先要有个声明,我不是学院派,关于"定义"这东西,无法给予精确的说明。我想写一本书叫《丑陋的中国人》,到现在未写的原因,是没有时间。但我受到《丑陋的美国人》、《丑陋的日本人》两书的影响。这些书都是作者对自己国度丑陋面的一种感触,一种观察,一种检讨;不是纯学术性的一种分析。我也听过许多专家谈到民族性的问题,实在是术语太多,行话太多,而不是我原来的想法。但是我可以笼统地说,中国人的质量并不坏。例如在美国,学校考第一名的,很多都是华人,显示中国人智商并不低。而这种智商在单枪匹马时尤其显著,可是三个智商加在一起,就起了很大的变化,互相抵消。这就是中国的文化问题——酱缸可以消灭智商。至于酱缸如何形成?我认为形成原因并不很重要,因为到目前为止,我还不敢肯定到底出于哪一个因素。但就我个人认为,可能是受儒家思想影响所致。儒家思想从定于一尊以后,经过一百多年,到了东汉,成了一个模式。那个时候规定,凡是知识分子,不论他的思想、讲学、辩论,都不可以超过"师承"。学生只可围绕着老师所说的话团团转。如果讲得太多,超过老师,那就无效,而且有罪。不过汉王朝时的罪并不严重,但是到了明王朝、清王朝,如果官方规定用朱熹的话解释,就绝不可用王阳明的话解释,根本不允许知识分子思考,他们已完全替你思考好了。时间一久,知识分子的思考能力衰退。由于没有思考能力,因之也没有想象能力;由于没有想象能力,因之也没有鉴赏能力。

问:德国纳粹时代,希特勒对人民说:你们什么都不必想了,元首一切都为你们想好了。

柏：这是典型的法西斯专制、封建愚民政策。专制封建头子都坚持一种想法：他比任何人都聪明。有思考能力的奴隶是危险的，任何专制封建头子，都不准许有思考能力的人存在。

问：回顾中国历来统治者的政策，很多都是愚民政策。

柏：可是，思考力、想象力是创造发明的渊源。没有这种能力，便无法创造发明。甚至时间一久，连模仿力也会跟着衰退。因为模仿力中多少也要有一点创造发明能力。

问：到底是中国的文化造成了这样的民族性呢，还是中国民族性造成了这样的文化？或两者是孪生兄弟？

柏：你这问题太大，我想这是鸡生蛋、蛋生鸡问题。

问：还是将中国文化和中国人的民族性合起来谈吧，它们是不可分的。我一直有这样几个问题，希望获得解答：

一、中国文化及民族性的弱点显现在哪些方面？

二、其产生的原因是什么？

三、民族性的劣根性，与中国不能产生民主政治是否有关系？我们如何面对这一问题而使之改变？

我有一种体会，认为中国人之缺少法治观念，大概也属于民族性的问题。有一位来自台湾，在美受过教育的朋友，曾对我讲过一段经历：一次，他驱车带他从台湾来的父亲外出游玩。回来时，天色已晚，车遇红灯，他就停车。他父亲说："开过去算了，现在四周没车没人，何必等绿灯？"这反映了两种观念的不同。

按美国的思想，不论何时都该遵守红灯，但中国人认为破坏了它没有影响。中国人缺少法治观念。您刚才又提到中国人难以合作，仅从智商观点，一个中国人可以打败一个外国人，但三个人加起来就完了，这的确是很大的问题——中国人不能合作。

柏：到底是中国文化产生民族性，还是民族性造成如此文化，我看应是互相循环。文化发展的方向，有时是非理性的，就像电动玩具，遇到一个微不足道的小沙粒，它就会自动转换。也好像在山上踢石头,你有力量踢石头,但是当它滚下去时,你无法阻止它不滚下去。中国人内心的复杂,恐怕举世无双。不要说政治问题各有主见,就连几个小流氓在一起,动不动就看不顺眼打起来,心胸狭窄,已到了可厌的程度。

问:美国总统候选人蒙代尔落选后,立刻表示里根是我们的总统,我们庆幸有如此的民主制度。

柏:中国人重视面子问题,所以死不认输,死不认错。凡人都有错,我想只有牲畜没有错。中国人输了,唯一的反应就是咒诅、骂大街。要达到蒙代尔的境界,恐怕还要三百年。

问:是不是中国统治者争权争迷了心窍?

答:权力可使人腐化,更可使人愚蠢,比猪还蠢!那些封建专制法西斯头子,难道真不知道他所听到的一片阿谀和遍地万岁,只不过是一种噪音,全是假的?绝对权力能伤害神经中枢,使人愚不可及。

问:是不是中国人太喜欢政治,永不放弃?

柏:中国人在一起喜欢谈政治,可是每个人又都怕政治。这是一种神经质的恐惧,对不应该恐惧的恐惧。大家得过且过,自己的权利自己不会掌握,必须由有权的大老爷恩赐一点,才敢接受。

问:中国人认识不到自己的权利,这是很大的问题,我对此印象很深。

柏:奴性养成之后,他自己都无法挣脱。有些华人入了美国籍,竟然不去投票,他没想到这是保护自己利益的最好办法。一位住在爱荷华的华人朋友,他的孩子被邻居的狗咬了,主人又凶巴巴的,这位朋友认为没有咬伤就算了。后来,被孩子的老师知道,就说不可以"算了",不能让别人认为亚裔的人可以随便欺侮,一定要提出控诉。结果,判决对方赔钱道歉。这件事不是钱的问题,而是权利问题。中国人认为要忍让,这是美德。其实那是长期屈辱的惯性,而用忍让两字来使自己心理平衡!很少中国人敢据理力争。

问:那是为什么?

柏:那就是中国人神经质恐惧心理,怕最后吃亏。

正视自己的丑陋面 | 27

问:这是不是中国人对自己的一种不诚实?

柏:中国人说空话、大话、假话、谎话、毒话,脱口而出,从来不打草稿。我常想,美国有心理医生,中国可能不会有心理医生。因为见心理医生一定要说实话,中国人见了谁都不会说实话,明明是屁股痛,他要说耳朵痛。明明是女人不要他,偏偏对医生说是他不要女人。心理医生如何诊治?

问:有个笑话,中国从前有位军阀在开会时,有人送了一篮香蕉。他不知道先剥皮,于是带着皮吃了,结果其余的人也立刻把香蕉连皮吃了。

柏:这只是摇尾系统的拍马术,如果是现代化的专制封建头子,摇尾系统恐怕立刻就研究出来连皮吃香蕉的伟大哲学基础。

问:还有,林彪曾说:如果不讲假话,就成不了大事。

柏:这真是败坏中国人质量的毒药,把说谎当作可以夸耀的荣誉!

问:中国古训云:君若愚民,民必愚君,有相互作用。

柏:也有报应作用。如果是个普通人,还没太大关系。但是专制封建头子这种做法,影响可大了,报应会落到全国人民身上。

问:中国人有人情味,美国人没有人情味。

柏:中国人对特定的对象——"朋友",才有人情味。对陌生人不但没有人情味,有时候简直冷酷残忍,而且一旦发动攻击,毒话就如雨后春笋。爱荷华一位华裔女作家,接到一封华文的恐吓信,译成英文后,她的美国助理小姐看见,霎时吓得尖叫。女作家的美籍丈夫也认为事态严重,就向 FBI 报案。后来拿给我看,发现他们尖叫的一句是:Hope you will suffer the result. Wish you having no burial place for your body when you die. 我立刻就保证这封信不过是旧式厕所文学,没有特别意义,因为中文原文是"死无葬身之地"。中国人说毒话说惯了,不过是肌肉的自然反应而已。

问:中国农村有种人叫做"骂大街"的,专门骂人,从街这头骂到街那头。还有游街,让游街者自己打着锣骂自己,打自己的脸:"我是小偷!""我是淫妇!"

柏:这种自我污蔑,犹如凤姐教奴才自己打自己的脸,伤害自尊,毁灭人格。一个人、一个民族,如果没有荣耀感,叫什么人!叫什么民族!岂不是一群禽兽!

问:中国人喜欢讲大话吹牛,没有钓到鱼还要到市场上买两条回家,说是他钓的,结果买的两条一样大!

柏:这次我在爱荷华跟其他国家的作家接触,包括共产党国家,如保加利亚、东德等,感到他们可爱,因为他们平实,肯讲真话。

问:常听到中国人说老美好笨,好容易骗。其实,这种说法反映的不是老美笨,而是中国人坏。

柏:这种心理,愚蠢而且卑劣,把善良当作傻瓜,中国就被这种人埋葬;想到这里,我觉得满脸羞愧。

问:自己没有高尚情操,还不相信别人有高尚情操。

柏:一位朋友在爱荷华开了一间很大的酒店,美国人总称赞他很能干,很努力,只有中国人对他妒火中烧。有次我讲演时,有人批评我是崇洋。咦,怪了,身为一个现代的中国人,谁不崇洋?否则,为什么头发理这样短,太太不缠小脚?有人又批评我侮辱祖先,事实上我是更爱护祖先,才讲实话、真话、直话。

问:请您谈谈这种情形如何演变成的。

柏:我认为这是由于传统的封建思想造成。

问:中国人为什么对自己文化的落后面没有感觉?有人认为因中国太穷,在吃饭穿衣都不能满足需要情况之下,任何寡廉鲜耻的事都做得出。可是,中国一向鼓励大家"富贵不能淫,贫贱不能移"。

柏:这是人生境界的最高标准,不是每个人都做得到。

问:你认为中国民族优点在哪里?

柏:好比中国人比较重视友情,而外国人之间的关系比较淡薄,他们习惯单独作战。中国人这点比西方要好。问题是,中国人为什么重视友情?因为中国社会需要朋友。俗话说:在家靠父母,出门靠朋友。在家有父母保护,出外就靠朋友保护。而洋人并不需要朋友保护,他有政府保护,所以朋友对他的意义不同。例如:中途车子坏了,美国人就会自动帮忙,中国人若非是朋友,恐怕没人理你。我在爱荷华的朋友,大雪天车子打滑,栽进水沟,两位黑人停车下来,消耗了三四个小时才把车子拖到路上,他很感激,请他们留下名字,准备回报,两位帮忙的黑人觉得很奇怪,说:如果你遇到别人这种情况,也会帮忙的。朋友受到很大感动。人情味是要发生在彼此不认识的人之间,那才是真正的人情味。人情味是不分等级,不分亲疏。

问:《圣经》上说,你要爱你的仇敌,中国人只对朋友有感情。美国人在平常没有人情味,但在需要帮助时,他就会帮助,这可能是受到《圣经》影响。

柏:其实他们平常对陌生人说"哈啰",这就是人情味;中国人陌生人见面,怒目相视。

问:外国人平常好像不爱国,但有需要时都出来了。

柏:恰恰相反,中国人平常爱国爱得不像话,每一件事都要爱国,结果把国爱成今天这个样子,我常想,不要再爱国了!或者,用剩下来的精力,先把自己爱好、先把自己的质量提高就够了。自爱就是爱国。

问:我们该如何克服我们的弱点?

柏:我觉得我们先从说话开始。多说"谢谢",多说"对不起",多说"我能不能帮忙"。全世界所有的中国城,都是藏污纳垢的地方。再看看意大利城,看看日本城,他们的小区清洁整齐,中国人真是无地自容。为什么不先从清洁着手!

问:中国文化中难道没有一点民主?

柏:中国当然有民主:"你是民,我是主!"

问:您怎样展望中华民族和整个中国的未来?

柏:这要看我们这些人——普通人民,是否都能觉醒,是否知道我们的缺点是什么。这是文化层面,不是政治层面。

问:您今天所说的,在台湾是不是也可以说?

柏:我说的话,人前人后,从官方到民间,从台北到纽约,都是一样。如果能去大陆,我也是这个意见。

问:中国要建立起一个民主制度,需要改造我们的民族性,需要从酱缸里跳出来。如果多数中国人都不自觉,推动也相当困难,少数人自觉也无能为力。

柏:我们现在就要告诉人民,人民与政府之间,是权利义务的关系。

问:我认为,制度与民族性、人性之间,有很大的依附关系。改造民族性是长期的过程,并非要等改造好了才去建立民主制度。也可以先建立民主制度,以有利于民族性的改造。

柏:所以我们争一时,也争千秋;争千秋,也争一时。有千秋的计划,但能改变一点就改变一点。这种压力一旦形成,会有很大效果。只看我们的努力能否构成压力,能否形成一种非民主不可的潮流。

问:中国人太聪明,但中国人的小聪明太多,没有大智慧。美国人看起来笨笨的,但他们却有大智慧。就长程来说,小聪明斗不过大智慧。

柏:中国人太聪明了,聪明得把所有的人都看成白痴。自己从八十层高楼跌下来,经过五十层窗口外,还在讥笑里面喝咖啡的夫妇,竟然不知道不久就会被咖啡噎死!

中国人与酱缸

本文是柏杨于1981年8月16日在美国纽约华府孔子大厦讲辞。

《北美日报》记者记录。

刚才主席讲,今天我能和各位见面,是"松社"的荣幸,实际上,却是我的荣幸。非常感谢他们,使我离开祖国这么远的地方,和各位见面,请各位指教。本来主席和《新土杂志》社长陈宪中先生告诉我,这是一个座谈会,所以我非常高兴愿意出席,直到昨天从波士顿回来,才发现这是一个演讲会,使我惶恐,因为纽约是世界第一大都市,藏龙卧虎。我仅仅将个人感受到的,以及我自己的意见,报告出来。这只是发表我自己的意见,而不是一种结论,请各位指教,并且交换我们的看法。今天主席给我的题目是《中国人与酱缸》,如果这是一个学术讨论会,我们就要先提出来,什么是中国人?什么是酱缸?我想我不再提出来了,因为这是一个画蛇添足的事情。世界上往往有一种现象是:人人都知道的事,如果把它加一个定义的话,这事的内容和形式却模糊了,反而不容易了解真相,在这种情况之下,讨论不容易开始。

记得一个故事,一个人问一位得道的高僧——佛教认为人是有轮回转生的,说:"我现在的生命既是上辈子的转生,我能不能知道我上辈子是个什么样的人?既是下辈子又要转生,能不能告诉我下辈子又会转生什么样的人?"这位得道高僧告诉他四句话:"欲知前世因,今生受者是;欲知后世果,今生做者是。"假定你这辈子过的是很快乐的生活,你前辈子一定是个正直宽厚的人。假定你这辈子有无穷的灾难,这说明你上辈子一定做了恶事。这个故事给我们很大的启示。在座的先生小姐,如果是佛教徒的话,一定很容易接受,如果不是佛教徒的话,当然不认为有前生后世,但请你在哲理上观察这段答问。

我的意思是,这故事使我们联想到中国文化。在座各位,不管是哪一个国籍的人,大多数都有中国血统,这个血统不是任何方法可以改变的。不高兴是如此,高兴也是如此。我们所指的中国人是广义的,并不专指某一个特定地区,而只指血统。

中国人近两百年来,一直有个盼望,盼望我们的国家强大,盼望我们的民族成为世界上最优秀的民族。但是,多少年以来,我们一直衰弱,我们一直受到外人的歧视,原因在什么地方?当然我们自己要负责任。但是,从文化上追寻的话,就会想到刚才所说的那个故事,为什么我们到今天,国家还不强大,人民还受这么多灾难?从无权无势的小民,到有权有势的权贵,大家方向都是一样的,都有相同的深切盼望,也有相同的深切沮丧。

我记得小时候,老师向我们说:"国家的希望在你们身上。"但是我们现在呢?轮到向青年一代说了:"你们是国家未来的希望。"这样一代一代把责任推下去,推到什么时候?海外的中国人,对这个问题更加敏感,也盼望得更为殷勤。今天我们国家遭到这样的苦难,除了我们自己未能尽到责任以外,传统文化给我们的包袱是很沉重的,这正是所谓前生因,今世果。

前天我在波士顿博物馆,看到里面陈列着我们祖母时代的缠足的鞋子。我亲身的经验是,像我这样年纪的妇女,在她们小时候都是缠足的,现在你们年轻人听来简直难以想象。为什么我们文化之中,会产生这种残酷的东西?竟有半数的中国人受到这种迫害,把双脚裹成残废,甚至骨折,皮肉腐烂,不能行动。而在我们历史上,竟长达一千年之久。我们文化之中,竟有这种野蛮部分!而更允许它保留这么长的时间,没有人说它违背自然,有害健康,反而大多数男人还认为缠小脚是值得赞美的。而对男人的迫害呢?就是宦官。根据历史记载,宋王朝以前,但凡有钱有权人家,都可自己阉割奴仆。这种事情一直到十一世纪,也就是宋王朝开始后,才被禁止。这种情形,正说明我们文化里有许多不合理性的成分。而在整个历史发展的过程中,不合理性的成分,已到了不能控制的程度。

任何一个民族的文化,都像长江大河,滔滔不绝地流下去,但因为时间久了,长江大河里的许多污秽肮脏的东西,像死鱼、死猫、死耗子,开始沉淀,使这个水不能流动,变成一潭死水,愈沉愈多,愈久愈腐,就成了一个酱缸,一个污泥坑,发酸发臭。

说到酱缸,也许年轻朋友不能了解。我是生长在北方的,我们家乡就有很多这种东西,我不能确切知道它是用什么原料做的,但各位在中国饭馆吃烤鸭的那种作料就是酱。酱是不畅通的,不像黄河之水天上来那样澎湃。

由此死水不畅,再加上蒸发,使沉淀的浓度加重加厚。我们的文化,我们的所谓前生因,就是这样。

中国文化中最能代表这种特色的是"官场"。过去知识分子读书的目的,就在做官。这个看不见摸不着的"场",是由科举制度形成,一旦读书人进入官场之后,就与民间成为对立状态。那个制度之下的读书人,唯一的追求标的,就是做官,所谓"书中自有颜如玉,书中自有黄金屋"。读书可以做官,做了官就有美女和金钱。从前人说,行行出状元,其实除了读书人里有状元,其他人仍是不值一文的工匠。那时候对其他阶层的人,有很多制度,不能穿某种衣服,不能乘某种车子。封建社会一切都以做官的人的利益为前提。封建社会控

过去知识分子读书的目的，就在做官。这个看不见摸不着的"场"，是由科举制度形成，一旦读书人进入官场之后，就与民间成为对立状态。那个制度之下的读书人，唯一的追求标的，就是做官，所谓"书中自有颜如玉，书中自有黄金屋。"读书可以做官，做了官就有美女和金钱。

制中国这么久,发生这么大的影响和力量,在经济上的变化比较小,在政治上却使我们长期处在酱缸文化之中,特征之一就是以官的标准为标准,以官的利益为利益,因而变成一种一切标的指向"政治挂帅",使我们的酱缸文化更加深、更加浓。

这种长期酱在缸底的情形,使我们中国人变得自私、猜忌。我虽然来美国只是短期旅行,但就我所看到的现象,觉得美国人比较友善,比较快乐,经常有笑容。我曾在中国朋友家里看到他们的孩子,虽然很快乐,却很少笑,是不是我们中国人面部肌肉构造不一样?还是我们这个民族太阴沉?

由于民族的缺乏朝气,我们有没有想到,造成这样的性格,我们自己应该负起责任?中国人的人际之间,互相倾轧,绝不合作。这使我想起了一个日本侦探长训练他的探员,要求他属下看到每一个人,都要怀疑他是不是盗贼。这种心理状态用于训练刑事警察是好的,但是中国人心里却普遍的有这种类似情况:对方是不是想从我这里得到什么好处?形成彼此间的疑惧,这种疑惧使中国人变成一盘散沙。

我们是这样大的一个国家,有资源,有人口,八亿或者十亿,能够同心协力的话,我们在亚洲的情况,哪里会不及日本?

由于长期专制封建社会制度的斲丧,中国人在这个酱缸里酱得太久,我们的思想和判断,以及视野,都受酱缸的污染,跳不出酱缸的范围。年代久远下来,使我们多数人丧失了分辨是非的能力,缺乏道德的勇气,一切事情只凭情绪和直觉反应,而再不能思考。一切行为价值,都以酱缸里的道德标准和政治标准为标准。因此,没有是非曲直,没有对错黑白。在这样的环境里,对事物的认识,很少去进一步地了解分析。在长久的因循敷衍下,终于来了一次总的报应,那就是"鸦片战争"。

鸦片战争是外来文化横的切入,对中国人来说,固然是一次"国耻纪念",但从另一角度看,也未尝不是一次大的觉醒。日本对一些事情的观察,跟我们似乎不同。十八世纪时,美国曾经击沉了日本两条船,使日本打开门户,日本人认为这件事给他们很大的益处,他们把一种耻辱,当作一种精神的激发。

事实上,我们应该感谢鸦片战争,如果没有鸦片战争,现在会是一种什么情况?至少在座的各位,说不定头上还留着一根辫子,女人还缠着小脚,大家还穿着长袍马褂,陆上坐两人小轿,水上乘小舢板。如果鸦片战争提早三百年发生,也许中国改变得更早一些,再往前推到一千年前发生的话,整个历史就会完全不一样。所以我认为这个"国耻纪念",实际上是对我们酱缸文化的强大冲击,没有这一次冲击,中国人还一直深深地酱在酱缸底层,最后可能将窒息而死。

鸦片战争是一个外来文化横的切入,这使我们想到,在中国历史上,清王朝是个最好的时代,如果鸦片战争发生在明王朝的话,中国会承受不住,情形将大不一样。西方现代化的文明,对古老的中国来说,应该是越早切入越好。这个大的冲击,无疑是对历史和文化的严厉挑战,它为我们带来了新的物质文明,也为我们带来了新的精神文明。

所谓物质文明,像西方现代化的飞机、大炮、汽车、地下铁等等,我们中国人忽然看到外面有这样的新世界,有那么多东西和我们不一样,使我们对物质文明重新有一种认识。再说到精神文明,西方的政治思想、学术思想,也给我们许多新的观念和启示。过去我们不知道有民主、自由、人权、法治,这一切都是从西方移植过来的产品。

以前中国人虽有一句话,说"人命关天",其实,人命关不关天,看发生在谁身上。如果说发生在我身上,我要打死一个人的话,当然关天。但如果凶手是有权势的人,人命又算得什么?所以还是要看这关系到谁的问题。古圣人还有一句话,说"民为贵,君为轻",这不过是一种理想,在中国从没有实现过。以前的封建时代,一个王朝完了,换另一个王朝,制度并没有改变。把前朝推翻,建立了新朝,唯一表示他不同于旧王朝的,就是烧房子,把前朝盖的皇宫宝殿烧掉,自己再造新的,以示和前朝不同。他们烧前朝房子的理由,是说前朝行的是暴政,自己行的是仁政,所以"仁政"要烧"暴政"的房子。如此一代一代下来,并不能在政治思想上有任何新的建树,而只以烧房子来表示不同。这使我们中国这个古老的国家,几千年竟没有留下来几栋古老建筑。

中国政治思想体系中,也有一些理想的东西,是接近西方的,例如"王子犯法,与庶民同罪"这样的话,但这也不过只是一种希望和幻想罢了。事实上,这是根本不可能的事,王子犯法绝对不会和庶民同罪的,中国人向来不知道民主、自由、法治这回事。虽然以前有人说,我们也有自由,可以骂皇帝,但我们的自由极为有限,在统治者所允许的范围内,有那么一点点自由。人民或许可以骂皇帝,但得偷偷地背地里骂。自由的范围很狭小,当然可以有胡思乱想的自由,但是民主、法治等等观念,却完全没有。

中华民族是世界上最伟大的民族之一,当然,我们在感情上也不得不这样认为,否则就难以活下去了。但世界上还有另一个伟大的民族,就是盎格鲁撒克逊。这个民族为世界文明建立了钢架,像他们的议会制度、选举制度,和司法独立、司法陪审制度等等,为人类社会,建立了一个良好结构,这是它对文明所做出的最大贡献,也是西方社会能够在政治上走向合理公平的原因之一。

一切好的东西,都要靠我们自己争取,不会像上帝伊甸园一样,什么都已经安排好了。中国人因为长期生活在酱缸之中,日子久了,自然产生一种苟且心理,一面是自大炫耀,另一面又是自卑自私。记得以前看过一部电影,忘记了影片的名字,一个贵妇人,她某一面是美丽、华贵、被人崇拜,另一面却是荒淫、无耻、下流,她不能把这双重人格统一起来,后来心理医生终于使她面对现实,她只好自杀。我们检讨自己病历的时候,是不是敢面对现实,用健康的心理,来处理我们自己的毛病?

我们应该学会反省,中国人往往不习惯于理智反省,而习惯于情绪的反省。例如夫妻吵架,丈夫对太太说,你对我不好。太太把菜往桌上一掼,说:"我怎么对你不好?我对你不好,还做菜给你吃?"这动作就是一种不友善的表示,这样的反省,还不如不反省。

中国人却学什么，不像什么。中国人只会找出借口，用"不合国情"做挡箭牌，使我们有很好的拒绝理由。由此可知，酱缸文化太深太浓，已使中国人丧失了消化吸收的能力，只一味沉湎在自己的情绪之中。

自从西方文化切入以后,中国在政治思想上固然起了变化,在道德观念上也起了变化。以前,丈夫打老婆是家常便饭,现在你要打一下,试试看!年轻朋友很幸运的是,传统之中一些堕落的文化,已被淘汰了不少,不但在政治上道德上如此,在所有文化领域中,如艺术、诗歌、文学、戏剧、舞蹈,都起了变化和受到影响。

一说起西洋文化、西洋文明,准有人扣帽子,说"崇洋媚外"。我认为崇洋有什么不可以?人家的礼义确实好过我们的粗野,人家的枪炮确实好过我们的弓箭。如果朋友之中,学问道德种种比自己好,为什么不可以崇拜他?中国人没有赞美别人的勇气,却有打击别人的勇气。由于我们的酱缸文化博大精深,遂使中国人"橘逾淮则枳"。橘子在原来的地方种植生长出来,又大又甜,但移植到另一个地方去,却变成又小又酸了,这是水土不服。我有一位朋友,他就是在我坐牢的十年中,一直营救我的孙观汉先生,他曾将山东省大白菜种子,带到匹兹堡来种,但种出来的菜,完全不是原来的样子。

可是日本人就有一种本事,学什么,像什么,而中国人却学什么,不像什么。日本人这种精神了不起,他可以学人家的优点,学得一模一样。中国人只会找出借口,用"不合国情"做挡箭牌,使我们有很好的拒绝理由。甲午战前,日本人到中国海军参观,看见我们的士兵把衣服晒在大炮上面,就确定这种军队不能作战。我们根本不打算建立现代化观念,把一切我们不想做的事,包括把晒在大炮上的衣服拿开,也都推说"不合国情"。

像台北的交通问题,原是最简单不过的事,多少年来,却一直解决不了。我想如果对违规的人施以"重罚",几次下来也就好了。但有人提出来应该要教导他们"礼让",认为礼让才适合我们国情。我们已经礼让得太久了,被坑得太深了,还要再礼让到什么时候?我们设了一个行人穿越马路时的"斑马线","斑马线"本来是保护行人的,结果很多人葬身在"斑马线"上。我有个朋友在台北开车时横冲直闯,到美国来后常常接到罚单,罚得他头昏眼花,不得不提高注意。就像交通规则,这么简单的事,中国也有,可是立刻扭曲。一说起别国的长处,就有人号叫说"崇洋媚外"。事实上,美国、法国、英国、日本,他们有好的,我们就应该学。他们不好的,就不应该学,就是这么简单明了!

有位美国人写过一本书《日本能,为什么我们不能?》,并没有人说这位教授崇洋媚外。由此可知,酱缸文化太深太浓,已使中国人丧失了消化吸收的能力,只一味沉湎在自己的情绪之中。一位朋友开车时往往突然地按一下喇叭,我问他为什么,他开玩笑说:"表示我不忘本呀!"我们希望我们有充足的智慧认清我们的缺点,产生思考的一代,能够有判断和辨别是非的能力,才能使我们的酱缸变淡、变薄,甚至变成一坛清水,或一片汪洋。

中国人非常情绪化,主观理念很强,对事情的认识总是以我们所看见的表象作为判断标准。我们要养成看事情全面的、整体的概念。很多事情从各个不同的角度发掘,就比从一个角度探讨要完全。两点之间的直线最短,这是物理学上的;在人生历程上,最短距离往往是曲线的。所以成为一个够格的鉴赏家,应是我们追求的目标。有鉴赏能力的社会,才能提高人们对事物好坏的分辨。以前我曾看见过老戏剧家姜妙香的表演,他已经六十多岁了,脸上皱纹纵横,简直不堪入目。可是,这对他艺术的成就,没有影响。当他唱《小放牛》的时候,你完全忘了他苍老的形象。大家有鉴赏分辨的能力之后,邪恶才会敛迹。好像我柏杨的画和凡·高的画放在一起,没有人能够分别,反而说:"柏杨的画和凡·高的画一样!"那么,真正的艺术家受到很大的打击,社会上也就永远没有够水平的艺术作品。

中国虽然是个大国,但中国人包容的胸襟不够,心眼很小。前天我在肯尼迪机场搭飞机,在机上小睡了一个钟头,醒来后飞机仍没有开,打听之下,才知道他们在闹罢工。我惊异地发现,旅客秩序很好,大家谈笑自如,这如果发生在台湾,情形可能就不一样了。旅客准跑去争吵:"怎么还不起飞?怎么样?难道吃不饱?闹什么罢工?罢工你还卖票?"他们是从另一个角度看:如果我是领航员,说不定我也参加罢工。从这里面也可以看见所谓大国民的气度,美国这个国家的包容性很大,它不但包容这么多肤色和种族,还包容了不同的语言和不同的风俗习惯,甚至包容了我们中国人的粗野。

这种风度说明一个大国的包容性,像里根和卡特在电视上辩论的时候,彼此之间各人发表政见,并没有做出粗野攻击。里根并没说,你做了几年总统,只知道任用私人!卡特也没有说,你没有从政经验,这个国家你治理得好呀?双方都表现了极好的风度,这就是高度的民主质量。

我对政治没有兴趣,也不特别鼓励大家都参与政治,但如果有兴趣参与,就应该参与,因为政治是太重要了。不管你是干什么的,一条法律颁布下来,不但金钱没有保障,连自由、生命也没有保障。

但我们不必人人参与,只要有鉴赏的能力,也是一样。这种鉴赏,不但在政治、文学、艺术上,即使是绘画吧,鉴赏的水平也决定一切。那些不够格的,像我柏杨,就得藏拙,只敢偷偷地画,不敢拿出来,否则别人一眼看出来高下,会说:"你这是画什么玩意儿,怎么还敢叫人看?"有了真正鉴赏的能力,社会上才有好坏标准,才不至于什么事都可打个马虎眼儿,大家胡混,酱在哪里,清浊不分,高下不分,阻碍我们的发展和进步。

我的这些意见,是我个人的感想,提出来和大家讨论,还请各位指教,并且非常感谢各位。

——原载1981.8.19.—21.纽约《北美日报》

人生文学与历史

这是柏杨于1981年8月22日,在旧金山斯坦福大学历史系的讲稿,本报几经辗转,才取得录音带,特别刊出,以飨读者。

主席:各位先生、各位女士,现在我要介绍柏杨先生和各位见面。柏杨先生昨天晚上,才从凤凰城赶到旧金山来。(介绍词从略)

柏杨:主席、各位先生、各位女士:真是非常的荣幸,能够在加州最高学府之一——斯坦福大学,和各位见面。我是这么样的兴奋,我在从凤凰城到旧金山的飞机上,就想象今天和各位见面的情况。我那时的心情,和现在的心情印证起来,完全一样。在我来讲,这是一个很荣誉而传奇性的遭遇。今天主席给我出的题目太大了,我觉得很不敢当。在纽约时,接到李玲瑶女士的电话,告诉我这个题目,我非常感谢,但是我感觉到我不能胜任。前天,我在凤凰城,翟孟斌先生在电话中再次提醒我,这样一来,我不但感觉到不能胜任,而且非常惶恐,因为我没有资格讲这么大的题目。我之所以接受,是因为我有这样一份勇气,我愿意就这个题目,提出我自己的感想,就是中国五千年的历史,她给我们什么样的启示。在没有开始正题之前,我愿意报告另一个感想,那就是印第安人——美国的主人,真正美洲的原居民——他们给我的印象。我参观过印第安人的废墟,也参观过印第安人的保留地,也曾经和印第安人碰过面。虽然时间这么短,交谈那么少,但是印象却十分深刻。尤其是有一次在 Carefree 时,我去附近四十分钟车程的一个印第安人废墟,看到了印第安人的手工艺,他们现在的手工艺和六百年前的手工艺比较,无论是形式或者花纹,编织的手法和所有的材料,简直完全一样。由这件小的手工艺品上,使我想到和了解到,他们目前面对的是什么样的命运。我们不能想象这么一个伟大的、历史悠久的民族,会在美国政府给他们的保留区内,苟延残喘。印第安人本身的遭遇,和他们悲痛的历史,他们被欺骗、被屠杀、被羞辱之后,有什么样的反应?我自己有一个印象:那就是他们的反应令人沮丧。我认为,印第安人目前面对的,不是经济或道德问题,而是灭种的威胁。我不是一个预言家,不是一个算命先生,我只是用我自己的印象,和一般朋友告诉我的种种事迹作为根据。各位,我们是不是可以这样猜想,再过一百年、五百年、一千年,或许长,或许短,印第安人总有一天要灭种。因为他们对现代文明,拒绝吸收。固然他们目前有他们的保留地,他们不侵犯别人,别人也不侵犯他们,但是这个保留地是美国政府的,也可以说是白人赏赐给他们的。当然,在理论上,在感情上,我们可以说,那不是赏赐的,那是印第安人自己争取来的,是印第安人自己的故土。但是如果我们的感情不是文学的、不是诗的,而是理性的话,就知道这点保留地出自美国白人的恩典,也可以说出自于美国白人的赎罪态度。所以,假如有一天,美国人口增加,需要那些保留地,我想印第安人的下场将非常凄凉。我们是不是应该有这样的看法:一个民族的覆亡,是一件非常大的事情,但不是不可能。每当我看到印第安人废墟,和他们文化的停滞,就感到心如刀割,不由得想到,会不会有一天,中华民族也像印第安人一样?有一个朋友说,这不可能,因为中华民族历史悠久,人口又这么多。我想这仅是一种情绪上的慰藉。五千年历史就可以保证一个民族不灭?不晓得根据什么理论基础。宇宙苍茫,五千年只是刹那之间的事,人类还要生存五千亿年呢,和五千亿年相比,五千年所占是个很小的比例。还有人口的多寡,也不足以决定一个民族的兴亡。当初欧洲人第一次登陆美洲的时候,印第安人口也非常多,远超过白人。

这种情绪上的懵懂,使我非常难过,觉得我们中国人是不是遇到一些问题了。一个很突出的困惑是,为什么到目前为止,中国还不够强大?我们具备了各种强大的条件。那么,一定是促使我们不强大的条件,远超过促使我们强大的条件。虽然我研究历史没有师承,是用土法炼钢的那种方式(笑声),不过我却是很认真地炼。现在我把土法炼钢的心得,向各位报告一下,提供各位一些参考,并且请各位指教。

这里我想起了一个故事,美国有家公司,派他公司里面的一个职员,到欧洲考察,考察了几个月回来之后,向他的公司当局提出一份报告。报告上说,欧洲无论在技术方面、管理方面,都非常的落后,比不上美国。这份报告大概写了一两百页,呈送到董事会,董事会立刻通过一项议案,把这个职员开除。董事长说,我们叫你去考察的目的,是叫你发掘欧洲的长处,不是叫你发掘他们的短处,我们的长处用不着你发掘,不需要你提醒,我们需要的是了解他们比我们强的地方,需要发掘我们自己的缺点,然后才可以改进,我们不听自我歌颂的声音,这种声音听多了,会使我们麻木陶醉,会使我们的产品质量降低,会使我们的公司倒闭。

这个故事,我们说它是个寓言也可以。不过,无论如何,这故事给我们很大的启示。所以我今天所要报告的,不是我们中华民族的长处,而是探索妨碍我们中华民族进步,使我们中国到现在还不能强大起来的原因。刚才午餐时候,几个朋友谈起求学的事情,大家都在忧愁,孩子都要上大学了,要缴很多钱。我们有一个这样的发现:中国人无论自己怎么苦,怎么困难,总要让孩子上学。有些民族就不见得是这样子,各位的眼界要比我开阔得多,这是我发现的中华民族的一个长处。我想这一类中国人的优点,不必再提了,因为人们提得太多。而且我们不提它,它还是存在。所以今天的报告,只谈我们中国人的缺点。专门谈优点是救不了自己的,只有认清缺点,才可以自救。

第一,中国虽然有五千年的历史,但五千年来,对人性尊严摧残的封建力量,不是一天天减少,而是一天天增加。春秋战国时候,君臣之间是平起平坐的,帝王和大臣平起平坐在一个榻榻米上。一直到公元前二世纪,西汉王朝的叔孙通制定了朝仪,就是在刘邦当皇帝的时候,也就是儒家学派当权的时候,叔孙通制定这个朝仪,使帝王成为一种很庄严、很肃穆,甚至很恐怖的权威。大臣朝见皇帝时,有卫士在旁边监督,任何人态度不合乎规格,像偶尔抬一下头之类,就要受到处罚。这样的改变,使得君王远离人民,跟人民保持一段距离。但是,在皇帝手下,大臣们总还有一个座位。到了十世纪宋王朝,连这个座位也开始消失。皇帝和宰相坐而论道的日子,一去不返。这是一个很小的变革,但它象征的意义很大,那就是说,君和臣、官和民,距离愈拉愈远。到了十四世纪明王朝,人性的尊严更受到彻底的伤害,谁也没办法想象,一个君王会对自己国家的人民,这么仇视。明王朝建立了一种"君父"观念,君就是父,也就是说,皇帝就等于你的父亲。这种观念一经建立,所产生的流弊,无穷无尽。其中最可怕的症候,就是廷杖。上自宰相,下至小民,只要管辖你的家伙认为你犯了法,他就可以把你的四肢抓起来,就在金銮殿上或公堂上,也就是在政府的所在地,加以拷打,把你打得皮破血流。这种廷杖制度,这种君父思想的结合,使中国人的自尊,几乎泯灭,使中国人的人格,几乎摧残殆尽。中国人唯一保持自尊的方法,只有在受廷杖的时候,不喊出声音(笑声)。常常有坚强的官员,当他被打的时候,痛苦得在地上摆动头部,把自己的胡子都擦掉了,却拒绝喊叫。这是那时代人们唯一可以办得到的,可是,却不能提升到反抗的层面。

我们常常说中华民族是一个同化力非常强的民族,到目前为止,的确如此;我们可以看到,历史上有好几次,凡是侵略中国的民族,最后都被中国同化。好比说最早的北魏,孝文帝拓跋宏的时候,他变法

廷杖就是打屁股，四个宦官把趴在地上官员的四肢，伸展开拴起来，然后用麻袋把头套住，由两个宦官按住大腿。当皇帝宣布廷杖一百时，那么就打一百。

革新，采取中国的方法治理国家。又好比满清，走的是拓跋宏同一的路。这两次外族对中国最大的侵略，最后都是中华民族得到胜利。不过我们应该注意到，他们最后固然都吸收了中国文化，继承了中国文化，但是吸收的却是中国文化中最糟的部分，所以结局也只好最糟。吸收中国文化的结局，并没有使他们的民族更强大，反而使他们的民族和我们中华民族，共同堕落。例如北魏皇帝拓跋宏宣布鲜卑人不能讲鲜卑话，一律都要讲中国话，而且要改成中国姓氏，然后更采用了中国封建制度和宫廷制度，更采用了中国士大夫门第和门阀制度，这些是北魏以前没有的。他们原来是荒原上的游牧民族，心胸开阔，尊卑之间的距离，也非常微弱，而现在却用人力加以破坏。

听众：请问什么叫廷杖？

廷杖就是打屁股（笑声），四个宦官把趴在地上官员的四肢，伸展开拴起来，然后用麻袋把头套住，由两个宦官按住大腿。当皇帝宣布廷杖一百时，那么就打一百。通常廷杖不能超过一百，假如超过一百，就会死于杖下。那些执行廷杖的帮凶，会察言观色，假如皇帝只是恨你，并没有杀你的意思，那么打一两百下也不会致命。假如皇帝一定要置你于死地的话，那么三四十下也可以把你打死。普通情形下，官员或小民在接受廷杖时，往往用行贿的方法，施刑时听起来声音很大，看起来很痛，但不至于死，即使血肉横飞，也不至于伤到筋骨，也就是说光是痛，不会毙命。他们这些人都受过训练，他可以用一张纸包满稻草，一直打到稻草都碎了，纸却不破。这是一种残忍的刑罚，可以把你打得表皮看不出伤痕，而事实上里面的筋骨都已经断了。在廷杖制度下，人性尊严完全被摧残。十四十五世纪，欧洲已是文艺复兴时代，中国却在实行廷杖，使人叹息。

我们再回来讲刚才的主题，蒙古是一个非常奇怪的民族，侵入中国之后，对中国文化，采取抗拒态度。九十年之前，他们怎样来到中国，九十年之后，也怎样地离开中国。对中国文化，没有受到一点感染。满清政府建立之后，继承的是中国大黑暗时代明王朝的政治制度和社会结构，对新的政权，有一种腐蚀作用。以致清王朝虽有那么强大的武力,但经过一百年的政治腐蚀,到了最后,一发不可收拾。人权观念被这种悠久的封建制度、封建社会、封建势力,一天天地摧残,简直几乎泯灭,对中国人的影响太大了。中国人的自尊心没有办法保留完整,假如说有保留的话,也只有如鲁迅先生说的阿Q精神,那就是只好在情绪上满足自己,而不能在真正内心上获得充实。我想情绪上的满足和内心上的充实,是不一样的。举个例子来说,我到你家里拜访,看到你的房子这么漂亮,主人学问这么高,我佩服你,羡慕你,回去之后我会想,我要努力工作,有一天我要像你一样,有那么好的学问,住那么好的房子。假如我走出房子就说,住那么好的房子,谁知道他的钱是偷来的还是抢来的,希望他明天就一场大火,烧个净光(笑声)。我们民族心理上长期受到压制,只好用这种情绪,使自己平衡。

第二点要报告的是,中国五千年历史,只有三个黄金时代,第一个黄金时代是春秋战国,那时候各式各样的思想、各式各样生活方式,同时并行。第二个黄金时代应该在唐王朝,唐太宗李世民大帝的贞观之治,到唐明皇李隆基在位中期,不过一百年左右。第三个黄金时代,应是十七世纪六十年代到十八世纪六十年代清王朝中叶。中国五千年历史里,只有这三个黄金时代。其他的四千余年呢,几乎每一年,甚至每一天,都有战争。西方有位学者,曾经做过一个统计,证实人类自有历史以来,每年都有战争。这种现象在中国历史上,更是一样。我自己也曾做过这种统计,而且写了一部《中国历代战乱编年史》初稿,发现中国历史上也每年都有战争。但以中国为单位统计和以世界为单位统计,意义完全不一样,因为世界地方太大,中国和世界比较,中国就太小了。尤其是中国版图到明王朝的时候,跟公元前二世纪秦王朝大小一样,比现在的版图,要小一半。

在这么小的版图里,如果每年都有战争,而且还只是有记载的战争,没有记载的战争,还不在我们统计的范围,可看出中国的动乱非常可怕。一个王朝取代另外一个王朝过渡期间的大混乱,总有三五十年,由政权的夺取到政权的安定,又要二十年左右。然后政权再腐败,反抗力量再起,大混战重新到来,陷入治乱相迭的恶性循环。中国人可以说是长期地,甚至永远地生长在贪污、混乱、战争、杀戮、贫穷里面,因之中国人始终没有安全感,总是觉得惶惶不安。我们有这么悠久的历史,又有这么大的国土,中国人的心胸应该磅礴四海,非常开朗才对,只因为长期的贫穷、杀戮、忌猜,使得我们心胸,反而十分狭窄。只求今天能过得去就可以了,明天的事情怎么发生,我不知道,战争要绵延到什么程度,我也不知道。战争影响水利,水利工程被破坏之后,接着来的是大旱灾,旱灾之后,又是大蝗灾,这样的旱灾、水灾、蝗灾,赤地千里。在历史上,"人相食"三个字,不知道出现过几十次几百次。我们认为我们是高级文明的民族,怎么会发生这种人吃人的野蛮行为呢?实在是我们的灾难太多了,而且患难也太久了。不必说国家民族,就个人来说,一个人如果贫穷太久,苦难受得太多,他对任何事情都会发生一种不信任的心理反应。我坐牢要出来的前几天,一个官员叫我,告诉我说:"报告一个好消息,你要出去了。"我说:"吃什么豆腐!"(笑声)那官员说:"你为什么不相信呢?我能骗你吗?"我要求他拿证明给我看,因为我相信的太多了,受到的欺骗也太多了,每一次都失望。一个在患难中太久的人,他就有不相信好消息的权利(笑声)。一个民族也是一样,太久的折磨,人们认为,一个新王朝来了之后,就可以怎么样怎么样,结果几乎没有一次不落空。有人问中国为什么没有伟大的建筑,而外国有呢?那是因为中国的建筑是用木料做的,它会腐烂掉。我认为这不是原因,原因是,一个新的王朝兴起之后,就会用一把火把它烧掉(笑声)。秦王朝留下来那么好的阿房宫,可是项羽认为那是民脂民膏,那是暴政,所以放了一把火。等过几天呢,他自己也盖了一个(笑声)。再过几天呢,又来了另外一批人,又说你这是民脂民膏,是暴政,又把它烧掉。这种不成熟的情绪,就足以造成长期的贫穷,使中国人的自尊心没有办法建立,中国人的心胸没有办法开阔。有一句格言说,多难兴邦(笑声),我们先要了解,格言都是情绪的,在某一种特定的条件之下,它才是真理,它不是科学的。"难"如果太多,就没办法兴邦(笑声)。

对格言一定要有认识,譬如说,"哀兵必胜",那可不见得,"哀兵"失败的很多。一支大军最后被消灭,哪一个不是"哀兵"(笑声)。像迦太基对抗罗马,到最后几乎全国皆兵,可以说是一面哭一面打,最后还是被罗马消灭了。"哀兵"不见得获胜,"多难"也不见得兴邦,而是说,"多难"必须恰到好处的时候,才能兴邦(笑声)。而中国呢,就是太"多难"了,所幸"多难"还未多到把我们消灭的程度,但是已经多到使我们失去灵性。

第三,我们从历史上发现,中国社会有一个很奇怪的现象,是其他国家所没有的,就是所谓的"官场"。官场来自科举制度。有一点我不知道各位是不是同意,日本吸收了中国全部文化,他把中国所有的东西都吸收过去,小自榻榻米、木屐(笑声),大至政府组织、政治制度等,却只有一点没有吸收,使得日本后来明治维新时,能够一下子强大起来,而未造成阻力,这一点就是科举制度。中国的科举制度有它的功能和贡献,但也造成了中国的官场。官场是一个非常奇怪的蛛网,看也看不见,摸也摸不着,但是你可以感觉到你已进入了盘丝洞。中国"官僚"这个字,不能用 bureaucrats 来翻译。中国官僚有它的特征,效忠的对象绝对不是国家,也绝对不是领袖,他只效忠于给他官做的人。王朝政府可变,官场不变。所以满洲人统治藏人、蒙古人、汉人,都分别针对那个民族的弱点。对藏人呢,用喇嘛教,把喇嘛请到北京来,当成大爷,极尽恭敬之能事。对蒙古人呢,用婚姻手段,把所有的皇女公主,都嫁给蒙古王子,她们生的儿子,就是我的外甥(笑声),把那些小王子从小养在宫廷里,叫我舅舅啦,叫我公公啦,等你长大以后,怎么可以反对你的舅舅、公公呢。满洲人的皇女公主,绝对不嫁给汉人。他们统治汉人的方法,就是科举,他们知道中国人有个毛病,就是好做官(笑声)。我给你做官的希望,你就会服服帖帖的,把你的民族意识,和人性尊严,全部交出来。所以官场是一个神秘的社会层面,官场有特殊的行为标准和价值观念。他不效忠皇帝,皇帝换了,他还是做他的官(笑声)。他也不怕国亡,亡了国,只要你给他官做,他还是做他的官。于是花花世界,只不过是官的发威场所,自然形成了官官相护,非常复杂的关系。不晓得各位有没有看过一本书——《官场现形记》,这是一本分析中国官场结构的书,你不要用文学的眼光去看这本书,而要用研究社会问题的眼光看这本书。因为官场这种关系建立,使得我们中国的人际关系,更趋微妙。我想各位在美国这么久,是不是发现,美国的人际关系,比中国的人际关系要单纯得多?中国有句话说,做事容易,做人难。做人是什么呢?就是人际关系处得好不好。有出京戏《审头刺汤》,有一个法官,另有一个陪审官,另外还有一个美丽的年轻寡妇,她的丈夫被谋杀了。在审判中,她抱着一个人头在哭,如果这个人头是真的话,那么这个案子就可以了结,如果是假的话,这个案子发作起来,会牵连很大,要死很多人。陪审老爷喜欢这个美丽年轻寡妇,这个女子也向他暗示,她可以嫁给他,于是这位陪审老爷就坚持这个人头是真的(笑声)。那位女子一看可以结案了,表示不愿嫁给他了,这位汤老爷马上坚持人头是假(笑声)。我们中国人永远就在这种官场关系里,是非不明地反反复复,一会人头是真,一会人头是假,到底人头是真还是假,谁都搞不清楚(笑声)。官场带给我们这么多的困扰,我想在座的各位专家学人,很多曾经回国做过事,或是将来可能回国做事,我想你遭遇的困难,不是工作的本身。比如说你要造一个原子炉,如果你根本不会,那么这是属于工作上的问题,可是你要造原子炉缺个螺丝钉,管理螺丝钉的这个人呢,他请假出去了。他感冒了,当然要请假,总不能说不准感冒吧。可是事实上,他不是感冒,而是打麻将去了(笑声)。他为什么去打麻将呢,那是因为你跟他的关系搞得不好,你的原子炉造成造不成,跟我有什么关系?原子炉造不成或者是爆炸了,我一点也不在乎(笑声)。如果你说国家受了伤害!受伤害就受伤害,我还是照样做我的官。这就是官场景观,这种几千年累积下来的病态,一直维持到国民革命军北伐,也就是1928年。可是,军事北伐,政治南侵,事实上是官场的毒素南侵。本来革命同志之间的感情是非常纯洁的,不过一旦卷在官场里面,就变得非常复杂,复杂到一个健康的人不能承担的程度。于是社会上的人际关系,就变得跟强力

中国人喜欢做官,这是大家所公认的,谁都难以反驳。只要有人给他官做,他就会服服帖帖地把民族意识,和人性尊严,全部交出来。

胶、糨糊一样，一旦沾上，想脱也脱不掉，想甩也甩不掉。我不晓得各位回国之后有没有这样的发现。举个例子来说，假如你回国，朋友请你吃饭，如果你胆敢回绝的话，那友谊从此就一笔勾销。这就是官场的习性，人际关系变得非常扭曲。为什么要这样？为什么他需要这种官场的关系呢？因为这样才能使他的官位，更加稳固。我有个朋友回到台湾去，一些不相干的人请他吃饭，吃饭之后就托他带些东西到美国来（笑声）。这并不是他有意跟你做交换条件，而是一种很自然的反应，因为吃过一餐饭之后，就变成朋友了，朋友就要互相帮忙（笑声）。官场的现象就是这个样子，如像你造原子炉，这原子炉很危险，是不能碰的东西，可是他会认为，我们都是朋友，碰一下有什么关系（笑声）。往往一个人在当官之前，跟当官之后，变成了两种人。这句话本身是不合逻辑的，只能说一个人的官性太兴旺的时候，人性就消灭了。他没有人性，而只有做官的官性，必须等到有一天他退休了，人性才能回复（笑声）。因为官场的存在，使得中国对于做事的方法，有特别一套，使我们文化发展的轨道，经常脱离方向。

　　第四点报告，我觉得孔丘本身是个很伟大的人物，知识渊博，而且富有同情心，对社会有很大贡献。从孔丘发展出来的儒家和儒家学派，对中国人的影响，更非常深远，一直影响到我们现在。但儒家的基本精神是保守的，严格一点说，儒家不但是很保守的，而且是反对进步的。儒家这个"儒"，在春秋以前是祭祀典礼所用的司仪，因为他了解祭祀程序，遇到国家重要典礼的时候，必须有这样的人提供意见，这种人在本质上当然是崇古的。那个时候，没有新兴的礼乐，必须用古时的礼乐，为了维持他的饭碗，必须先维持他职业的稳定（笑声），所以他必须崇古。我们不用崇古这个不好听的名词，但可以说他们非常保守。这种精神在中国造成坚强的保守意识，而中国社会在这种意识之下，因而丧失了创新的动力，因而也没有了自我检讨、自我反省、自我调整的能力。朋友有的时候谈起美国——很抱歉，我又在各位"老美国"面前班门弄斧，我想我姑妄言之，各位姑妄听之（笑声）——好比有人讲到美国的种族迫害，对印第安人无情的杀戮，对黑人的虐待,对中国人的歧视。我曾参观过安琪儿岛,看到中国人留下来的字和惨苦的诗句。美国这些缺点是不是真的?当然是真的,甚至比我所想象的还要坏。但是我们应注意到另外一个问题是,他们有没有改正的能力?有没有自我反省的能力?现在是不是比以前好?假如没有的话,我们就觉得这个国家没有前途;假如有的话,我们就觉得这个国家伟大,充满了活泼的生命。美国以前也有吊人树的,可是现在没有了;美国以前对囚犯用过水牢,可是现在逮捕人的时候,他们会把宪法第几条念给他听。美国有错误、有偏失,但是美国有改正错误的能力。可是,我们中华民族,却没有这个能力。长久的崇古、不求上进、保守,使这个能力丧失了。在历史上看,商鞅是法家思想,他变法把秦国变成一个怎样的国家呢?在未变之前,人民的生活是,父兄姊弟,大大小小都睡在同一炕上,商鞅使他们过文明生活,不准父母子女同房,也不准哥哥妹妹同房,告诉他们一定要分开来睡。可见那时他们是一个怎么样野蛮落后的国家。商鞅变法,并不是变出一个原子弹,也不是物质上的改革,而是制度的、社会的、教育文化的,基本上的改变,他成功了。那时候是公元前四世纪,到现在两千余年,中国却没有再一次的突破。每一个想要突破的人,最后都身败名裂、家破人亡。商鞅的下场,是车裂,是五马分尸,儒家学派也常常宣扬这些改革人物的下场,阻吓中国人进步(笑声)。历史上最好的一位改革家王安石,他的道德学问和工作能力,无懈可击,可是他的改革却遭到那么大阻力。像张居正,他的遭遇跟商鞅一样凄惨,他刚死了之后,家就被查封,他的儿子活活饿死。一直到康有为的戊戌变法,都不能成功。儒家学派有一种说法:"利不十,不变法。"这句话的意思是说,没有百分之百的利益,绝不可以改革,这种观念正是我们中华民族不能进步、不能强大的最大原因。任何改变都没有十分之十的利益,只要有十分之五点五的利益,就是最大的利益。

譬如说你现在要从斯坦福开车到圣荷西,我认为你不可以开车去,因为汽车可能出车祸;你应该步行去,因为利不十,不开车(笑声)。这样的看法你怎么说吧,而且开汽车还要先去学开车,浪费时间,在街上你不撞人,人家会来撞你(笑声);如果步行,既可以节省金钱,又可以增进健康,而且没有危险,各位听了我的话,明天是不是就步行不开车了。事实上,只要有百分之五十五,百分之五十一的利益,我们就应该变,要求百分之百的利益,永远不可能。昨天晚上,几位朋友谈到汉字拼音化问题,有人讲这样毛病,有人讲那样毛病。当然有毛病,天下哪有没有毛病的改革?有的是情绪上反对,有的是理论上反对。可是假如你要它一变,就得到百分之百的好处,天下根本没有这样的好事。因为儒家本身的精神是保守的,宋王朝一位皇帝,曾问司马光,是不是一定要改?假如西汉王朝一直不变萧何的法律可以吗?司马光回答说,当然可以,正因为有太多的妄人、太多的好事之徒乱变,才使贼盗横行;假如一直不变的话,尧舜时代的美风善俗,就会保持到今天。各位,这种人真是妨碍中国进步的蟊贼。司马光是一个官场老将,他一当上宰相就把王安石所有的新法全部废除,包括效果已十分显著的募役法。苏东坡和范仲淹的儿子范纯仁,都提出反对,司马光马上翻脸。这说明时代绊脚石是不论是非的,不为人民的利益着想,也不效忠国家元首,而只效忠自己的利益。司马光不是一个政治家,不过一个官场混混罢了。

第五点是,太多的人口害了中国……

(此时因换录音带之故,录音中断了。)

改朝换代的内战之后,接着是人口大量增加,又重复恢复悲惨:战争、杀戮、死亡。有人说美国这地方很好,生活水平很高,不晓得各位有没有注意到,假如美国人口增加十亿,等于把中国大陆的人口搬过来,美国就有十二亿了,你看会有怎样的情况(笑声)?人口问题是很重要的,如果中国要想强大,人口一定要拼命减少。有句话说:人多好干活,人少好吃馍。馍,就是馒头、面包。在过去的时代,人多的确好干活。而现在呢,人口多了没有用,一百个人不如一个计算机(笑声)。人少好吃馍,这句话倒是一个很简单的真理。以各位的家庭收入,养两三个孩子,还能够维持中等以上的生活,如果一下子你不小心,生了两百个孩子,生活怎么维持下去呢(哄堂大笑)。生活费、学费、衣服费等,用什么开支?中国人口太多,贫穷太深,官场太厚,竞争太厉害,这些原因使我们中国人呈现一种现象:就是脏、乱、吵,和永不止息的内斗(笑声)。中国人讲起话来,来势汹汹(笑声),使我们丧失了礼貌。在洛杉矶的时候,有人问我对美国的印象怎样,我说我觉得美国是个礼仪之邦。又问我中国是不是礼仪之邦呢?我认为中国绝对不是礼仪之邦(哄堂大笑)。中国人是这么粗野,几乎随时都准备给对方一个迎头痛击。各位一定可以发现,中国人很少面露笑容,是不是因为灾难太多,痛苦太多,忧愁的时间太长,使中国人笑不出来。

以上是我的一点心得,毫不隐瞒地提出来,也是我来到美国"考察",回来后向各位董事先生所做的忠实报告(笑声)。

我们的优点,不必再说了,因为说来说去,它还是存在;不说,它也不会跑掉。我提出我们的缺点,这样才可以促使我们自我反省。这些缺点已经非常严重,在我们酱缸文化里,我们面临这么多复杂的问题,应该怎样反应呢?我略为报告我的意见。

这些问题,如果它是问题的话,我们最重要的反应,应该是培养我们的思考能力。几千年下来,一切东西都由别人——圣人或有权势的大官之类,替我们想好了,自己不需要想,而且也不敢想。要怎样做才对呢,中国人似乎需要练习自己去做傻子。洛克菲勒的儿子到新几内亚去探险,被土人吃掉了,这件事发生之后,台北报纸报道了,很多人说,有福不知道享福,要是我,我就不会去。这次我在凤凰城一位美国朋友家里住了五六天,主人的十六岁女儿 Margret,到洪都拉斯去帮助当地人,使他们了解眼睛卫生的常识。洪都拉斯的卫生跟中国相比的话,要比我们还差,当地非常脏,以致这个女孩一觉醒来,竟然发现有一头猪跟她睡在一起。我在那里的时候,她恰巧服务结束,回家向她妈妈报告,眉飞色舞地说,明年她还要再去,因为那个地方太贫穷落后了,需要去帮助他们,她母亲立刻鼓励她再去。我们中国人也许会想,要是我的话,我才不去呢。可是那个美国妈妈却

人生文学与历史 | 57

夸奖她的女儿,认为她的女儿有见解、有爱心,以她女儿能够为别人献身服务的表现,引为骄傲。她并不是向我表示她的爱心,我又不能给她官做(笑声),也不能给她股份(笑声)。我在她的眼中,不过是落后民族的一员。那都是那个妈妈内心深处真挚的想法。相形之下,中国人就聪明多了。因为中国人太聪明,我想世界上的民族,包括犹太人在内,恐怕都没有中国人这么聪明。假如是单对单,一个人对一个人的话,中国人一定是胜利者。但是如果是两个人以上的话,中国人就非失败不可,因为中国人似乎是天生的不会团结(笑声)。团结的意义是,每个人都要把自己的权利和利益,抛弃一部分。比如现在有两个圆形物体,必须用刀削成两个较小的方形,才能紧密地黏合在一起。可是彼此只希望自己不要被削,而只削别人的,要削掉自己的就不干了,这样怎么能团结(大笑)?中国人是太聪明了,没有一个人敢说中国人不聪明。中国人聪明到什么程度呢,聪明到被卖到屠宰场的时候,还拼命讲价钱,多赚了五块钱,就心花怒放(大笑)。就是这种情形,中国人太聪明,太聪明的极致一定是太自私。凡是不自私的行为,不自私的想法,都会被讥笑为傻子。中国人不够宽容,凡是一个人心地厚道、宽恕别人、赞扬别人,就会被人骂作傻子。人家打你的脸,你竟然敢反抗;人家违法,你竟然敢据理力争,你就是傻子。一件冒险的事,既不能做官,又不能发财,你去做了,大家当然说你是傻子。我觉得一个中国人必须多少有一点傻子的心情,然后我们这个民族才能得救,不然的话,就会像印第安人一样,日渐没落。有句俗话说,人不自私,天诛地灭。可见得人不自私的话,就会被别人认为不可救药。我们能不能够从自己开始,不要靠政府,也不要求别人,只是从自己做起,做一些世俗认为的傻事?

  总结我的意见,我们不要把人际关系搞得那么复杂,先从自己开始,从自己的孩子开始,训练起来!譬如,美国小孩子在自助餐桌上,妈妈告诉他,吃饭之后要把东西收拾好,弄干净,放在那里。这种教育应该从孩童时代开始,我们应该把这种训练当作一种起步和一种里程。中国人的美德多得很,可惜都在书上(笑声)。我们希望这些美德都能出现在我们的行为上,看看我们自己是不是可以办到。今天我报告我自己的意见完了,占用的时间太多,还请多多原谅,多多指教(热烈掌声)。

听众A:我觉得问问题起码要十分钟才够。

主席:对不起,只有两分钟,因为很多人都想提出问题。

听众A:柏杨先生刚才提到封建制度摧残人权的问题,你提到明王朝摧残人权,其实西方情形也差不多。我想西方文化也是同样经过君主专制的洗礼,为什么能够产生后来那种个人自由主义的人权观念,为什么中国就不能产生……

主席:停一下好吗?你的问题已经超过了两分钟。(笑声)

柏杨:这不是讨论,这是考试(笑声)。不过用不着考,我已经是博士,是绿岛博士(笑声、掌声)。可惜我没有能力答复你这个问题,就好像我们没有能力了解为什么西洋人吃饭用刀叉,中国人吃饭用筷子一样。文化的产生是逐渐的,这两种文化在最初没有交通,互相影响的可能性很小,每个文化都照各自的模式去发展。个人的人生和民族的命运,往往被一个很小、很弱的因素转变方向。但我们不晓得这个很小、很弱的因素是什么,或是在什么地方。

听众B:我想就这位先生所提的问题,向您再请教。刚才我听您的演讲,得到以下这样的感想,觉得您对中国文化的结论是这样下的:因为我们中国传统的文化,过去是一个专制的文化,有一个专制的政体,因此今天社会上才会演变成这样一种风气,也就是官场风气。因此,我想刚刚这位先生的问题,还是可以解释出其中的道理,因为您认为既然有了专制政体的大前提在,因此才产生这样的风气。既然两个文化都有同样的历史传统,为什么今天会产生不同的结果,依照您的结论来看,似乎结果应该一样。我也许是乱替柏老的结论下个标签,我想您的结论是文化遗传论。记得荣格曾经说过,文化是可以遗传的,如果人的老祖宗持有怎样的观点,子孙也会受到影响,因此我们过去有专制政体,即使我们今天受了西方文化的洗礼,在我们今天的文化中,可能还留有过去文化的专制因子。荣格从心理学的立场提出这样的论点,但今天很多人却认为大有问题。第二点,听了您的讲演,使我们过去非常乐观的年轻的一代,有点难过。以我来讲,可以说是年轻的一辈,是新生代的一员,我始终觉得我们这一代,在整个社会风气,和思想方式上,一定要和我的前辈不一样。譬如说我今天并没有做官,我不能保证我将来做官是不是变成只有官性没有人性(笑声)。但我觉得,有一天我到了那个场合,我相信我的官性仍然要比过去的人要少一点,人性还要多一点。但是您今天这样一讲,我觉得和我的想法不太一样,谢谢您。

柏杨:我想我只是讲历史事实,因为时代和环境的转变、教育的导向,现时代可能不再会这样。而且我相信你的诚心,也相信你做得到。

听众 B:我想您的诠释,也许跟我的不太一样。

柏杨:我要强调一点,中国的专制政治和西洋的专制政治,在深度和广度上,差异很大。西洋历史我还没有开始念(笑声),不过我觉得有所不同。比较起来,中国专制是极端的,西洋宫廷里只跪一条腿,只有对上帝才跪两条腿,对人恐怕很少跪两条腿。中国不但跪两条腿,而且还要磕头,而且还要磕响头(笑声)。清王朝末年有句话说:多磕头,少说话。所以我想中国专制的内涵、专制的程度,恐怕跟西洋不一样。我看过法国路易十四一幅油画,路易十四坐在当中,大臣坐在旁边,皇后也坐在旁边,这种情形在中国不可能发生,中国的大臣一定是战战兢兢,诚惶诚恐地跪在下面。

听众 B:我想……

主席:请等一下,让别人有机会问问题。

听众 C:我从小就看过柏杨先生的书,今天能看到柏杨先生,非常感动。讲到中国人的个性、民族性、政府,刚才柏杨先生从古代史一直谈到近代史,而我们对现代史比较关心。第一个问题是,我们不知道柏杨先生来美国之后,讲话的开放性有多大?您讲话能讲到什么程度才能够回到台湾……(笑声)第二个问题是,中国人的个性常常因为政府而受影响,譬如政府常常喜欢愚民,很多地方明明大家已经知道了,他还是要压住,让大家感觉很多事都是很 secret。不讲实话也是中国官场想要达到政治目的的手段。

主席:两分钟。

听众 C:我对绿岛大学很有兴趣——我当然没有兴趣进去(笑声),但我有兴趣了解,我想知道一下绿岛大学校长是谁,教务长是谁(笑声),行政机构,还有是不是叫"长官"之类,如果您方便的话就讲,不方便就不勉强。

听众 D:我想我们今天是不是应该尊重主席的要求,还是少谈政治。柏杨先生今天提出很多问题,是非常严肃的,我想我们是不是可以把兴趣摆在这些问题上来讨论,至于其他问题……

听众 E:请问这位先生是不是柏杨先生?哪位是?(听众骚动声忽起,并有人鼓掌。)

主席:我们还是尊重个人发表意见好不好?

听众 F:我手边有本《柏杨语录》,我们谈太多话不行,主持人刚才说的话,我想我们的民主还有一个特点,你这本书里没有提到,就是不可以提政治问题(哄堂大笑,掌声不绝)。

听众 G:今天柏杨先生谈到学术问题,您研究历史得了五个结论,前四个结论我可以百分之八十同意,最后一个结论说,中国人口太多,所以造成我们今天这种不幸,这个问题我有个疑问。日本,他的国家很小,人口也很多,但他们的生活水平很高,他们没有接受我们官场文化的缺点,所以有今天的成果。我认为不是我们中国人口太多,才造成我们这种不幸,假如我们把工商业做得很好,假如我们改变了我们的病态和缺点,我们中国人可以维持这个现状,甚至我们更可以容纳一倍的人口。我们不应该说中国人口太多,就要限制我们的人口,就要去侵略人家,或者互相残杀。这是个现象,现象和结果是不能混在一起的。所以我的结论是,我们研究中国历史,并不是我们人口太多造成不幸、灾难、贫穷。我们很可以在中国这么大的领土上再容纳多一倍的人口,没有问题(笑声)。假如我们的科学、文明的发展,可以达到一个水平的话,我想我们的生活水平,不会低于日本。

柏杨:我非常赞成你的见解,应该是这样的。不过,"假如"的前提太多,而在这些"假如"实现之前,人口仍是很大的问题,太多的人口才使我们的工业、科学、文明,永不能发达到"假如"的那种地步。

听众G:这个我能够接受,您的结论是说从历史的研究、学术的观点,指出中国的人口太多,所以才会有这样的不幸。我的意思是说,其他的四项结论,我赞成。而人口太多,并不是造成不幸的原因。将来我们中国人口是不是再增加下去?我们还会不会继续这种不幸?这是另外一个问题,值得研究。

听众H:柏杨先生谈中华民族的问题很有趣,我有一个错觉,不晓得是因为您有顾忌不愿意讲,或者是……总之,我有个印象,中华民族是有这么多的缺点,自私得没有救药。但是关于中国现代史,柏杨先生没有提到中国人民反帝国主义、反封建等轰轰烈烈的斗争。在解放以后,1949年之后,建设社会主义,在整个过程中,一方面在经济方面、物质方面……建立了一些科学基础,另一方面在人的意识形态上,做了很多教育的工作。不知道柏杨先生愿不愿意评论这件事,因为您也是研究所谓"匪情"的(笑声)。

主席:时间超过。

听众H:好,我马上说完。如果中国人行动起来向当权派造反(笑声),您怎么解释这些。

柏杨:这是政治问题,我们不谈,我们只谈历史,同时这个我也不太清楚(笑声)。

听众I:我有一个要求,请问您,关于简体字,我想听听您的意见。

柏杨:我赞成简体字,而且更赞成应该进一步改成拼音文字。昨天晚上,很多朋友聚在一起,就谈到这个问题,不过大家的意见不一致。因为反对拼音字的人,心里有一个结,这个结必须解开。拼音文字太需要了,譬如说打电话,我问贵姓?我姓刘。这刘字怎么写吧,在电话上恐怕没办法讲清楚,我说你去查字典,你也不敢肯定第一次就查到,甚至查第二、第三次都查不到,查得你火冒三丈(笑声)。过去,我们责怪古文没有标点符号,不能断句,看起来简直不懂。各位读过《元史》没有?蒙古人的名字像冰糖葫芦一样(笑声),简直分不出有几个人。现在虽有了标点符号,可以断句了,但方块字的最大缺点更呈现出来,那就是,既不能隔字,又不能连音。不能隔字,即令字字认识,也看不懂。不能连音,方块字像一盘念珠挂在那里,我们要费很大的力气组合,才能弄清楚。好比说,"我从马来西亚来。""马来西亚"应该连,跟最后一个"来"字之间,应该隔。否则的话,"马来"了,"西亚来"了,如果一个孩子名叫"西亚",问题就大了(笑声)。今天打字这么快,计算机这么快,都不是方块字可以胜任的。我一直向往我桌子上有一部中文打字机,能使我打出中文稿件,不再做爬格子动物。不过汉语拼音化并不容易,主要的是我们有心理障碍,认为我们用ABCD是英文字母,拼出的是英文。其实不是,我们要了解,这个ABCD就是中文字母(笑声),拼出的字,就是中文,就不至于有被同化的屈辱感觉。是的,它们是中文、是华文,不是英文,也不是德文,假如说用ABCD拼出来就是英文的话,德国人可能会气死,法国人也可能会气死。文字完全是工具,就好比车子,你买了就是你的,他买了就是他的。其实,假如拼音文字今天就实行的话,第一个先饿死的就是我,因为我就靠方块字吃饭(笑声)。但是我觉得自己的生命很短,政治的理由也很短,民族文化非常重要,那是太重要了。尤其各位在美国,你会发现第二代孩子们会讲中国话,但不会写中国字,那么难,你怎么教他?好比说中国的"国"字,怎么写?怎么填到那方块里去(笑声)?要认识这个字,除了死记以外,没有他法。以致孩子们呐喊:"我恨死中文!"这还不能使我们猛醒?我们不要增加我们民族向前迈步的困难,应该大家脚步向前,不要自己为自己加一个脚镣,加一个手铐,不要为老祖宗活,不要为过去活!为什么为他们活?应该为孩子们活。拼音化之后,古书看不懂就看不懂算了,现在并没有拼音化,你还不是看不懂(笑声、掌声)。过去的事,老祖宗的事,交给几个人,让他们去庙堂里打扫。我们不要为祖宗活,要为孩子们,为下一代,为国家民族的未来活。假如中国有一天,忽然爆出冷门,威震世界,中国人一咳嗽,地球就发抖,中国话可以成为世界语言,但中国字绝对无法普及,所以必须改成拼音。

今天我讲中国这么多缺点,有人听了一定很泄气,我觉得我们应该听的,正是这些,而不是优点,假如我们讲我们的美德、我们的聪明……最后,我们还是不能够受到人家尊重,我们自己也不能自尊。要知道,中国人的灾难,不仅是中国人自己的灾难,也是全世界的灾难。一只小船沉下去就沉下去,一只大船沉下去,引起来的漩涡会把附近的船都吸引下去。我觉得我们应该自救,自救的第一件事就是要知道自己的缺点,假如不知道自己的缺点,整天去想得意的事,恐怕有点像贾宝玉意淫(笑声)。

听众J:我常听到两句成语,一句是"以不变应万变",另一句是"报喜不报忧",您有什么看法?

柏杨:"以不变应万变",我不敢有意见(笑声、掌声)。"报喜不报忧",我想这是官场特征。

听众K(美国人):您今天演讲的题目好像是专门说中国人的坏话,我想请您也说说美国的坏话(笑声),就您所看到的书,及您在美国所看到的事,您觉得美国有什么地方,应该向有五千年历史的中国学习?

柏杨:关于美国人的坏话,美国人自己已讲得太多了,这是我非常羡慕的地方,因为美国有自我平衡、自我反省、自我调整的力量。自己有错的地方,都自己讲出来,自己能接受,自己能鉴赏,这一点我们中国人不能。你要是讲美国人好,人家就说,你,为什么不是美国人,不把鼻子拉高(笑声)?有人讲这是崇洋媚外,我觉得崇洋很好嘛,有什么不好,不但要崇洋,而且要彻底地崇洋,我如果有权力,我一定规定每个人不崇洋不行,哪一个人不是从头到尾都是洋?而且各位还住在美国,而我还住在台湾,我觉得这是醒悟不醒悟的问题,我们应该把人家的好处一条条列下来,好的地方,我们就应该学。我们如果希望像美国一样强大,我们就需要向美国人学习,美国值得我们学习的地方太多了。美国当然不可能十全十美,因为世界上没有十全十美,至少美国的邮政就坏,投递既慢,而又经常放假。但我们也应该庆幸美国不十全十美,假如美国是那样,它就僵化了。

听众L:柏杨先生是一个博士,是一个病理学家,他今天说我们丧失了民族自尊心,应包括柏杨先生自己在内。今天他说的话,把我们五千年的历史说到坟墓里去了,不能使我们唤起民族精神,这一点我今天来听,觉得很遗憾。我觉得中国受了封建思想的余毒很浓厚,再加上儒家思想,假如我们把儒家思想转变成法治思想,从人治转变为法治,建立法律制度,就会弥补过去的许许多多缺点。因为过去都是人存政存,人亡政息,假如我们今天建立法条,你该做几年就做几年,不要去破坏它。我今天是个厨子,如果我要我的儿子也继承做厨子,这便是儒家思想造成的祸患。我们希望柏杨先生告诉我们怎样去治这个病,我们不能放弃。您说崇洋,在座的许多中国人,并不见得在美国就崇洋,这一点希望柏杨先生谅解。这一点,您错了,这是我一点意见。我希望柏杨先生讲的五千年文化不至于在五千年后仍充满了封建、廷杖、官场。希望从今而后能改革,从人治变成法治,走向光明的未来。

柏杨:我跟你的意见完全一样,追求的也完全一样。

听众M:在大学时,我读过柏杨先生的一些作品,觉得柏杨先生喜欢用讽刺、泼辣、尖酸的笔法,来揭发社会上不合理的现象。今天又听到您讲了中国人这些缺点,我们心里的感触很深,觉得很痛心、很泄气、很难过,但我觉得这就好像看病一样,病已经看出来了,就要对症下药。我不知道柏杨先生作品中是不是能告诉我们如何去面对这些?另外我想请教柏杨先生谈谈台湾文坛的情形,推荐一些好的作品给我们。您比较欣赏哪些作家?

柏杨:我先说第二个问题,陈映真、王拓、三毛、袁琼琼、陈铭磻、杨青矗,都是第一流的,不过我看得并不很多,因为我的眼睛在坐牢时受了伤,没有办法集中看小字,台湾的报纸字又特别小。这个问题可不可推荐我太太来答复?

张香华:柏杨忽然给了我一个难题,不过,我坐在这里一直在想另一个问题,因为刚才一位先生说柏杨今天讲的话,使我们丧失了民族的自尊。我想就我的了解,把他的意见解释一下。我想柏杨的意见,并不是说我们国家一点前途、一点希望都没有。关键在于我们是否能自我反省。他讲崇洋,这是一个事实。崇洋,这个名词应该看怎样理解,试看我们今天的生活方式,物质的享受,崇洋已经是非常明显。不过我想他刚才有句话没有讲得很清楚,而在别的地方讲演时,却十分强调,就是,我们崇洋,但不媚外(掌声)。我们承认美国比我们强,我们应该向它学习,但我们不需要去乞求它,不需要用自卑的方式、用自怜的方式来生存,而是怎样改进,怎样想办法,很快地超过他们,我想这是柏杨心里的话。很抱歉,我擅自做一补充,因为我整个思想一直在想这个问题(掌声)。

柏杨:关于李玲瑶小姐问到该用什么方法,我想到一点。我提出来都是些病态的东西,我想大家都很难过,我自己也很难过,因为我们当初听到的中国是很光荣的,像朱元璋,他是民族英雄,后来我发现完全不是这样,别人正跟蒙古人作战时,他在后方却扩充地盘,抄别人的后路,最后更篡夺政权,完全为自己打算。等到别人把蒙古人打得一塌糊涂,把在中国的蒙古人的精力,完全磨损之后,朱元璋却坐收其成。发现这件事之后,我是那么沮丧。我想我们能不能复兴我们的民族,要从我们能不能承认自己的缺点、承认自己的错误开始。假如连缺点、错误都不承认,又怎么改革?怎么进取?过去,我们一直不肯承认自己的缺点、错误,因为我们已丧失了辨别是非的能力,一旦发现缺点,简直就没办法活了。而一个有自尊心的人,会承认自己缺点、自己错误的,只有中国人大多数死不认错。我们也有检讨,但检讨的结果都是因为自己太好了(笑声)。所以我们一直受人家欺负,今天被张三欺负,明天被李四欺负,后天被王五欺负。中国人每个人都应该有能力来检讨自己,不要抱怨,不要总是专讲别人。在台北时,有对夫妇吵架,找我评理,做丈夫的凶巴巴地说,他太太不爱他。我就说,如果想叫人爱你,第一个条件必须要自己可爱(笑声)。如果自己不可爱,怎么叫人家爱你?如果自己要别人尊重的话,必须自己先有被尊重的条件,这个条件不是骂一骂就可以得到,也不是喊喊口号就有用。假如此地不可以随地吐痰,可是你总在这里吐痰,叫人怎么尊重你?小便要到洗手间去,假如在大街随便撒尿,又叫人怎么尊重你?所以我想我们一定要有被尊重的先决条件,一定要知道我们不如别人的地方。中国人似乎一直在死不认错,一认错就被认为是崇洋。是的,为什么不崇洋?我们现在整个思想体系、经济思想、学术思想、民主思想、法治人权思想,都不是老祖宗传下来的。社会制度、意识形态、生活方式,都是从外国来的,哪一个是传统传下来的?我们的物质生活,如汽车、飞机、眼镜、理头发的方式、房子、刮胡刀,都不是中国发明家发明的,所以我觉得不是崇洋的问题,而是学习的问题。现在台北人喜欢吃土鸡,我也喜欢吃土鸡,洋鸡没有人吃,不好吃就没人吃,洋鸡也没有人要。只要好的,就会有人要(笑声)。但中国人的神经出奇衰弱,一提到崇洋,就是媚外,怎么会产生这种结论?崇洋不过学他们的优点,假如有一天美国人通通抽鸦片烟自杀了,我们总不会跟进吧。我们自己要有受人尊重的前提,要有反省自己的能力,这是我们民族生存发展最大、最基本的要件。怪来怪去都在怪别人,这个民族就没有救了。不但发生在我们民族身上,发生在任何民族身上,后果都一样。印第安人老讲白人杀光了他们,把白人恨入骨髓,仅只恨有什么用?自己复兴才对!你不能复兴,白人将来可能杀的更多。我觉得我们不要责备任何人,不要抱怨任何人,这一点才是最重要的。其次,承认我们的错误之后,承认自己的缺点以后,才有复兴的可能性。只怕承认了之后有些人自己的神经先行崩溃。

听众N:请问柏杨先生两个问题,第一,美国有一位专栏作家,名字叫包可华,台北《联合报》经常有他的译作,他的风格和您有点类似,您对他的观点如何?第二个问题,这种风格目前在台湾是不是允许存在?我相信这是一种很好的表达方式,水平很高的文章,我已二十年没看过这样的文章了,不知道今天台湾的情形怎样?

柏杨:今天在台湾,人们拥有相当大的自由。自由是相对的,没有绝对的自由。像包可华式的文章，在台湾非常流行。我想我的作品和他并不一样，有两位作家倒跟他很相像，那就是潘荣礼和可叵，他们用包可华的模式，写得很好，有些也很尖锐，也没有听说为他们带来什么困扰。

听众O:柏杨先生，我看您的文章很刻薄，可是今天听您的演讲，觉得您的人很可爱(笑声)。这是真话，现在有个要求，不知道文字狱是不是我们中国文化的特色？在西洋历史上，我还没有找到像中国过去文字狱的case，不知道您对这种文字狱，将来有没有打算多写文章，发掘明王朝以后，中国文字狱对知识分子阶层的影响？

柏杨:谢谢您的意见，我自己在牢房里搜集了不少资料，准备写一部《中国冤狱史》，中国冤狱(包括文字狱)之多，真是举世无双(笑声)。

听众P:柏杨先生，我最赞成您写这部冤狱史，您是绿岛大学毕业的，我是岛外小学毕业的，我也像您一样。

柏杨:你坐过几年？

听众P:半年。

柏杨:幼儿园、幼儿园(听众大笑)。

听众Q:您在《早起的虫儿》书中推崇科幻小说，叫人不要看武侠小说，原则上我非常同意，不过倪匡说过:不看柏杨的杂文是人生的一大损失，不看金庸的武侠小说是人生的另一大损失。不知道您的看法怎样？第二个问题是，听说您在绿岛时看了很多算命的书(笑声)，我觉得算命是中国文化的一部分，很神秘，不知道您的感想怎么样？

柏杨:当我写那篇文章时，我还没有看到金庸的作品，因为那时他的小说还不能进入台湾(笑声)。我觉得看过金庸的武侠之后，别的武侠都不能看了。我看过王度庐、不肖生……很多武侠，但看了金庸之后，别的都比下去。金庸的文字水平、意境水平，都非常够，尤其他的武侠小说在海外流行，意义更大。因为普通人看正式的文学作品很吃力，武侠小说无形之中，使人受到感染，使中文得到普及。

他确实写得不错,我很佩服他,他用这样的笔法写出来,的确是空前的。我在坐牢时买了很多算命的书,因为十二年后出来,时局都变了,我可能没办法谋生,我预备在街上摆卦摊(笑声、掌声)。我研读了一年多,后来有人告诉我,政治犯不准当算命先生,我就没有再研究了。谈到命运,我自己是相信命运的。年轻的朋友大概不相信命运,我年轻时也不相信。曾国藩有一次告诉刘次青说:"不信书,信运气。"刘次青说:"公之言,传万世。"人生有些事不能控制,你除了用命运解释外,还能用什么解释?这种不能控制的现象,我们就叫命运,你叫它"不命运"也可以,总要给它一个名字。就在昨天晚上,台北远东航空公司飞机爆炸,以前我常从台北坐飞机到高雄去看眼睛,我自己在《台湾时报》写稿,报馆老板吴基福、总编辑苏燈基,更常坐飞机来回台北高雄,所以我现在很为他们担心。这是一个例证,你有能力使飞机起飞,你没有能力使飞机不发生意外。

听众R:您赞成简体字,又赞成罗马拼音……

柏杨:不是罗马拼音,而是汉语拼音。

听众R:您提到金庸武侠,赞成他的词句优点,这是不是关系到字形的优点,或者仅是读音的优点?如果简化,甚至只剩下汉语拼音,那么字形优点和词藻优点是不是只能靠音的优点存在?

柏杨:我想你把音变成形之后,"形""音""义",仍会结合一起,密不可分。中国人看到"笑"字觉得在笑,可是美国人看到 laugh 也会觉得在笑,人赋给"形"什么意义,它就有什么意义。人看到花固可觉得它在笑,也可觉得它在哭。改变后,"形"和"义"会重新结合。

听众R:那需要多久时间才能重新结合?

柏杨:顶多一个礼拜(听众大笑)。我的意思是说拼音很容易,一个礼拜就会了。方块字搞十年也搞不通。

听众S:我觉得今天最开心的是能够在国外看到您,在那么多年的牢狱之后。我有一个小小的问题请教,您怎么能在经过那么多苦难之后,有今天这样的心情出现在大家之前,您是基于什么样的心情,把这些苦难摆平?这是我希望自己学到的,能不能请您讲一点?

人生文学与历史 | 69

柏杨:我觉得我没有什么改变,在牢房里该哭我就哭嘛,该快乐我就快乐嘛。有人说牢房里一定每天愁眉苦脸,这证明他没有坐过牢。十年愁眉苦脸那不是要愁死掉了?该快乐的时候就快乐(笑声)。再一个就是我有这样一个看法,人生遇到像我这样的灾难,甚至严重到像我这样要被判死刑,后来判了十二年,十二年是很长很长的一段时间,往往不能适应。家中发生变故,有的是妻子离开丈夫,有的是丈夫离开妻子,而这些夫妻当初都是经过海誓山盟的,现在都变了。另外一个现象是友情上的刺激,突然有很多朋友怕你,有的你平时以为可以托付身家性命的朋友,现在也突然变了。有些人没有什么交情,他反而可以交托。但这一切我都有一个观念,我认为这都是个案问题,不是普遍性的。好比说我坐牢才两个月,我的前妻就离开我,不到两年就跟我离婚,我就把离婚书寄给她,她说你的东西怎么办?我说什么我的东西?家里所有的东西都是我的东西,我告诉她我授权给她,把她认为是我的那些东西,全都扔到马路上,因为我在台湾没有亲人,没有地方可以寄放。我认为这是个案,并不是所有女人都这样。男人也是如此,丈夫变心了,也只是那个男人如此,并不是天下男人都是混蛋(笑声)。朋友一样,有的朋友怕你借钱,有的朋友落井下石,或者根本不理你,或者表现更强烈,要求把你枪决算了,这也是个案,只是某些人如此;还有另外的人愿意帮助你,事实上也是这样,我觉得我并没落空,落空了,不当朋友就是了。

听众T:现在台湾政府有一条补偿法,柏杨先生不知道什么时候可以提出来为冤狱要求赔偿。

柏杨:冤狱必须要政府自己承认是冤狱才行。像我,就不是冤狱(笑声)。

听众T:柏杨先生,你是爱情专家(笑声),美国有位妇女提出一个看法说,美国现在为什么通货膨胀?就是因为离婚率太高了。您有什么看法?

柏杨:这一类事情,每个人都可以提出一个看法。好比,我认为美国通货膨胀是他们纸张太过于浪费的缘故(笑声)。台湾因没有纸张,所以报纸不能开禁,所以不能增加篇幅,就是因为美国浪费了太多的纸(笑声)。

……

主席:如果大家已经没有问题了,我们的座谈会就到此结束,因为今天晚上柏杨先生还要赶到柏克莱大学去做另一次演讲(掌声)。

——原载 1982.2.14.—3.7.洛杉矶《论坛报》

老昏病大展

起敬起畏的哲学

　　以权势崇拜为基石的五千年传统文化,使人与人之间,只有"起敬起畏"的感情,而很少"爱"的感情。写到这里,准有人嚎曰:"我们有'仁'呀!"提到"仁",话就得分两方面说,一方面是,有"仁"固然有"仁",但也只是书上有"仁",行为上"仁"的成分实在稀薄,所以我们动不动就拉出来亮相的"仁",只能在书上找,很难在行为上找。另一方面,"仁"似乎并不是"爱","爱"也似乎并不是"仁","仁"是当权派对小民的一种怜恤和同情,乃施舍的焉,赐予的焉,表示慷慨大度的焉,幼儿园教习对小孩子的焉。事实上是,人与人之间充满了"恭敬"和"恐惧"。有些是由敬生惧,像孩子对父亲。有些是由惧生敬,像娼妓对嫖客,像大臣对皇帝,像小民对官吏,像囚犯对狱吏。君不见朱全忠先生当了皇帝后大宴群臣的节目乎,他哥哥朱昱先生骂曰:"老三,你这样造反,不怕灭族呀?"弄得不欢而散,史书上立刻称赞他哥哥是大大的忠臣,其实他哥哥只是恐惧"灭族"而已。正史上这种节目多的是。任何一件事情,如果剔除了恐惧的成分,剩下的感情,就不

提到"仁",话就得分两方面说,一方面是,有"仁"固然有"仁",但也只是书上有"仁",行为上"仁"的成分实在稀薄,所以我们动不动就拉出来亮相的"仁",只能在书上找,很难在行为上找。

堪闻问矣。《红楼梦》上，贾宝玉先生对林黛玉女士曰："我心里除了俺祖母、俺爹、俺娘外，就只有你啦。"我老人家一直疑心这话的真实性，说贾宝玉先生爱他的祖母，爱他的娘，一点不假，如果说他也爱他爹，恐怕问题重重。全书中就是用显微镜找，恐怕都找不出一星点爱老爹的迹象，而全是恐惧。一听爸爸叫他，就如同五雷轰顶。一个孩子对父亲竟是这种感情，在潜意识里，他恐怕巴不得老头早死。

起敬起畏的哲学使皇帝和臣民之间，官吏与小民之间的距离，一天一天拉大，皇帝的尊严真要："升到三十三天堂，为玉皇大帝盖瓦。"臣民的自卑，也真要："死至十八层地狱，替阎王老爷挖煤。"这是世界上任何一个国家都没有的，也是中国必然要倒霉的一种气质。

——摘自《猛撞酱缸集》

缺少敢讲敢想的灵性

不知道哪个家伙，大概是被称为周公的姬旦先生吧，竟发明了宦官这门学问。男人虽是男人，生殖器却是割掉了的。该一类朋友，有男人的用场，而没有男人的危险，真是绝大的贡献。故当皇帝的一直乐此不疲，为中国五千年优秀的传统文化之一。呜呼，"孔曰成仁，孟曰取义"！我想活生生把男人的生殖器割掉，恐怕不算是仁，也不算是义。可是这种割掉生殖器的宫廷制度，五千年来，包括所谓圣人朱熹先生和王阳明先生在内，却没有一个人觉得它不对劲，真是怪哉怪哉。以中国圣人之多，道貌岸然之众，又专门喜欢责人无已时，而对皇帝割人的生殖器，竟视若无睹，叫人大惑不解。我想不外两个原因，第一个原因是，虽然有人觉得不对劲，但因该事和皇帝的绿帽有关，便不得不自动自发，闭口无言。如果皇帝听了他的建议，废除宦官，找一批年轻力壮的小伙子代他看守美女如云，恐怕绿帽缤纷，杀气四起，届时真的服巴拉松了断。历史上任何一个吃冷猪肉的朋友，虽名震天下,可是遇到皇帝割生殖器,就只好假装没看见。

第二个原因是,五千年来,君焉臣焉,贤焉圣焉,都在浑浑噩噩混日子,可能根本没有一个人想到活生生割掉生殖器是不道德的。中国文化中缺少的似乎就是这种敢想敢讲的灵性。皇帝有权杀人,他就是"是",不要说割掉几个男人生殖器没啥了不起,就是杀掉千人万人的脑袋,也理所当然。积威之下,人味全失,而奴性入骨,只要你给我官做,你干啥我都赞成。

——摘自《不悟集》

对事不对人

托尔斯泰先生有一次向一个乞丐施舍,朋友告诉他,该乞丐不值得施舍,因他品格之坏,固闻名莫斯科者也。托先生曰:"我不是施舍给他那个人,我是施舍给人道。"

呜呼,我们对一个奄奄一息的乞丐舍施时,不能先去调查调查他的品格是甲等或是丁等,如果是甲等,就把掏出的一块钱掷过去,如果是丁等,就把掏出的一块钱重新装回口袋。盖这是人道问题,不是训导主任打分数问题。

台北名鸨何秀子女士服毒自杀,新闻轰动,遇救后在她的寓所招待记者,控诉非管区的警员和组长对她的骚扰。这一控诉出了麻烦,第一个严重的反应是警察局长,表示非取缔她不可。古之时也,"为政不得罪巨室";今之时也,"开妓院不得罪警察"。现在把"三作牌"的脸撕破,再想继续下去,前途不卜可知。第二个严重的反应是,有两位专栏作家在报上提出义正词严的攻击,主要的意思是:一个开妓院的竟敢堂堂皇皇地招待记者,成什么话?

关于前者,对一个开妓院的名鸨,一直等到脸被抓破之后,才咆哮如雷,我们除了遗憾外,还有啥可说的,一说就说到红包上,柏杨先生能吃得消?那么,对于后者,也就是对于那些学问很大,而又道貌岸然,有地盘可以写方块文章的衮衮圣鬶,不得不请他们听一听托尔斯泰先生的言论。

何秀子女士当鸨儿是一回事,人权又是一回事,中国宪法是不是规定妓女不准招待记者?一个妓女受了委屈,是不是不准呻吟,一呻吟就"成了什么世界"?只有蒙古帝国的征服者才把中国人分为四等十级,"南人"最差,难道中国人自己也将妓女划成一个最低阶层,不受法律和人道的保护?

这是一个基本的问题,现在政府一再申令警察不得刑讯犯人,不管做到做不到,立脚点固站在这个观念上。一个人犯了法,当然应该判罪,但如果大家都认为他不是东西,走上去拳打脚踢,甚至把鼻子耳朵都割掉,还不准他哼哼,"哼哼啥?你偷了人家一百块钱,还有人格呀?还敢乱叫呀!"这应是吃人的野蛮部落的事,而不应是现代化中国的事。

福禄泰耳先生曰:"尽管我反对你所说的话,但我仍拼命为你争取说话的自由。"而一些自命为民主的人士,却用他们的大笔,封杀一个可怜女人的嘴,真使人如丧考妣。

——摘自《候骂集》

只我例外

民主政治的精义是"我不例外",大家都不准闯红灯,我自己也不闯。大家都不准随地吐痰,我自己就不吐一口。人人赞成法制,我就不要求特权。既然建立了制度,我就不破坏它。可是这玩艺一到了中国,就成了"只我例外",我反对闯红灯,只是反对别人闯,我自己却可以闯那么一闯。我反对随地吐痰,只是反对别人吐,我自己却可以想怎么吐就怎么吐。我赞成法律之前,人人平等,但我自己却不能跟别人平等。我赞成建立制度,但只希望你们遵守制度,我自己聪明才智要高明得多,不能受那种拘束。盖我阁下如果不能例外,岂不有失

可是这玩艺一到了中国,就成了"只我例外",我反对闯红灯,只是反对别人闯,我自己却可以闯那么一闯。我反对随地吐痰,只是反对别人吐,我自己却可以想怎么吐就怎么吐。

面子,活着还有啥劲?

夫"面子"是啥?洋大人怎么研究都研究不懂,有人解释为"面皮",言其只顾外表一层,不管实际内容。有人解释为"尊严",言其虚荣第一,实质第二。我老人家想,面子也者,大概是神经衰弱和牢不可破的自私的一种产品。因精神衰弱,做贼心虚,所以处处必须用骄傲来弥补自卑。因牢不可破的自私,唯恐怕不能占便宜,所以才处处都要"只我例外"。

自私心人皆有之,不但未可厚非,而且它是促进社会的原动力。但这种自私心一旦超过某种限度,成了臭屎球,就只好抬到了太平间门口,等着断气。呜呼,一个计划也好,一个办法也好,一个会议也好,一个决策也好,甚至一件官司也好,参与某事的家伙第一个念头就是:"俺可以在里面有多少好处?"那就是说,俺可以弄多少钱?享多少权?少负多少责任?一字一句,一举一动,都在这上兜圈圈,上也如此,下也如此,你如此,我也如此,大家抱着屎臭球死也不放。

——摘自《猛撞酱缸集》

谋利有啥不对

孙观汉先生认为"旧观念"和"酱缸"名异实同。柏杨先生想,它们似乎只是一部分相同,旧观念中也有好的,在旧观念下产生的行为,也有和日月并明的。只有酱缸蛆观念,即令它是新的,也是堕落的、恶毒的。

在"旧观念"中,一直到今天,人们还瞧不起做生意,认为做正当生意赚钱是丢人的,这跟文化走到岔道上有关。盖我们的文化本来是走在光明大道上的,却被长期的封建政体和儒家学派圣人们,群策群力,连推带打,活生生地塞到酱缸里。大家最初还叽哇乱叫,后来酱成了酱缸蛆,不要说叫啦,连哼的声音都归于沉寂。孟轲先生的学说便是"何必曰利,唯有仁义而已"的。这位不曰利的祖师爷,为千万个酱缸蛆制下了仁义的假面具,明明害了杨梅大疮,鼻子都烂塌啦,却把面具一戴,喊曰:"都来看呀,俺好漂亮呀!"

在表面镇静而心里奇痒的状态之下,儒家朋友对商人充满了轻视、嫉妒、愤怒。一提起商人,就是"奸商"。奸商当然多的是,但公务员中也有坏蛋,却从没有听说过有"奸官"的(不过,"赃官"一词倒层出不穷)。夫商人以正当合法的手段赚了钱,吃得好一点,住得好一点,就有人眼红。而"三年清知府,十万雪花银",却他妈的高贵得不得了,人人跷起大拇指称赞他"有办法"。

一位"中国文化学院"夜间部的学生,向柏杨先生谈到他的教习傅宗懋先生。傅先生讲课很受学生们的欢迎,不仅口才好,而且有深度,日前他在该院这学期最后一节课时,曾对儒家的那种"正其谊不谋其利"学说,迎头痛击。傅先生鼓励学生用正当合法的手段赚钱,"谋利"不是一种耻辱,谈钱谈利也不是一种耻辱。恰恰相反的,那是一种光荣。儒家那种口不言利,口不言钱,但心里却塞满了钱和利的畸形观念,必须纠正过来,社会民生,才能蒸蒸日上。

那位学生转述这段话时,对傅先生充满了尊敬。柏杨先生听这段话时,对傅先生也充满了尊敬。盖中国人心中那块隐藏的私欲,必须取消,这块保留地一天不取消,自私心便一天牢不可破。"哀莫大于心死",呜呼,心死者,自私心牢不可破之谓。也有一种现象不知道读者老爷注意到没有,中国人讲仁义说道德的嗓门,可是天下嗓门中最高的,聪明才智和判断力,也可是天下第一流的。问题是,千万不能碰到心里那块保留地,只要碰到那块保留地,就立刻糊涂成一罐糨糊,什么原则,什么逻辑,都会女大十八变。

——摘自《猛撞酱缸集》

沉重的感慨

在中国社会上,侠义情操已被酱成了"管闲事",对之没有一丝敬意,更没有一丝爱意,而只有讥嘲和忌猜。或尊之为"傻子",或尊之为"好事之徒",成为千古以来最大的笑柄,和千古以来最大的殷鉴。年轻人血气方刚,可能考虑不到这些,即令考虑到这些,也可能不在乎。而柏杨先生早已老奸巨猾,我岂能惹这种无聊的麻烦?这正是我老人家聪明之处,世人不可不知。盖中国人最大的特点是聪明过度,中国社会正是由这种无数聪明过度组合而成。而聪明过度是吝啬同情心的,这不能怪谁,同情心一丰富,就聪明不起来。

中国人同情心的贫乏,使狄仁华先生有沉重的感慨,一团沸腾的灵性被酱成一条麻木的酱缸蛆,要它活泼起来,恐怕非一时之工所可收效。

——摘自《猛撞酱缸集》

第一是保护自己

圣人曰:"知而不行,不为真知。"仅知合作的重要,而不能在行为上合作,就不算真知。仅了解团结就是力量,而不能在行为上团结,就不算真了解。毛病似乎不出自中国人本性,而出自大家吃儒家学派的药太多,吃得跟柏杨先生尊肚一样,害了消化不良之疾。盖儒家在原则上只提倡个体主义而不提倡群体主义。孔丘先生对那些"有教无类"的二级圣人,教来教去,固然也涉及到群体行为,但涉及的分量却比蚌壳里的珍珠,还要稀而且少,大多数言论都是训练个体的焉。儒家最高的理想境界,似乎只有两个项目,一个项目是教小民如何的藏头缩尾,国家事管他娘,而只去维护自己的身家财产;用两句成语,那就是"明哲保身"、"识时务者为俊杰",鼓励中国人向社会上抵抗力最弱的方向走。另一个项目则是求求当权派手下留情,垂怜小民无依无靠,用御脚乱踩的时候,稍微轻一点;其成语曰"行仁政"。

孔丘先生有一段话,是躲祸消灾的最高准则,其话曰:"危邦不入,乱邦不居,天下有道,则见。无道,则隐。邦有道,贫且贱,耻也。邦无道,富且贵焉,耻也。"

见风转舵，人人变成了滑不溜丢的琉璃蛋。别人把天下打太平啦，他就当官，等需要大家抛头颅洒热血的时候，他却脚底抹油，便宜事叫他一个人占尽啦。

翻译成白话,就更明白啦:

危险的地方,千万不要去。危险的社会,千万不要住。天下如果太平,就出来弄个官。天下如果不太平,就赶紧保持距离,能溜就溜。国家大治,而你却没有弄个官,丢人;国家大乱,你却弄了个官,也同样丢人。

这段"圣人教训"充满了聪明伶俐,和见风转舵,人人变成了滑不溜丢的琉璃蛋。别人把天下打太平啦,他就当官,等需要大家抛头颅洒热血的时候,他却脚底抹油,便宜事叫他一个人占尽啦。把儿子女儿送到美国"传种"的老头老太婆,大概就是儒家的正统,可当孔孟学会理事矣。在势利眼里,只有努力适应,努力使自己安全,"千金之子,坐不垂堂"。知识分子连可能有瓦片掉下来的地方都不敢去,则对政治的腐败、小民的疾苦,事不干己,看见啦就假装没看见。盖看见难免生气,生气难免要嚷嚷,嚷嚷难免有祸事。呜呼,儒家的全部教训中,很少激发灵性,很少提到权利义务,很少鼓励竞争,而只一味要他的徒子徒孙,安于现状,踌躇满志。啥都可干,就是不可冒任何危险。所以孔丘先生谁都不赞成,只把穷得叮叮当当的颜回先生,当成活宝,努力赞扬他的安贫气质,却不敢进一步研究研究使这位二级圣人穷成这个样子的社会责任,更没有想到应如何去改造这个群体的社会,而只是瞎着眼教人"穷也要快乐呀",一旦每个中国人都这么快乐,国家民族就堕落成原始社会。

——摘自《猛撞酱缸集》

尿入骨髓

不认真,不敬业,悠悠忽忽,吊儿郎当地"混",是大多数中国人的生活特征。它在人性上形成的畸形心理,令人流泪满面。盖不认真不敬业的结果,必然产生强大的文字魔术诈欺。嗟夫,"真"在历史文件中没有地位,中国的历史文件就跟中国的传统文化一样,也不得不走错方向。在这种走错了方向的脚步声中,中国同胞遂把吃奶的力

儒家的全部教训中，很少激发灵性，很少提到权利义务，很少鼓励竞争，而只一味要他的徒子徒孙，安于现状，踌躇满志。啥都可干，就是不可冒任何危险。所以孔丘先生谁都不赞成，只把穷得叮叮当当的颜回先生，当成活宝，努力赞扬他的安贫气质，却不敢进一步研究研究使这位二级圣人穷成这个样子的社会责任，更没有想到应如何去改造这个群体的社会，而只是瞎着眼教人"穷也要快乐呀"，一旦每个中国人都这么快乐，国家民族就堕落成原始社会。

气都使出来,去追求"美",追求"善"。独对"真"提都不提,一提"真"就摇头,要想他不摇头也可以,那就得打马虎眼。上上下下,大大小小,一致认为文字的力量可以封杀或曲解真实的事实,可以把白的染成黑的,把黑的漂成白的,把二加二证明等于八,把月亮证明四四方方。玩文字魔术的知识分子,十分有把握地认为:天下小民全是狗屎,而大批酱缸蛆也偏偏心甘情愿地——而且用一种潘金莲喝尿的精神,来坚信自己并没有受骗。怪不得苏西坡先生叹曰:"尿入骨髓,化作酱缸泪。"该泪流到今天,都没流完。

——摘自《猛撞酱缸集》

现代文化的基本精神

——让"直八时代"成为过去吧,只有"认真"才能救我们!

就在今年(1980)三月份,报上刊出两则新闻,恭抄于后:

其一:永和讯:老汉执著,为了四元的差距,不惜多花一百倍的钱,硬要证明出租车跑表不准,提出诈欺告诉。五十七岁的男子吴增忠,日前自汐止镇长安派出所,搭乘一辆〇四—三一五三号,日发车行,由陈誉奇驾驶的出租车,返回永和,至永和戏院门前下车,见车表跳了一九六元,加上过桥费共为二〇一元。吴某见状,即表示跑表有问题,而陈司机坚持自己的跑表标准。为了证实谁是谁非,吴君于是要陈君将车停妥,两人又叫了一辆〇四—七五四九号出租车,直驶汐止长安派出所。然后重新计表,循当初路线,重返永和戏院,结果跳表为一九二元。与陈司机差四元,也就是少跳了一次。吴君为了四元差距,不惜花了四百多元车资加以证明,然后告陈司机诈欺。陈司机向警方表示,他的车是二千二百西西,又是跑胎,与一般一千二百西西不同,况且一路上曾超车多次,路程自然稍多。而且最后一次跳表,是刚要停时跳的。警方认为诈欺证据,似有不足。

其二：板桥讯：一桩小小的违章建案，因为检举人锲而不舍，于八年间，一共检举了四十次以上，致案情不断升高。除承办人员被处分外，连同附近的违建，亦可能被县府拆除。本案检举人刘黄歆歆，于1973年间，向台北县政府检举新店文化路三十一巷九弄二号一楼住民钟君，利用法定空地，私自增加客厅、厨房、储藏室等违章建筑，请台北县政府依法取缔。但台北县政府并未积极处理。从1977年开始，刘黄歆歆转向台湾省政府检举，而且将台北县政府及新店镇公所经办人员，也牵扯进去，指该违建能够领到镇公所的杂项执照，及其后面建筑物非法扩大建筑基地，系有关人员枉法包庇的结果。台北县政府调查：钟君的房屋，系与附近十幢四十户公寓共同使用一张建筑执照，于1970年兴建，1971年完工，其中有一部分未按照核准配置图样施工。台北县政府发给使用执照，显然不合规定。另钟君违建，新店镇公所发给杂项执照，亦与规定不符。因之责令新店镇公所吊销钟君违建执照，及追究承办人员责任，并通知新店镇公所及新店警察分局依法查报。至于未按图施工部分，因时逾十年，对当时法令，已无法重查，暂免追究（柏老忍不住插嘴，这鬼话说得幼稚，十年前的法令，向档案夹子里一探头便知，怎么会"无法"重查？明明鼓励有钱大爷，只要瞒得久，拖得长，违法就成为合法）。由于台北县政府处理得太慢，处理的结果又不能满意，刘黄歆歆仍不断向台湾省政府检举，共检举四十次以上。台湾省政府最后的指示是：有关违建部分，应依法处理。未按图施工部分，应由台北县政府依发照当时有关法令径行处理。刘黄歆歆在检举书中强调，她不断检举本案，是为了端正政风。台北县政府将来的措施，是否可以使她满意，不再检举，犹在未定之天。

前一则新闻刊出后，报上就有正人君子写文，讥讽吴增忠先生"小题大作"、"庸人自扰"、"神经病兼莫名其妙"。后一则新闻在编辑老爷的标题上，可看出中国人的典型反应，标题最后两行曰："县府与镇所承办人都被拖下水"，"附近四十家违建户亦跟着倒霉"。意思很明显，承办人都清白无辜，硬被刘黄歆歆女士"拖"到泥浆里。而违建

老昏病大展 | 85

户本来快乐非凡的，也硬被刘黄歆歆女士检举得无家可归。咦，贼老爷正在小馆大吃大喝，警察老爷可千万别动手，一动手就是"拖"他下水，叫他倒霉矣。

——写到这里，想起一桩房地产生意。吾友曹某某先生，于1977年间，在台北永和市福和桥头，定了一栋房子。落成之日，他不知道安分守己，竟请了一家建筑事务所派人去量面积，这一量就倒抽冷气，原来比图样少了好几坪。建筑商最初大跳大叫，又找些身上雕龙画凤的道上朋友，出来摆平。可是吾友硬是干上啦，建筑商平生还是第一次遇到这种不开窍的家伙，只好自认"倒霉"，退钱了事。

这就叫人想起另一个古老的故事。吾友孔丘先生，想当年困于陈蔡，饿得奄奄一息，附近有家观光饭店，叫弟子仲由先生去讨碗残菜剩饭。掌柜的曰："我写一个字，你若认识，我就免费招待。"仲由先生曰："我是圣人门徒，不要说一个字，就是十个字，都包下啦。"掌柜的写了一个"真"字，仲由先生曰："这连三岁娃儿都知道，一个'真'字罢啦。"掌柜的曰："明明白痴，还说大话，小子们，给我乱棒打出。"仲由先生狼狈而逃，禀告一切，孔丘先生曰："无怪你会挨揍，等我前去亮相。"掌柜的仍写一个"真"字，孔丘先生曰："这是'直八'呀。"掌柜的大惊曰："名不虚传，你的学问果然大得可怕。"酒醉饭饱之后，仲由先生悄悄问曰："老头，你可把我搞胡涂啦，明明是'真'字，怎么变成'直八'？"孔丘先生叹曰："你懂个啥，现在是认不得'真'的时代，你一定要认'真'，只有活活饿死。"

呜呼，二十年代时，胡适之先生有《差不多先生传》。四十年代时，美军在成都有"马马虎虎俱乐部"。这正击中中国人心窝。可能是在酱缸里酱得太久的缘故，中国人不但习惯于"差不多"和"马马虎虎"，而且对认真的人，最初是惊讶，然后是嗤之以鼻，再然后说他是神经病；最后则索性恨他入骨，一口咬定他"小题大做"、"百般挑剔"、"惹是生非"；再最后，泛政治的帽子出笼，他遂成为"别有居心"的国家蟊贼兼社会败类，只好追随仲由先生后尘，活活饿死。吴增忠先生为了求证司机是不是诈欺，不惜花费大把银子，这正是认真精神，每

不妨瞧瞧世界，没有一个强大国家的国民，是不认真的、不敬业的。只有落后地区，才会出现"和稀泥"。等到大多数中国人都有认真精神，中国才能够迈上现代化富强之境。

一个人都有此认真精神,出租车就永远不敢捣鬼(柏老特别声明,我并不认为司机捣鬼,停车前跳表,是常见的事)。刘黄歆歆女士以长达八年的时间(正是中国对日本侵略焦土抗战的时间),去维护国家法律的尊严,那更是认真精神,和因认真精神而延伸出来的,不向邪恶屈服,非把是非弄清楚的倔强精神。

吴增忠先生和刘黄歆歆女士,已为中国人立下一个榜样——奋斗的榜样、认真的榜样,这正是现代化所需要的基本态度。不妨瞧瞧世界,没有一个强大国家的国民,是不认真的、不敬业的。只有落后地区,才会出现"和稀泥"。等到大多数中国人都有认真精神,中国才能够迈上现代化富强之境。否则的话,再多的工厂,再多的高楼大厦,都没有用,势将一直停留在粗糙的泥坑里,永远不能进入精密轨道。

一个月之前,一位洋大人在台北跌进排水沟,他向台北市政府要求赔偿,报上报道了新闻,柏杨先生就亲眼看到有些朋友摇头:"什么话,什么话,简直是欺负中国人呀。"嗟夫,那不是欺负中国人,那是教育中国人,为中国人上了一课——怎么去据理力争!如果说四块钱是小事,一间违建是小事,一个倒栽葱也是小事,则啥是大事?一个人在小事上都不敢坚持原则、择善固执,反而讥讽坚持原则、择善固执的人是好事之徒。温柔敦厚遂成了懦夫的遮羞布,也成了认真的哭丧棒。遇到大事,他怎敢挺身!

无论如何,别叫孔丘先生再叹气才好。"直八时代"让它死到十八层地狱,代之而兴的应是仲由先生的"认真时代"。如果再麻木不仁,悠悠忽忽,恐怕灾难还要层出不穷,一直层出到大家都伸腿瞪眼。

——摘自《早起的虫儿》

洋人进一步,中国人退一步

祖先崇拜在本质上是充满了灵性的,可是再优秀的细胞都可能

祖先崇拜在本质上是充满了灵性的，可是再优秀的细胞都可能堕落成致命的癌，灵性有时候也难免堕落成僵尸。祖先崇拜遂一步栽下楼梯，成了对僵尸的迷恋。

堕落成致命的癌,灵性有时候也难免堕落成僵尸。祖先崇拜遂一步栽下楼梯,成了对僵尸的迷恋。孔丘先生是驱使祖先崇拜跟政治结合的第一人,那就是有名的"托古改制","古"跟"祖先"化合为一,这是降临到中华民族头上最早最先的灾祸。孙观汉先生曾在《菜园里的心痕》中对此生出很大的困惑,盖外国人遇事都是进一步想的,中国人遇事却退一步想。呜呼,"退一步",这正是儒家那种对权势绝对驯服的明哲保身哲学。其实,"退一步"只不过是果实而已,在孔丘先生当时,这种思想已经十分浓厚,他阁下对社会的不平、政治的黑暗、人民的疾苦,都有深切同情,而且也有其解决的方法,不过他的解决方法不是努力"向前看",不是提出一个新的时代方案,而是努力"向后看"、"向古看"、"向祖先看"、"向僵尸看",看三皇、看五帝、看尧舜、看周文王。他的本意可能只是画一张蓝图挂到祖先的尊脸上,以便当权派有个最高榜样。但这种本意被时间冲淡,也被酱缸蛆曲解。于是,"古"也者,就成了黄水直流的香港脚,无论干啥,如果不捏捏该脚,就不算搔到痒处。必须捏得龇牙咧嘴,又唉又哼又哎哟,才是真本领,才算舒服得没啥可说。死祖先进而化成活僵尸,不但会呼风唤雨、撒豆成兵,成了万能的百事通,而且还忠勇俱备、品学并臻,道德高涨时,一辈子连女人都不看一眼,每天呆坐如木瓜,啥都不敢想,要想也只是想"道"(好像听哪个酱缸蛆说过,孔丘先生到死都是个童身,真是守身如玉,可为万世法者也)。

对僵尸迷恋的第一个现象是:"古时候啥都有。"凡是现代的东西,古时候都有,原子弹有,辐射线有,飞机大炮有,汽车有,民主有,共和政治有,砍杀尔有,拉稀屎有,人造卫星有,公鸡下蛋有,脱裤子放屁有,西服革履有,阿哥哥舞有,迷你裙有,等等等等,反正啥都"古已有之",无往而不"有"。只要你能出一个题,酱缸蛆都能写出一大串古时候都"有"的典故。既然啥都有啦,潜移默化,中华民族遂成了一个肤浅和虚骄的民族,盖你那些玩意都是俺老祖宗搞过的,有啥了不起?自己搬块大石头挡住自己的去路,只好在自己的太虚幻境里,闭着尊眼,猛想美女如云。

——闭着尊眼猛想美女如云,是一种"意淫",说这话还是"直八哲学",如果说老实话,对僵尸的迷恋简直是一种他妈的手淫,更要斲丧元气。

第二个现象比第一个现象还要使人怒发冲冠,那就是:"古时候啥都好。"仅只啥都"有"不稀奇,必须啥都"好",才算够水平。这种畸形观念,大概秦王朝统一中国时就很严重,惹得皇帝老爷嬴政先生一肚子火,再加上宰相李斯先生直打小报告,于是陡起杀机。呜呼,柏杨先生可不是拍巴掌赞成焚书坑儒,而只是说"古时候啥都好"的毛病也是"古已有之",并不是最近才抬头的新兴势力。两千年来,不要说是一种思想,像硝镪水一样侵蚀着灵性,就是一天只滴一滴水,也能把喜马拉雅山滴出窟窿。

所谓"好",似乎不是指东西好,大概再伟大的酱缸蛆,都不好意思说穿草鞋比穿皮鞋好,用丈八蛇矛比用机关枪好,骑牛骑驴比开汽车坐飞机好。所以,古时候啥都好者,可能限于四个节目(但这四个节目却是大节目,已够中国人奄奄一息),该四个节目者,曰"人好"、"事好""书好""名好"。夫"人好"者,不用介绍,大家的口头禅就是:"人心不古"。这口头禅真是口头禅,只要有人稍微碰他一下,这口头禅就会像吃了屁豆似的立刻放之。既没有经过大脑,也没有经过心脏。盖他阁下已一口咬定古人都好得顶了尖,不但不会坑他骗他,甚至当他坑了古人骗了古人的时候,古人还要温柔敦厚地向他献旗感恩。古时候的好人说起来车载斗量,取之不尽,用之不竭。连孔丘先生都服帖的,莫过于唐尧帝伊祁放勋先生,他连国家元首都不干,而把宝座像烫山芋似的抛给虞舜姚重华先生。姚重华先生也是好人大学堂毕业的,在干了四十八年帝王后,又把那玩意抛给禹姒文命先生。然而他们还不算了不起,了不起的是许由先生,一听说有人叫他当皇帝,就好像谁向他念了三字经"干你娘",赶忙跑到亚马孙河,把耳朵洗了个干净。

老昏病大展 | 91

权力是有毒的,当权派当得久啦,免不了就要中毒。古时帝王,大概跟日月潭毛王爷差不多,一个部落的酋长,到了夏王朝,多少建立起来一点规范,开始有点舒服,于是姒文命先生进了棺材后,他的儿子启先生就硬是不肯放。这未免使酱缸蛆脸上没有光彩,只好用文字诈欺战术,硬说小民非跟着他走不可。姬发先生父子(即周之周武王)起兵叛变,把殷纣帝子受辛先生活活烧死,如果依照酱缸蛆的原则和逻辑,这种行为实在该入十八层地狱吃阎王老爷的屎,可是古人既然都是好的,而孔丘先生又在他们父子尊脸上抹了金,就不得不也靠文字诈欺战术。孟轲先生就很文艺化地说他阁下向东征时,西边的小民就怨啦,曰:"为啥不先来打我们呀。"向南征时,北边的小民也怨啦,曰:"为啥不先来打我们呀。"听起来真是悦耳,盖古人既都妙不可言,就索性让他妙到台风眼里吧。

古时候的"人"既然都"好",则古时候的人干出的"事",像法令规章之类,自然也都好得不像话,碰都不能碰。如果胆大包天,想改它一改,就像一枪扎到酱缸蛆的屁眼里,听他号声震天吧。王安石先生是一个了不起的政治家兼思想家,那个纸糊的宋王朝,如果不是他大力整顿,恐怕早亡了国——早亡给西夏帝国,还轮到金帝国动刀动枪?王安石先生曾说过一句冲击力很强的话曰:"天命不足畏,祖宗不足法。"这对酱缸蛆真是个致命的一扎,所以酱缸蛆屁眼红肿之余,便把他恨入骨髓(有一点可供读者老爷参考的,凡是抨击王安石先生最烈,或对王安石先生的人格或私生活最污蔑栽赃的,用不着调查,我老人家敢跟你赌一块钱,他准是条大号酱缸蛆)。他阁下最后仍大败而归,实在是酱缸蛆太多,难以抵挡。

在历史上,"祖宗家法"成了猪八戒先生的五齿钯,对任何改革,用五齿钯当头一筑,就能把人筑出脑门痈。呜呼,现在学堂里,都是学生坐着听,教师站着讲,盖学生太多,而且一天站上五六个小时,真能站成香港脚。而古时候私塾,却硬是教师坐着讲,学生站着听。这是我们这个自吹为礼仪之邦的规矩,可是这规矩到了宫廷那种兽性多人性少的地方,就变了花样。却是皇帝学生孤零零一个人坐着听,大臣教师呆愣愣一个人站着讲。宋王朝时,韩维先生曾建议教师也应该坐,这请求并不过分,可是想不到喝尿分子刘邠先生马上反对。后来程颐先生也建议教师该坐上一坐(他阁下虽然也是一个酱缸蛆,却为了自私,倒也明白了一阵),闹嚷嚷了一阵,屁股仍没着落。盖这玩意是祖传的家法,动不得也。

这只不过是屁例子,比屁还大的例子多矣多矣,中国专制政体下最后一次变法百日维新,就是毁到这五齿耙上的,嗟夫。这个五齿耙乱筑中华民族,筑了两千年之久,筑得流血抽筋,不成人形,只有出气的份,没有吸气的份。迄今为止,残余的酱缸蛆和喝尿分子,仍坚决地主张继续乱筑,有人偶尔躲一躲,就立刻大喊大叫曰:"动摇国本。"呜呼,这种国本,如果再不动摇,中华民族的生存,恐怕就要动摇。

——摘自《猛撞酱缸集》

最大的殷鉴

中华民族有五千年传统文化,当然有优秀的一面,介绍这一面的朋友太多,说的话写的书,更排山倒海,用不着我再插嘴,即令再插嘴,也不能增加优秀的重量。我们现在面对的,却是五千年从没有见过的巨变。一种崭新的西洋文明,像削铁如泥的利刃一样,横切面地拦腰砍过来。如果拒绝接受消化,只有断成两截,血枯而死。美国一些印第安人保留地,和散布在各地印第安人的废墟,每一处都使我们胆颤心惊。印第安人几乎全部住在保留地,所谓保留地,用不着睁眼乱瞧,仅只掐指一算,就可算出那里准是穷乡僻壤,一片荒凉。虽不能说寸草不生,且保留地的农作物,往往难度一次荒年。最糟的是距城市太远,也就是距交通线有学堂的地方太远。其实太远也没啥,多走几步路就行。问题在于,印第安人压根儿拒绝接受现代文明的西洋文明。

现在，他们还可以在保留地马马虎虎过日子，过的是两三百年前美国西部武打片上差不多的日子。可是，不知道酋长老爷想到没有，一旦有一天（这一天不是不可能来临），美国人口急剧地增加到十亿——别说十亿啦，十亿能吓死人，假如美国人口急剧地增加到三亿四亿吧，第一件事，你敢跟我打赌乎哉，恐怕就是把印第安同胞驱逐出保留地，赶到落矶山区，在那里，深雪没胫，无尽荒山，他们在草原上的古老求生技能，派不上用场，最后只好全体饿死。盖那些保留地的贫瘠不毛，在现代科学技术之下，开水利、施肥料，都会变成良田。目前美国政府还不在乎，到那时候，可要非常在乎矣，美国政府绝不可能永远允许印第安人占着茅坑不拉屎，糟蹋那些土地。这是远虑，而远虑基于近忧。前已言之，近忧是他们顽强地坚持他们那种故步自封的传统文化。举个例子说吧，直到今天，他们都不尊重法律，也不相信法律，仍继续几千年来的勇敢内斗，部落与部落间经常仇深似海，不可开交。美国政府前去干预，酋长老爷曰："这是我们自己的事。"好吧，悉听尊便，只要不妨害白人安宁，你们即令把自己人杀了个净光，都没关系，白人乐于看到天然淘汰的成果。

——白人对归化为美国人的落后民族，一向采取"厌而远之"的态度。对印第安人如此，对中国人也是如此。就在华盛顿机场，曾上演一场镜头。吾友海伦女士，貌美如花、性烈如火，丈夫老爷麦卡菲先生，台北文化界人士，想必大家对他相当熟悉，不必细表。表的是某一天，海伦女士在等飞机，站得两条玉腿发酸，看见一个空位，就走过去坐下。不久一个中国人从厕所回来，发现座位没啦，一脸不高兴，跟她身旁另一位中国人用广东话骂起大街，措辞肮脏下流，写出来准吃风化官司，姑且找一句最文明的介绍，曰："这女人的屁股怎么不丢在你大腿上呀，偏丢在我的位置上，骚到我身上来啦。"想不到海伦女士是言语奇才，啥话都懂，她正气愤中国同胞乱占座位，更气愤中国同胞难堪的粗野。于是，一跳而起，用广东话向他们回报，叫他们注意自己的教养。两位广东老乡不但不对自己的失礼道歉（注意，中国人没有道歉的文化），反而回骂起来。候机楼霎时吵成一团，华洋黑白,一齐围上来观看奇景。白脸警察闻声赶来,在一旁歪着尊脖,仔细欣赏。麦卡菲先生听到娇妻大发神威,赶忙奔来救驾,白脸警察拦住他曰:"老哥,这是他们中国人内斗,咱们千万别管。"麦卡菲先生曰:"老爷容禀,我不管不行,因为吵架的是我太太。"这则小故事可看出白人对中国人(无论你是华裔、华人、华侨),就是如此这般,跟对印第安人一样,看成化外之民。

印第安人为啥排斥现代化的西洋文明,有人说他们始终怀恨白人的罪恶,有人说他们的民族天生僵固,没有接受新观念新事物的细胞。这两种原因都有点怪,因怀恨而拒绝接受敌人的制胜法宝,可谓其蠢如猪。因天生缺少力求上进的细胞,可谓其情堪怜。但至少有一点致命伤是明显的,可能因为生理上的缘故,印第安同胞之酗酒,似乎比台湾山地同胞,还要凶猛百倍。富兰克林先生在他的自传上,曾喟然叹曰:"酒毁灭了印第安人,但没有酒,印第安人宁愿死。"柏杨先生没有资格做深入分析,只是说明,无论啥原因,结出的果实都是一样的。我老人家在芒特玛古堡,看到印第安废墟,和他们用野草编织的箩筐,六百年后今天的成品,跟六百年前昔日的成品,色彩图案,一点没有分别,不禁老泪纵横,似乎看到,阴风四起,黑云渐布,日暮途穷,苍茫朦胧,一幕即将来临的巨大悲剧,正在死寂的气氛下进行。可能千年,也可能只几百年,当他们被逐出保留地之日,也就是这个古老民族全族覆灭之时,连上帝都救不了他们,除非赐给他们吸收现代文化的灵性。而迄今为止,上帝仍没有赐给。反而,却像《圣经·乔舒亚书》上所说的,决心使他们:"没有一个留下,将凡有气息的,尽行杀灭。"

写到这里,读者老爷一定大吃一惊曰:"老头,你三天没照梨花镜,就自以为三头六臂,当起预言家啦。"我可不是要当预言家,而只是联想到中国同胞,不禁兔死狐悲,物伤其类。中华与印第安两大民族,虽然有许多不相同之处,却也有许多相同之处。最相同的一点是,大家都有浓厚的崇古崇祖的情绪,这情绪是浪漫的,多彩多姿,使人动容。可是却因之使我们无法面对现实,对现代化深拒固闭,对有些已经毛病百出的传统文化,仍搂在怀里,沾沾自喜。类似乎这些相同之点,都是致命之点。

印第安朋友的传统文明,少得可悲,如果他们肯吸收现代化西洋文明,可以说易如反掌,盖房子里空空如也,只要新式沙发搬进来就功德圆满。中国人屋子里却塞满了长板凳、短板凳、高板凳、铁板凳、木板凳、带刺的板凳、滑不溜丢的板凳,如果不动心忍性,把它们扔到化粪池里,新式沙发就永远进不了大门。印第安人是个活榜样,这个可哀的红脸民族,跟西藏冈底斯山的牦牛群一样,低着头,朦胧着眼,蹒蹒跚跚,有意无意,身不由主地,一步一步,走向绝种的死亡之谷。听到他们蹒跚的脚步声,和世代的辛劳喘气,心都裂成碎片。有人说,你别杞人忧天,中国人多呀。噫,在可怕的核子武器和强大的生存竞争压力下,人多可没有用。印加帝国的人口可多,如今都到哪里去啦。有人说,中国人聪明呀。聪明确实聪明,但把聪明用到抗拒改善自己质量,动不动就番天印和窝里斗,聪明反而会被聪明所误。似乎只有自惭形秽、痛改前非的觉醒,才能躲过印第安朋友所遭的大难。

——摘自《踩了他的尾巴》

把羞愧当荣耀

国立台湾师范大学堂接受台北市政府教育局的委托,调查大家对体罚的意见,提出报告说,百分之九十一的教师,百分之八十五的家长,及百分之八十的学生,都认为只要不造成伤害,适当的体罚是应该的。这个调查表示,开揍的和挨揍的,跟赤壁之战周瑜和黄盖一样,两情相悦,一方面愿打,一方面愿挨。中国心理学会和中国心理测验学会的联合年会上,也提出讨论,与会的若干英勇好战型的朋友,在学院派魔术名词的云雾中,要求把现代课堂,恢复成为古代刑堂。而身为台湾省政府主席的林洋港先生,跟柏杨先生的命运恰恰相反,在台湾省议会中,现身说法,说他小时候读书,就是因为教师把他打得哭爹叫娘,他才获益良多。国立阳明医学院教师刘家煜先生,还要建议教育部,认为教师对学生,可以做适当的干活。

最精彩的还是台北《自立晚报》记者杨淑慧女士的一篇特稿,标题是:"爱心乎？体罚乎？运用得当最为重要。只要避免学子误入歧途,教育局何需硬性规定。"文中有一段流芳千古的话,她报道曰:"据了解,台北市某著名国民中学一位男老师,他的'教鞭'和'教学'同样有名,上课的第一天即在教室中安置好藤条(柏老曰:好一个大刑伺候的场景),然后和学生约法三章,每次考试距离标准成绩几分,就打几下。结果,这位老师的班级,成绩总是特别好(柏老曰:也就是升学率高)。他的大名全校响丁当(柏老曰:他如果在讲台摆上钢钏,大名丁当得恐怕能响到伦敦),学生都期望让他教(柏老曰:这得做一个科学调查才算数,不能用文学的笔法),许多毕业后的学生怀念的竟是'排队打手心'(柏老曰:刚考上联考的老爷老奶,还可能有此一念。以后下去,恐怕不见得),足见实施体罚与否,并不重要(柏老曰:在该响丁当的教师看,恐怕是实施体罚十分重要),重要的是体罚所带来的意义。"

这段文章是酱缸文化的特有产品,远在1068年宋王朝,这种产品就已经上市。当时皇帝小子上课听教师讲书,是坐着的,教师却像跟班的一样站在一旁。宰相兼皇家教师王安石先生尊师重道,建议应该也赐给教师一个座位。消息传出,酱缸立刻冒泡,大臣之一的酱缸蛆人物吕诲先生,好像谁踩了他尾巴似的嚎叫起来,提出杀气腾腾的弹劾,曰:"王安石竟然妄想坐着讲书,牺牲皇帝的尊严,以显示教师的尊严。既不知道上下之和,也不知道君臣之分。"

呜呼,古之时也,有些教师以站着伺候为荣。今之时也,有些学生以"排队打手心"为荣。记得1910年代,中华民国建立之初,一个遗老爬到县衙门前,露出雪白可敬的屁股,叫他的家人打了一顿板子,然后如释重负曰:"痛快痛快,久未尝到这种滋味矣。"这比打手心的含义,就又进一层。

百思难解的是,奴性在中国何以不能断根?中国文化中最残酷的几项传统,给女人缠小足、阉割男人和体罚,都已被革掉了命。教育部严禁体罚,是它所做的少数正确决定之一。想不到二十世纪八十年代,竟面临挑战。问题是,羞辱就是羞辱,只有奴性深入脑髓的人,才会身怀绝技,把羞愤硬当作荣耀。有英勇好战型的人不足奇;有吕海这样的人,有甘于"排队打手心"这样的人,才是中华民族的真正危机。如果这种羞辱竟能变成荣耀,则世界上根本没有荣耀矣。被羞辱而又其乐陶陶,如果不是麻木不仁,就是故意打马虎眼,包藏祸心,再不然,准是天生的奴才或奴才坯。

主张体罚的朋友,强调只要有爱心就行。呜呼,爱心,爱心,天下多少罪行,都披着爱心的美丽画皮。父母为女儿缠小脚,为了她将来好嫁人,是爱心。"君父"把小民打得皮破血流,为了"刑期无刑",也是爱心。试问一声,教师对学生,一板子是爱心,十板子一百板子还是不是爱心?报上说,教师把学生三个耳光打出脑震荡,他同样也坚持他是出于爱心。分际如何划分?内涵又如何衡量?爱的教育中绝对没有"修理学"镜头。至于"适当",啥叫适当?谁定标准?又用什么鉴定?"只要不造成伤害",事实上,任何体罚都造成伤害。好比说,只要不造成伤害,就可把手伸入火炉里,这话比轮胎漏气的声音还没有意义。任何人在开揍时,都先要肌肉扭曲,目眦俱裂。而这种邪恶的神情,和眼中冒出的凶光,还没有动手,就已造成伤害矣。再加上所展示的绝对权威的感情蹂躏,像叫孩子自动伸手待打,那根本没有爱,只有恨——双方面互恨,因为那是一种人格上的凌辱。

一旦学生对"排队打手心"都不在乎,羞耻心便荡然无存,体罚也失去被认为"好"的一面的意义。考试有标准答案,不合规格的就要受到暴力镇压,孩子们的自尊、灵性和最可贵的想象力,恐怕全部斲丧。至于有百分之二十九的教习,因为教育部严禁体罚,就"心灰意冷,不管教学生"。一个从事教育工作的文化人,如果不准他施展把学生打得鬼哭神号的手段,就束手无策,怠工弃守,教育部应请他们卷铺盖走路,介绍去赌场当保镖。

百思难解的是，奴性在中国何以不能断根？被羞辱而又其乐陶陶，如果不是麻木不仁，就是故意打马虎眼，包藏祸心，再不然，准是天生的奴才或奴才坯。

柏杨先生没有力量反对百分之九十一,百分之八十五,以及百分之八十,但我老人家可要向那些不甘受辱的学生老爷提个秘密建议,如果打到你头上,你虽不能起而抗暴,但你应该跟柏杨先生对侯仰民先生一样,记恨在心,来一个大丈夫报仇,十年不晚。有些好战分子的教生,可能发狠曰:"我就是打啦,十年后见。"对这种地头蛇,你就应该更永远不忘,给他来一个真的十年后见。

然而,这并不是柏老的主要意思,主要的意思是,这次调查结果,愿打的跟愿挨的,所占比率竟如此之高,使人沮丧。夫教育的目的在培养人性的尊严和荣誉,而今大家居然有志一同,都醉心于摧毁人性的尊严和荣誉,可说是教育界二十世纪十大丑闻之一。说明酱缸的深而且浓,即令政府出面帮助,有些人仍难自拔。也说明我们教育畸形发展,已到了倒行逆施的地步。越想越毛骨悚然,嗟夫。

——摘自《踩了他的尾巴》

炫耀小脚

抗战之前,柏杨先生曾在报上看到过一位记者老爷的西北访问记,该记者大概在十里洋场的上海长大,一旦到了甘肃河西走廊,对女人的小脚,大为惊奇。该报道原文已记不得啦,只记得大意是,他访问了一位小脚老太婆,该老太婆谈起当初缠脚的英勇战斗时,正色曰:"俺那村上,有女孩子缠脚缠死的,也有女孩子缠了一半不肯缠的。"该记者形容曰:"当她说这些时,故意把她的小脚伸出炕头,似乎是炫耀那些死亡的成绩。"这段评语一直印在脑海。嗟夫,酱缸蛆炫耀传统文化,跟这位老太婆炫耀她的残废小脚,你说说看,有啥区别?

老太婆炫耀小脚是一种至死不悟,酱缸蛆炫耀酱缸则是一种至死不悟兼虚骄之气。孙观汉先生上周写了几个字在一份他剪寄的《真实杂志》单页上曰:"中国人在'倒运'时期,心理上尚有这么多自夸自傲,我真怕'走运'时期来临!"孙先生显然对未来感到隐忧,不过,"欲知来世果,且看今世因"。今世充满了自满自傲,绝不会有一天成为真正的大国,敬请放一百二十五个心可也。但孙先生的隐忧却发人深省,嗟夫,中国沦落到今天这种地步,真应该父母兄弟,抱头痛哭,把过去的一切都搬出来检讨。然后,吸鸦片的戒掉鸦片,吸海洛因的戒掉海洛因,推牌九的戒掉牌九,偷东西的戒掉偷东西,包妓女的立即把妓女遣散,病入膏肓的立即送进医院,害花柳病的立即打六〇六,断手断脚的立即装上义肢,然后,一齐下田,耕地的耕地,播种的播种,挑土的挑土,浇水的浇水,这个家才能够兴旺。如果大家只会张着大嘴瞎嚷,而嚷的只是我们从前是多么好呀,恐怕只能限于过去好,现在可好不了,将来更好不了。

——摘自《猛撞酱缸集》

臭鞋大阵

其他国家所没有,唯独台湾特有的,就是"臭鞋大阵"。不管去谁家,都要攻破臭鞋大阵,才能登堂入室。上得楼梯之后,第一眼看见的就是每家门口,都堆满了臭鞋。我说臭鞋,只是观感上的,既不能一一拿起来放到鼻子上,当然不敢一竿子打落一船鞋,说每一只都臭而不可闻也。但如果说它奇香,也应该查无佐证。

每家门口都堆臭鞋,实在是二十世纪十大奇观之一,有新鞋焉,有旧鞋焉,有男鞋焉,有女鞋焉,有大人的鞋焉,有儿童的鞋焉,有高跟的鞋焉,有低跟的鞋焉,有不高不低跟的鞋焉,有前面漏孔的鞋焉,有后面漏孔的鞋焉,有左右漏孔的鞋焉,有像被老鼠咬过到处漏孔的鞋焉,有类似柏杨先生穿的一百元一双的贱鞋焉,有类似台湾省议员陈义秋先生穿的四千九百元一双的阔鞋焉(陈义秋先生还有价值四百五十元的阔头,那属另一可敬范围,心里有数,不必细表)。群鞋毕集,蔚为奇观。

这些臭鞋所布下的臭鞋大阵,跟契丹帝国萧天佐先生在三关口布下的天门大阵一样,暗伏奇门遁甲,诡秘莫测。于是有的鞋仰面朝天,有的鞋匍匐在地,有的鞋花开并蒂,有的鞋各奔东西,有的鞋张眉怒目,有的鞋委屈万状,有的鞋鞋相叠,有的则把守在楼梯之口,形成现代化的绊马桩。主人之出也,先伸出脚丫,像吾友穆桂英女士的降魔杖一样,在臭鞋大阵中左翻右踢,前挑后钩,直到头汗与脚汗齐下,才算找到对象。客人之入也,比较简单,但如果遇到像柏老这类朋友,袜子上经常有几个伟大的洞的,就得有相当勇气,才能开脱。而有些朋友则鞋上是有带子的,你就得耐心地观光他们撅起的屁股,如果属于千娇百媚,当然百看不厌,如果是属于老汉或讨债精之类,就无法不倒尽胃口,尤其有幸或不幸的人,客人如果太多,一连串把屁股撅起,就更显示臭鞋大阵的威力。

然而,臭鞋大阵的最大威力,还不在使人伸脚丫或撅屁股。伸伸脚丫、撅撅屁股,等于活动活动筋骨,也是有益于健康之举。问题是从臭鞋中所宣传出来的那股异味,实在是一种灾难。从前南方蛮荒地带,有一种瘴气,谁都弄不清瘴气是啥,有人说是毒蛇猛兽口中吐出来的,有人说是妖魔鬼怪布下的天罗地网。我想那分明是一种空气污染,人们冒冒失失闯了进去,轻则头昏脑涨,重则一命归阴。而中国公寓中家家户户的臭鞋大阵,使得整个楼梯,从根到梢,无处不熏人欲呕,可称之为公寓式的瘴气。一个人如果从二楼走上十楼,他至少要冲过十八个臭鞋大阵。而每一个大阵的臭味都是具有辐射性的,透过气喘如牛的尊鼻,侵入咽喉和肺部,积少成多,累瘴成癌,恐怕现在"砍杀尔"大量增加,医院门庭若市的场面,即与此有关。

得"砍杀尔"也不严重,顶多死翘翘。严重的是为啥外国都没有这种景致,而中国独有?沿梯而上,一堆臭鞋连一堆臭鞋,即令不得"砍杀尔",也会得鼻腔癌。纵是现代化大厦,走出漂亮的电梯,首先入目的就是一堆臭鞋,实在百思不得其解。尤其是室内装潢得跟凡尔赛宫一样,金碧辉煌,却狠心在门外堆起一堆臭鞋。这似乎包含着一个严肃的课题——绝对的自私兼绝对的自卑。自私的是,把自己都不能忍受的东西,推到大门之外,叫别人去忍受。把自己看了就心乱如麻的玩意,推到大门之外,叫别人去心乱如麻。把自己嗅了就会中毒的奇异怪味,推到大门之外,叫别人去中毒。

——一切一切,只想到自己,没想到别人;只想到自己的利益,没想到别人的利益;只要自己家里一尘不染,不管公众场所如何脏乱;只要自己舒服,别人就是栽倒到他的臭鞋大阵之中,气绝身亡,他也毫不动心。

自卑的是,对解决不了的事情,"眼不见,心不烦",乃"锯箭杆学"的传统干法,只要俺家像个神仙洞府就好啦。从前之人,还扫一扫门前雪,现在不但连门前雪不扫,还把自己家里的雪堆到那里。古诗不云乎:"双手推出门外月,吩咐梅花自主张。"现在则是:"一脚踢出臭鞋阵,推给别人胃溃疡。"六十年前的事啦,那时柏杨先生年纪方轻,有一次去探望一位朋友,他慷慨大方,举世无匹,当下就买了四两排骨请客,预备叫柏老过过馋瘾。他太太不知道怎么搞的,一不小心,把那块伟大的排骨掉到毛坑里。该朋友不动声色,用竹竿好不容易把它捞了出来,洗了一下,照样下锅。一直等到酒醉饭饱,他才宣布真相,那时的柏老已经十分聪明,念过洋学堂的卫生之学,立刻就要往外呕吐,他跳起来掐住我老人家的脖子吼曰:"咽下去,咽下去,眼不见为净,这都不懂,还上洋学堂哩。"

那一次我可真是咽下去,一则舍不得吐,一则被他掐得奇紧,吐不出也。这事早已忘光,最近碰见大批的现代化的臭鞋大阵,家家户户,都在眼不见为净,才觉得胃肠有点不舒服。

——摘自《活该他喝酪浆》

为别人想一想

在中国,只拼命想到自己,视别人如无物的现象,多如驴毛。对方如果竟然胆敢证明他也存在,而且有独立的人格,麻烦可就大啦,小者吵嘴,大者打架,再大则一顶帽子罩下来,不是说你小题大做,就是说你惹是生非；不是说你不知道安分守己，就是说你不知道温柔敦厚，乱发牢骚乱骂人。而乱发牢骚乱骂人者，一一都在卷宗里，后果堪哀。

柏杨先生安居汽车间中，将近十月，头顶之上，都是富贵之家，而就在二楼阳台的栏杆外边，屋主支起铁架，在上面放了一排盆景。盆景赏心悦目，当然妙不可言。但该屋主每天都要浇水两次，而且每次都浇得淋漓尽致。有一次，酷日当空，柏老在门前买了一碗豆花，蹲在那里正吃得起劲，忽然大雨倾盆，倾了我一头一脸，刚吃了半碗的豆花，也荡荡乎变成满碗，心里诧曰："这是何方神圣，赐下这种宋江式的及时之雨？"抬头一看，原来能源出在浇花上，而屋主老爷已经龟缩在案，不见踪影。我本来要大声开骂的，怕骂了要挨揍，就没有骂。又想上楼找该家伙理论，心里一想，我这个"三无牌"恐怕不是对手，只好作罢。于是不久我就练就一种三级跳的奇功，只要他阁下手提喷壶，抛头露面，我就一跃而入，或一跃而出，身上滴水不沾。

这种栏杆上列盆景的奇观，在公寓式的楼房之上，几乎触目皆是，有些更前后夹攻，在屋屁股的阳台上也罗列一排，则下面晒的衣服就要遭殃。而且日久天长，铁架生锈，忽然有一天塌啦，下面的朋友岂不要脑袋开花。即令不塌，铁架孔洞奇大，万一掉下一片碎瓦或一块石头，尊头同样受不了。实在想不通，住在上面的家伙，为啥不为下面的人想一想。

和这同属奇观的是悬挂高楼的一些冷气机。呜呼，巍巍大厦，七层焉，八层焉，九、十、十一、十二、十三、十四层焉，高矗天际，美奂美轮，俨然小型皇宫，却每个窗口都突出一个黑漆漆的小棺材。既大小不同，也式样不一，每个小棺材又都有一根输尿管，晃晃荡荡，迎风招展。好像一个雍容华贵的贵妇人生了一身脓疮，把全部美感都破坏无遗。然而我们担心的倒不是美感，而是万一有一天小棺材的支架跟花架一样，由老而锈，由锈而断，忽连倒断，翻滚而下，砸到路人的尊头之上，据我了解，那效果可比倾盆大雨厉害。我们再一次想不通，有钱的大爷，为啥不为路人想一想。

公寓的威胁不仅是后天的人造雨和小棺材,也有先天的胎里毒。柏杨先生为了谋生,每天要经过台北市忠孝东路四段两次之多,每逢驾临到一个名国泰宝通大楼的庞然大物,就怦然心动。心动不是想搬进去住,我可是从没有这种想法,犹如我从没有想搬进吾友伊丽莎白二世的白金汉宫去住一样。我之所以怦然心动,是它的窗子。盖别的大楼,窗子都是左右拉的,只有国泰宝通大楼的窗子,却是向前开的焉。

夫窗子向前开,空气的流通量,当然比窗子左右拉要大两倍,屋主老爷住在其中,可能因此多活三千年。但问题也就出在这上面,向前开的现象是,每个窗户都跟衙门一样——作八字形,金属的窗轴是唯一的支柱,这支柱再粗也粗不过放盆景或冷气机的铁架。即令是钢的吧,钢也有腐烂之日。好罢,俺的窗轴是钻石做的,那就算钻石做的。可是窗架窗框总不能也是钻石做的吧,窗轴如不先坏,窗架窗框也会先坏。一旦坏啦,恐怕倒霉的仍是行路的朋友。如果它不垂直而下,来个天女散花,散到马路之上,坐汽车的朋友,也难逃此劫。

最主要的是,风力的强度,随着高度而比例增加。比例的数字,柏杨先生一时想不起来(这非关记忆不好,如果你阁下欠我银子,看我记得清楚),只仿佛记得,纽约的帝国大厦,如果地面是一级风,屋顶就是八级风,而八级风足可以把一个人像稻草一样卷起来抛到半空,以致游客们不得不像幼儿园一样,"大家小手牵小手"。或战战兢兢,紧抓栏杆,胆小鬼还得用一条绳索绑住纤腰。

台北国泰宝通大楼固然没有纽约帝国大厦那么高,但风力的递增定律,却是天下一样。该大楼现在是新盖的,还没有跟台风老爷碰过面。而且即令撑过一次两次,柏老也不相信那细细的窗轴能长期抵抗日夜不停的高空的强风,万一表演炸弹开花,别人的态度如何,我不知道;我自问可是誓不敢当。于是又想不通,当初设计的工程师老爷,为啥不为窗外人想一想。

写到这里,敝孙女拿了一张表格,叫我老人家填写。表是啥表,不必说啦,反正是"临表泣涕,不知所云"。尤其使人泪落如雨的是,表上留给填表人应填项目的位置,空白奇小。像"住址"栏的"省""县""市""路""街""巷",上面的空格,小得简直是在主办视力测验。有些空格倒是比较大方,留的位置较大,但也只能大到眼睛可以看见的地步,想把要填的字挤进去,恐怕得使用世界上最尖的笔,外加上一副世界上最精细的显微镜。"阅读书籍"栏,奇窄而且奇短,填三本两个字书名的书,都得冒汗,一个人一生如果读过三十本书,仅填表就能填出近视眼。更想不通,制表人为啥不为填表人想一想。

这些都是小事,但从这些小事,可看出心理上的症结。浇花水倾到你身上,冷气机掉到你头上,窗子把你砸得稀烂,填表填不进,那都是你的事,原主钱大力猛,就是这么干啦。不出事时,谁嚷嚷都没用,嚷的嗓门稍大,则招灾进祸。一旦出了事,血肉横飞,官盖云集,开会如仪,号叫着要追查责任,结果查来查去,除了死人有责任外,谁都没责任。呜呼,这症结跟家家户户门口的臭鞋大阵一样,是一目了然的,过度的自私和自卑,使头脑不清兼老眼昏花。

——摘自《按牌理出牌》

不会笑的动物

记得若干年前,有人曾对民族舞蹈演员面无笑容,感到诧异。主持人答曰:"那一幕是'宫女怨',宫女当然愁眉苦脸。"但后来演至"喜相逢"、"万寿无疆",仍愁眉苦脸如故,不知主持人如何说词。过去我曾想到,可能黄种人天生的不会笑,和不喜欢笑。可是到了日本一瞧,他们那些黄种人不但会笑,也喜欢笑,除了车掌小姐会笑外,连开那单调如棺材的电梯小姐也会笑,乃大吃一惊。于是再追究中国人所以笑脸甚少的原因,可能是百年来战乱频仍,哭的时候多,依生物学"用进废退"的定律,再加上整天无米少盐,以致想笑都笑不出。

中国人的缺少笑容,对观光事业是一种威胁。但最大的威胁仍在中国人对陌生人的态度上,柏杨先生为谋生走遍各省,发觉除了北平一个地方外,几乎无一处不"欺生"。

人类是一种会笑的动物,但中国的女护士和女车掌例外,关于这一点,大家呐喊了十余年,大概公共汽车管理处和台大医院(台北医院也很精彩)当局忙于搞红包,无暇改进之故,所以一硬到底,迄今不变。看情形,除非把钞票摔到她们脸上,便是老天爷都无法教她们龇龇牙。

另外,女店员的面孔,似乎也应纳入改进之列。当你进店之时,活像一头猫撞进了老鼠窝,小眼睛全充满了敌意地望着你,如你索物,则先打量你的衣服,然后告曰:"贵得很。"你问:"还有好的乎?"曰:"更贵。"我有一个朋友,在外语学堂读书时,便曾在台北中山堂前一家委托行,因购一件价值五百元的毛衣而大吃其瘪。该老板伸颈细瞧其领牌,不屑曰:"你外语学堂毕业,当个翻译官,一个月也不过五六百元,还是省点吧。"不过结果大出老板意料,吾友竟然有钱买了一件。然而最痛苦的是,当顾客看了两件不买辞出之时,上至老板,下至店员,无不怒目而视,口中念念有词,一种像被鸡奸了似的嘴脸,全露了出来。于是,有人曰:没有关系,他们见了洋大人,笑容自出。须知观光事业发达后,洋大人如过江之鲫,将逐渐不再稀罕,且洋大人也有寒有穷,久而久之,劣根性复发,难免终有一天,华洋一视同仁。

坐计程汽车没有小账,应是中国唯一值得大吹之事,但仅此一项,难广招徕。不二价运动应设法展开,凡是在台北中华路买过东西的人,恐怕都有同感,真正的漫天要价,就地还钱,上当不上当全凭运气。柏杨先生从前曾发明一定律曰:"还他一个你根本不想买的价,包不吃亏。"结果不然,前日往购一皮箱,要价三百,我以为它只值一百五十元,但嫌其式样不好,乃大声曰:"七十元。"料想他宁去自杀,也不会卖,想不到他大叫曰:"好啦,拿去。"呜呼,如何使中国人以善意和诚恳对待陌生人,不仅是观光之道,亦是做人之道。

——摘自《妙猪集》

中国人好像是一种不会笑的动物,圣人曰:"君子不重则不威。"每个人似乎都要"重"要"威"。人生篱笆就像西柏林围墙一样,活生生筑了起来。笑固然和"重""威"并不排斥,但天长日久的冷漠,却是可以把笑排斥掉的。呜呼,中国人不但对别人从不关心,似乎还对别人充满了忌猜和仇恨。前天报上有则消息,台北峨嵋餐厅一个伙计病故,老板不给钱,家族们就把棺材抬到餐厅抗议。食客同胞一瞧,大喊倒霉,一哄而散,有的趁此良机也就没付账。嗟夫,抬棺材对不对是一个问题,我们只是感慨,那位死人对活人的意义,难道只是"倒霉"?难道没有一点哀伤之情?

——摘自《猛撞酱缸集》

礼仪之邦

一个人的教养,和全民的质量,在人际关系第一层面的接触上,完全显现出来。贵阁下还记得《镜花缘》乎,唐敖先生到了"君子国",对礼仪之邦的定义是:"圣圣相传","礼乐教化","八荒景仰"。其实他阁下不过见了商店买东西时童叟无欺一件事,就五体投地。而在美利坚,童叟无欺早已稀松平常,不仅仅价钱不欺,服务态度更使人叹为观止。柏杨夫人在拉斯维加斯一家小店,看上了一件小褂,言明十二美元成交,货银两讫,正要包装,发现右腋下有块米粒大、仿佛可以看得见的黑斑,老妻曰:"哎呀,这是啥?"店员老奶拿起来,映着日光细瞧,歉然曰:"确实是一个汗渍,用水洗可能洗掉,但也可能洗不掉。你如果同意的话,我去问问老板,看是不是可以减一点价?"接着咚咚咚咚跑上二楼,再咚咚咚咚跑下,说可以便宜两块美元。

这件事对我来说,无疑当头一棒,盖被店员虐待,已成习惯,一旦春风化雨,真忍不住上去抱住那老奶亲个嘴。如果换了台北,或换了香港,一场警匪枪战的节目,铁定地盛大推出。死婆娘竟然有胆量吹毛求疵,店员必然横眉怒目,迎头痛击:"怎么,你说啥,黑斑?笑话,我怎么看不见？就是有黑斑，在胳肢窝底下，有啥关系，你是举起胳膊走路的呀？要挑眼早挑眼，买主还有老实的，现在发票都开好啦。你想退货？减价？莫名其妙，以后买东西时先背地里数数自己的家当，银子不够时少充阔佬！怎么，你不服气呀，我们是五千年传统文化的礼仪之邦，向来宾至如归的，你敢不如归呀？嚓嘴嘟囔，好像谁欺负你似的，我们这么大的公司，还在乎你那点碎银子。你们这些文化根基太浅的外国土包子，我也懒得去报官。反正一句话：买不起，算啦，拿来。"

拉斯维加斯是纯观光的赌城，百分之九十都是旅客，而这些旅客又百分之九十九一生中只来一次两次，坑这些人绝无后患。但他们却仍跟其他地方商店一样，亲亲切切、正正派派。

——摘自《踩了他的尾巴》

三句话

中国人初到美国最大的困扰，是美国人的礼貌多端。马路上随随便便擦肩而过，似乎好像碰那么一下，也似乎好像没有碰那么一下，对方总要致歉曰："对不起。"如果真的短兵相接，肌肤相亲，那声"对不起"就更如同哀鸣。即令你低头猛走，撞个震天响亮，也会引起一迭连声的向你"对不起"。这个动辄"对不起"场面，实在难以招架。在我们中国，却是另一种镜头，两人一旦石板上摔乌龟，硬碰了硬，那反应可是疾如闪电，目眦尽裂，你瞧他表演跳高吧，第一句准是："你瞎了眼啦。"对手立刻还击，也跳高曰："哎呀，我也不是故意的，你还不是也碰了我，我都不吭声，你叫啥叫？"前者拉嗓门曰："碰了人还这么凶，你受过教育没有？"对手也拉嗓门曰："碰了你也不犯杀头罪，你想怎样，叫我给你下跪呀？哼，你说我碰了你，这可怪啦，我怎么不碰别人？是你先往上碰的，想栽赃呀。"事情进化到如此地步，软弱一点的，边走边骂，边骂边走，也就是鸣金收兵。刚强一点的，一拳下去，

老昏病大展 | 109

杀声大作，马上就招来一大堆看热闹的群众，好不叫座。

请读者老爷注意，从第一碰到作鸟兽散，我们听不到一声"对不起"。博大精深的"死不认错学"，在这件街头小景上，充分发扬光大。所以柏杨先生认为中国同胞已丧失了说"对不起"的能力，每个中国人都像一个火焰喷射器，只有据"力"力争的勇气。

西方文明的特征之一，是承认别人跟自己同样的存在，同样的应受到尊重，所以总是小心翼翼表达这种尊重。踩了你的尊脚固然"对不起"，实际并未踩到只不过几乎踩到也"对不起"，咳嗽一声固然"对不起"，打个其声如蚊的喷嚏也"对不起"，正在谈话他要去撒尿固然"对不起"，厨房失火，他要去救火也"对不起"。旅客们最常见到的节目是，你正努力照相，有人不小心从中间穿过，他们也要"对不起"。然而绝大多数的洋大人，一见你举起照相机，都会像呆瓜一样，停下来站着傻笑，等你按下机关之后再走。照相朋友如果是中国同胞，麻木已惯，不会有啥反应。照相朋友如果是洋大人，他们不甘寂寞，总是要开上一腔。这时候不再是"对不起"啦，而是"谢谢你"。

"谢谢你"给我的威胁，跟"对不起"给我的威胁，同样沉重。世界上竟有人把唾沫浪费到这两句话上，实在难以了解。柏杨先生虽然十八般武艺，样样精通，可是到了美国，要想逃出这两句话的网罗，却比登天都难，你越踢腾，他越"谢谢你"。照相朋友照完相你再穿肠而过，他们固然"谢谢你"，就是去买东西，东西到手，他们也要向店员"谢谢你"（换在中国，不要说顾客啦，就是店员能说声"谢谢你"，天花板都会感动得塌下来），银行提款，柜台老奶眼睁睁看你把白花花银子拿走，也会"谢谢你"（读者老爷不妨到中国银行打个转，便知端详），到衙门办事，临走把证件交还你时，也要"谢谢你"（贵阁下到咱们中国各衙门试试，包管你立刻发思洋之幽情），一旦开快车或不该转弯处硬转了弯，警察老爷交给你罚单，也要"谢谢你"（台北街头开罚单的结果，恐怕是一个板起晚娘脸，一个口吐三字经）。在洛杉矶时，吾友周光启先生带我去停车场开车，临出大门，缴出银子，取回单子，他也冒出一句"谢谢你"。我训勉曰："老哥，礼多必诈，你不给钱，

在我们中国,却是另一种镜头,两人一旦石板上摔乌龟,硬碰了硬,那反应可是疾如闪电,目眦尽裂,你瞧他表演跳高吧,第一句准是:"你瞎了眼啦。"对手立刻还击,也跳高曰:"哎呀,我也不是故意的,你还不是也碰了我,我都不吭声,你叫啥叫?"前者拉嗓门曰:"碰了人还这么凶,你受过教育没有?"对手也拉嗓门曰:"碰了你也不犯杀头罪,你想怎样,叫我给你下跪呀?哼,你说我碰了你,这可怪啦,我怎么不碰别人?是你先往上碰的,想栽赃呀。"

他放你一马呀,有啥可谢的?"他想了半天也没想出非谢谢不可的理由。可是第二次再去,他"谢谢你"如故,把我气得要死。

柏杨先生印象最深的"谢谢你",是弹簧门奇案。我老人家经过弹簧门时,向来都是推之而过,然后撒手不管的。到美国后,当然一切如初。朋友屡诫曰:"老头,这里是番邦,你可别把中国五千年传统文化带过来,千万看看后面有没有人,再慢慢松回原处。"笑话,我来美国是游历的,不是给人管门的,我走过的弹簧门比你见过的都多,还用你上课乎哉。于是,有一次,我一撒手,门向后猛弹,屁股后一位白脸老爷发出一声大叫,朋友和我急得几乎跪下讨饶(本来我要脚底抹油,偏偏闻声赶来救驾的闲人太多,没有跑成)。幸好未碰出脑震荡,白脸老爷瞧我的长相打扮,以为准是新几内亚吃人部落的重要人物,没敢追究。事后朋友告曰:"你没吃过猪肉,也应看过猪走,请学学洋大人,那才是真正爱国之道。"呜呼,原来洋大人经过之后,总要停步扶门,直等到后面客人鱼贯而入,或有人半途接棒,再缓缓放手的。不经一事,不长一智,对这种规矩,我老人家不久就滚瓜烂熟,也因而不断听到后进的洋老爷洋老奶一连串的"谢谢你",好不得意。

——回到台北,我仍继续崇洋了一阵。不过,三天下来,就恢复原状,非我意志薄弱也,而是每次停步扶门恭候,屁股后跟进的黄脸朋友,嘴里都像塞了干屎橛,没有一个人说声谢谢。我就御手一松,管他妈的碰活也好,碰死也好。呜呼,要想从中国人口中掏出一句"谢谢你",恐怕非动用吾友猪八戒的五齿钯不可。

——事实上美国的"谢谢你",跟"对不起"一样,已成为民主生活的一部分,连刚会讲话的小妞,妈妈给他擦屁股,都会说"谢谢你",这使得它发展到泛滥之境。贵阁下看过强盗抢银行的镜头乎,彪形大汉掏出手枪,叫柜台老奶把银子装了个够,然后脱帽曰:"谢谢你。"这才撤退。不过,柏老的意思是,宁可泛滥,也不要被干屎橛塞死。

要特别声明一点,"对不起"和"谢谢你",都和笑容同时并发,于是,自然蔓延出来另一句话:"我是不是可以效劳?"我老人家这么一把年纪,从大陆到台湾,从山窝到都市,从三家村到洋学堂,从牙牙学语到声如巨雷。"对不起"、"谢谢你"虽少如凤毛麟角,倒偶尔还听到过,只有"我是不是可以效劳"这句话,可从没有听有谁出过口的。

平常日子,我们都是朋友开车接送,威风凛凛,趾高气扬,可是有一次却抓了瞎。我和老妻从华盛顿中心区,坐地下铁到春田镇,春田镇是地下铁尽头,必须再坐一程出租车,才能到请我们吃饭的朋友尊府。偏偏美国的出租车比柏杨先生身上的银子还少,我们在车站东奔西跑,眼看天又渐晚,急得像两条丧家之犬。一位年轻的美国朋友看出我们出了毛病,前来询问:他是不是可以为我们效劳?真是傻瓜,这还用问。他就放下他的小包袱,站在马路中央,眼观四路,耳听八方,最后拦阻了一辆,大概司机老爷赶着回家晚餐,硬是不肯,他阁下俯在窗口说了半天,才招手唤我们过去。等我刚想清楚,想问他一声尊姓大名,他已扬长而去啦,若非他拔刀相助,看情形我们只好就在那里打地铺过夜。

——摘自《踩了他的尾巴》

排队国

美国人是一个喜欢帮助人的民族,"我是不是可以为你效劳?"并不只是油腔滑调一句应酬,而是剑及履及的一种行动。除了纽约和一两个大码头地方外,只要你脸上稍露出困惑焦急的颜色,准有人上前问这一句话。你如果胸怀大志,答曰:"对呀,俺正需要帮忙,借给五千亿美元周转二十年,行不行?"结果当然不行。但假设你只不过迷了路,他阁下恐怕要忙上一阵,总要跟你说上一个备细;不幸你的英文程度跟柏杨先生一样,任凭他说得天花乱坠,仍然不敢听懂,他可能拉着你东奔西跑,好像你是王孙公子,他是贩夫走卒。柏杨夫人因为腰伤未愈,临行时带着一个特制的藤牌,作靠背之用。这藤牌在台湾用了半年之久,始终默默无闻,可是一到美国,它却立刻树大招风。无论走到哪里,总有白脸老爷认为她阁下的尊腰随时都有从当中咔嚓一声,折成两截的可能。飞机上、火车上,更像龙袍加身,连站都不敢站,刚一欠屁股,就有人胁肩谄笑曰:"我是不是可以为你效劳?"当然不可以,她要去茅坑屙屎,岂有别人可以代屙。害得她老人家以后只好憋着,以免盛情难却。

中国的人际关系,向来不流行这一套,而且恰恰相反,对乐于助人的人,一律花枝招展地称之为"好事之徒"。胆敢路见不平、拔刀相助,则现成的形容词,就像响尾蛇飞弹一样,尾追而至,咬定他"爱管闲事",这种离经叛道之举,必然的"别有居心"。所以,换到台北街头,你就是蹲在那里上吐下泻,我敢跟你打一块钱的赌,恐怕是没人扶你一把。记得去年,柏杨先生跟一位美国朋友西格里曼先生在台北看电影,一位观众老爷忽然口吐白沫,从座位上栽倒在地,电影院来了两个人,把他架了出去,用不着多问,当然是送医院去啦。谁知道散场后一瞧,他阁下竟原模原样被扔到侧门通道的水泥地上,好像他不是"龙的传人",而是从蚩尤部落捉来的俘虏,人潮虽然汹涌,却无人为之驻脚。西格里曼先生大为吃惊,叹曰:"中国人跟纽约人差不多啦,这么冷漠无情。"

他阁下没说跟美国人同样冷漠无情,是他聪明之处,否则我这个爱国心切的中国老汉,可能认为他比喻不伦,语带讽刺,"挑拨政府与人民之间的感情"。他之特别提出纽约,因纽约是"不忘本"人物的大本营,据说外国人占纽约总人口的五分之四,以致美国人一提起纽约,就誓不承认是他们的城市。

——然而,生为中国人,身在中国地,要想帮助别人,也不容易。柏杨先生在《猛撞酱缸集》中,就努力嚷嚷过,一个没有高贵情操的人,永不了解别人会有高贵情操,也永不相信别人会有高贵情操。"好事之徒"、"爱管闲事"、"别有居心"的毒箭,早就上了弦,只要对方有助人一念,乱弩立刻齐发,见血封喉。吾友杨希凤先生,是一位出租车司机(他阁下经常载我二老,前往闹市兜风),一个雨天黄昏,载得一位落汤鸡女人,在车上不停发抖,牙齿咯咯猛响。杨希凤先生遂动了不忍其觳觫之心,正好他太太叫他从洗衣店取回来毛衣毛裤,乃建议曰："小姐,你可以把湿衣服脱下来,换上一换,等你到家再还我。"那女人一听要她脱光,立刻杏眼圆瞪,嚎曰："色狼,你要我报警呀。"把他阁下气得马上就咒她害感冒兼三期肺炎。另一位朋友李瑞腾先生,乃中国文化大学教堂教师,一次在公共汽车上,一位女人(对不起,又是女人)阳伞把柄掉啦,眼看就要踩个稀烂,他赶忙捡起,巴巴地挤到后座,交还于她。感谢观世音菩萨,这次那女人比较有文化,没骂"色狼",但也没有"谢谢",只用死鱼般眼珠猛瞪,一语不发。李瑞腾先生只好大败,向我叹曰："老头,你说,咱们中国人是怎么搞的?"呜呼,中国人似乎仍停留在林木丛生的山顶洞时代,身上穿着刺猬一样的甲胄,只露出冷漠猜忌的两只大眼,心神不宁地,向四周虎视眈眈。

现在回头介绍柏杨夫人的藤牌,这藤牌功用可大啦,不但惹得洋大人处处"效劳",甚至遇到排队,也总是让她排到前面。夫排队者,是人类文明外在的寒暑表,从一个国家的排队秩序,可以准确地判断它们的文明程度。我在美国只两个月,就想提议把"美利坚合众国",改成"美利坚排队国",盖美国排队,不但泛滥,而且已造成灾难,不得不惋惜那些黑白两道朋友,竟把那么多宝贵时间,浪费到排队上。上飞机排队,下飞机排队,检查行李排队,缴验护照排队,买邮票排队,寄封信排队,窗口买票排队,付钱取钱排队,等公交车电车排队,上公交车电车排队,去厕所排队,最使人不耐烦的,是无论大小饭铺,也要排队。

对于排队,绝不是吹牛,我可不在乎。不但我不在乎,全体中国人都不在乎。不过美国排队跟中国排队,内容上和形式上,都大不相同,这就跟美国的斑马线跟中国的斑马线大不相同一样。盖中国人排队,只是一种学说,美国人排队,却是一种生活。台北排队只算半截排队,上车排队,本来排得好好的,可是车子一到,却像穆桂英大破天门阵,立刻土崩瓦解,争先恐后。英雄人物杀开血路,跳上去先抢座位,老弱残兵在后面跌跌撞撞,头肿脸青。嗟夫,真不知道当初辛苦排队干啥!为了抢一个座位,或为了怕挤不上车,来一个豕突狼奔，还可理解。而对号火车汽车，座位是铁定了的，既飞不掉，又不怕别人的屁股带钢钉，真不知道为啥还要猛抢。美国人好像一生下来就注定排一辈子队，所以也就心安理得。大概中国因为人口太多之故，排起队来，鼻孔紧挨后颈，前拥后抱，"缕衣相接闻喘息，满怀暖玉见肌肤"，远远望之，俨然一串亲密的战友。只洋大人排起队来，无精打采，稀稀落落，遇到车辆出入口或街口巷口，还会自动中断，一派凄凉光景，不禁为他们的国运悲哀。在纽约时，一位朋友叫我陪他去一家以拥挤闻名于世的银行取款。我心里想，这家伙准听说过我在台北挤公共汽车的武功，叫我异地扬威，自当奋身图报。一进大门，只见柜台一字排开，每个柜台只有一个顾客在那里唧咕，心中大喜，一个箭步就跳到其中一人背后，想不到朋友却像抓小偷似的，施出锁喉战术，一把就把我拖了出去，不但不为他的鲁莽行动道歉，还埋怨曰："老头，你干啥？"我没好气曰："我干啥？我排队呀，自从到了你们贵国，俺可说是动辄得咎，排队也犯了法啦。"他曰："倒没犯法，是犯了规矩。"原来柜台前面有一条线——跟飞机场检验护照的那条线一样，后面的人都得站在那里，不经召唤，不得乱动。而那里已排了五六十人，他们要等到柜台前顾客走了之后，柜台老爷老奶御手轻招，才能像跳豆一样跳过去补缺。呜呼，美国立国的时间虽短，规矩可真不少，如此繁文缛节，不知道影响不影响他们的民心士气？

然而，最可怕的还是，大小饭铺，也要排队，这就太超出我伟大的学问范畴。自从盘古开天辟地，从没有听说饭铺也要排队的。柏老在旧金山第一次到饭铺吃饭，一走进去，就被老妻拉出。嗟夫，根本无队可排，当然大步进场，拉来拉去怎的？谁知道即令鬼也没有一个，也得站在那里，等待侍女像领尸一样领到座位之上。如果没人来领，就是当场饿死，也不能越雷池一步。印象最坚强的，是大峡谷之夜。好不容易找到一间晚上仍开张的小馆，那小馆倒皇恩浩荡，特免排队，但客人们必须先到柜台登记尊姓大名，然后蹲在门口听候传唤。侍女老奶一出现，大家把她当作大慈大悲救苦救难的圣母玛利亚，张着祈求盼望的大眼，惶恐不迭地望着她。听她张金口、吐玉音，传唤某某先生可进去啦,某某先生和他全家大小,立刻欢声雷动,大喊大叫。咦,何必多这一道手续乎哉。台北就绝对不是这种景气,一群饿殍杀到饭铺,明明客人已满坑满谷,照样深入虎穴,拣一张看起来杯盘狼藉,快要吃完了的桌子,把它团团围住。桌上食客对这种阵势,早已司空见惯,任凭饿殍们怒目而视他们的尊嘴,他们的尊嘴仍细嚼慢咽,气不发喘,面不改色。最后,兴尽而退,饿殍们升级为座上客,另一批新饿殍又汹涌而至,再围在四周,恣意参观。非洲草原上胡狼歪着脖子看鳄鱼大嚼的镜头,重新上演,好不刺激。

最伤心的是,美国的很多中国饭铺,也逐渐染上这种恶习,放弃了我们传统的"看吃"文化。人人都说美国是一个自由国家,我的意见有点相反,仅只排队,就能把人排得精神分裂。

——摘自《踩了他的尾巴》

到底是什么邦

我最大的心愿是:愿中国最早成为礼仪之邦。这话听起来有点刺耳,一位朋友吹胡子曰:"依你的意思,中国现在是冒牌的礼仪之邦啦。"柏杨先生曰:"是的。"一言未了,我顺手把小板凳塞到他的屁股底下,他才算没有昏倒在地,只坐下来发喘。我想,发喘的爱国之士,一定层出不穷,这就空口无凭,必须请贵阁下不要用情绪作直觉的判断,让我老人家先领你参观参观。

第一个节目 请参观婚礼

即令离婚次数最多的电影明星,也都会认为结婚是人生一件大事,否则既离之矣,何必再结之乎哉?盖在生命历程中,结婚乃一项跃进与突破,一男一女离开了所习惯的固有环境,跳到另一只船上,组成以彼此为中心的家,共同掌舵,驶入陌生而使人兴奋的海洋。这是多么重要的改变,所以,无论中国古老的传统仪式,或西洋移植进来的宗教仪式,都是庄严的,在庄严和欢乐中充满了这种改变的祝福。不要说古老的啦,纵在四十年代,乡间婚礼,一直都十分隆重,新郎要亲自去新娘家迎娶,或坐轿或坐车,回到新郎家后,一拜天地,感谢上苍的安排匹配。二拜高堂,感谢父母的养育之恩。三拜——拜天地、拜父母、新郎新娘互拜之后,这时才正式成为夫妇。西洋的教堂,具有同等意义。在肃穆的音乐声中,新郎伫立圣坛之前,新娘挽着老爹或老哥的手臂,徐徐而出,也就在圣坛之前,父亲把女儿,哥哥把妹妹,交给新郎,再由牧师或神父,以上帝天主的名,宣布他们结为一体。

然而,不知道啥时候开始,大概是清王朝灭亡后不久吧,中国人既嫌磕头太旧式,又嫌教堂太洋派,就发明了四不像,也就是迄今仍在奉行的"文明结婚"。婚礼遂不成婚礼,而成了闹剧。礼堂也不成礼堂,而成了叭蜡庙。贵阁下听过京戏乎:"叭蜡庙,好热闹,也有老来也有少,也有二八女多娇。"贺客很少祝福的心声,差不多都是前来逛庙会的。有些更东奔西跑,找朋觅友,眼目中根本没有婚礼,只有社交。盖大家虽然同住一个城市,却往往两年三年四五年,不见一面,只好把结婚礼堂,当作酒楼茶馆。于是,叭叭喳喳,人声沸腾,约典礼后打八圈麻将者有之,约改天再聚聚者有之,至于叙叙离情,打听打听消息,感慨感慨年华老去,骂骂张三李四王二麻子,更属平常。证婚人在台上满腹经纶,声嘶力竭,全世界没有一个人听得见,连他自己都听不见。而介绍人者,往往是旱地拔葱,临时拔出来的,固不知新娘姓啥,也不知他所担任工作的神圣性,偶尔还扮演一下打诨角色,把闹洞房的一套端出,当着家人亲属的面,满口下流黄话,猥亵的程度,使美国《花花公子》的编辑老爷听啦,都得向派出所报案。老丑小丑,碰碰挤挤,说它是菜市场,还算积德,乃是亲友蒙羞、上苍垂泪之场也。

第二个节目　请参观丧礼

死亡比结婚,更是人生一件大事,一个人可能结很多次婚,却只能死亡一次,那是生命的终结,永远的终结。抛下他一生辛辛苦苦奋斗的成果和至爱的亲眷,撒手归西。殡仪馆是他旅途的最后一站,过此一站,便永远停留坟墓中央。丧礼的气氛,不仅庄严,更无限悲伤。古人"吊者大悦",只是"悦"丧葬的仪式合礼,并不是高兴他死得好、死得妙。然而,现在流行的丧礼上,经常出现一种现象是,吊客一进门,先到灵前鞠躬致祭,家属在灵旁跪地叩头,悲痛时还有哭声,尤其是母老子幼的孤儿寡妇,哭声更断人肠。可是,该吊客一扭身,家属哭声还没有停止,他就一个箭步,跳到另一个吊客跟前,大喜曰:"哎呀,柏老,好久不见啦,看你面团团若富家翁,把老朋友都忘啦。"柏杨先生也大喜曰:"我正在找你哩,总是被他妈的一些红白帖子缠昏了头,走,咱们找地方摆摆龙门阵。"走到门口,迎面又来一物,两个冷血动物立刻撅屁股曰:"部长大人呀,你老人家安好。"部长大人则点头含笑,握手而进,两个冷血动物顾不得走啦,正在尾追赔笑,其他吊客已一哄而上,礼堂也就变成了社交俱乐部。其实,即令没有此一物驾临,丧礼也是婚礼的翻版,吊客们很少怀着悲伤悼念的心情,差不多也都是前来逛庙会的。于是,结婚礼堂的镜头,在殡仪馆中,回放一遍:"叽叽喳喳,人声沸腾,约典礼后打八圈麻将者有之,约改天再聚聚者有之,至于叙叙离情,打听打听消息,感慨感慨年华老去,骂骂张三李四王二麻子,更属平常。孤儿寡妇在灵旁顿首痛哭,声嘶力竭,全世界没有一个人听得见,连他们自己都听不见。"事实上,殡仪馆既成了社交场所,自然呼朋引类。而呼朋引类,自然他乡遇故知,自然笑容可掬。洋大人尝抨击中国人麻木冷酷,恼羞成怒之余,也只好发喘。呜呼,殡仪馆之地,孤儿寡妇伤心之地,上苍痛心之地也。

  第三个节目　请参观餐馆

  餐馆是中国礼仪最茂盛之处,也可以说,所有礼仪的精华,全部集中在餐馆的"二战之役"。第一战是"避位之战",有资格坐首席的家伙——他就是主客,大都属于位尊多金之辈。好像首席上埋伏一条毒蛇,该家伙发誓不肯上坐,于是其他各色人等,包括主人在内,群起而推之,群起而拖之,群起而高声吆喝之。该家伙口吐白沫,抵死不从。有些人眼捷手快,还来一个"先下屁股为强",一屁股坐定,呐喊曰:"这就是首席啦。"有的于被搞大败之后,只好委屈万状坐上去。

等到首席坐稳，次席三席四席，每一席次，都要杀声震天，闹上十数分钟或数十分钟，才能尘埃落定。席间你敬酒，我敬菜，又是一番混战，能把人累死，这且不表。表的是曲终人散，第二战爆发，那就是"避门之战"，大家像企鹅一样，拥在门口，好像门坎之外，就是深不可测的陷阱，只要迈出一步，就会跌下去喂狼。于是，你不肯走，他也不肯走，坐首席的家伙，这次拿定主意，纵被分尸，也不前进一步。又是一阵喊声震天，该家伙终于在挣扎中，被轰了出来，年老色衰之徒，立脚不住，还可能被轰得尊嘴啃地。

上面不过是荦荦大者，至于其他种种，也无不触目惊心。好比，贵阁下去百货公司买件衬衫吧，公共汽车站排队，就会首当其冲。呜呼，一个国家是不是礼仪之邦，在排队上可一目了然。而中国公共汽车站的排队，到今天都有异于外夷，盖外夷是排成一条线，只中国同胞挤成一大堆。车子还没停住，群雄立刻就人海战术，一拥而上，挤得大人跳、小孩叫。贵阁下如果认为这里真是礼仪之邦，循规守矩，恐怕一辈子不但上不了车，还要被骂为白痴。假使你勃然大怒，不坐车啦，安步当车，那么，转弯抹角时，问问路试试！好不容易找到百货公司，女店员一个比一个火眼金睛，你本要买十六寸领口的，她们就有本领把十三寸的卖给你，胆敢拒绝，晚娘脸立刻出笼。假如你胆大如斗，第二天去退货，火眼金睛马上变成青面獠牙，你能活着逃出，算你三生有幸。

嗟夫，太多的中国人，身上都是倒刺，肚子里全是仇情敌意。爱国之士最喜欢自诩中国是礼仪之邦，我想仅看纸上作业，古书上倒是说过，中国确是礼仪之邦。但在行为上，我们的礼仪却停顿或倒退在一片蛮荒阶段。如果不能实践礼仪，再写三千万本书，再写三千万篇文章，蛮荒仍是蛮荒。

——摘自《早起的虫儿》

酱缸蛆的别扭

当孙观汉先生《菜园里的心痕》在台北《自立晚报》上陆续发表的时候,该报总编辑罗祖光先生就挨过这么一记闷棍。他的一位最要好的朋友,从两百公里外的台中,巴巴打电话给他,吼之曰:"孙观汉写的文章,千言万语一句话,无论是啥,都是美国的好。要说美国科学好,我还服,要说连美国文化也比我们好,我就不服,难道我们连做人处事也要学美国乎?太不像话,太不像话。"罗先生当时就在电话上勉之曰:"老哥,赶紧往酱缸外跳吧,再不跳你就成了酱缸蛆啦。"——顺便声明,"酱缸蛆"可就是罗先生这么顺口发明的,修理庙打板子时,务请认清屁股。

酱缸蛆心里所以别扭,大概觉得中国乃礼仪之邦,不但是礼仪之邦,而且是最最古老、圣人又最最茂盛的礼仪之邦。关于这一点,我们十二万分同意,想来孙观汉先生也会照样同意。盖一则是自尊心使然,二则事实上也是如此,除了比不上印加帝国外,我们固是古得很也。问题是中国的礼和中国的仪,到了今天,似乎只书本上才有,或只在圣人言论集上才看得见。呜呼,中国只是文字上的礼仪之邦,在现实生活上,却是冷漠之邦、猜忌之邦、粗野之邦。

——摘自《猛撞酱缸集》

目光如豆

人人都说中国有五千年文化,有五千年文化当然有五千年文化,但一切光荣都属于过去,诚如德国名将鲁登道夫先生看了《孙子兵法》后曰:"我佩服中国人,但我佩服古代中国人,不佩服现代中国人。"

话说,美国国务卿鲁斯克先生决定不来台北矣,对"中华民国"政府眼巴巴的邀请,拒绝词虽然婉转得无懈可击,但不肯来的事实却斩钉截铁。呜呼,这就叫人忽然想起当年的往事,想当年肯尼迪先生奉天承运,刚坐上总统宝座,鲁斯克先生尚是一位对"中华民国"不太友好的小民,一个小民妄议国家大事,已够荒谬,而更荒谬的还是他竟写了一封信给在台北的某一位立法委员,要求来台北访问,诚是天大的不知趣。某立法委员把信转给"外交部"之后,是不是真的有人笑掉了下巴,我们不知道,但结果却是知道的,假使对每一个唱反调的人都表欢迎,岂不人人都要唱反调乎?意料中的当然没有下文。做梦也梦不到,风流水转,有一天该鲁斯克先生竟当上了国务卿,"中华民国"之官,不得不前倨后恭,不知这算不算优美传统文化中的一条。

于是,使人又想起当年的另一往事。十年之前,吴廷琰先生以小民身份,经过台北,返回越南,张君劢先生有一介绍信给某大官,告以吴先生有掌握越南政局的可能性,为奠立两国友好合作之基,他建议应盛大招待。结果似乎比对鲁斯克先生更惨,第一,盛大招待没关系,但他将来万一没有前途,我们交这种朋友算啥?而且看他的模样,不像有啥苗头。第二,凭随便一个没有官位的小民介绍信,便盛大招待,岂不提高该小民在海外的地位?于是,吴廷琰先生只好在松山机场冷冷清清,度其过境时间,连鬼都没有一个去瞧瞧他。

而今,势利眼只好乞灵于自己的幻觉,希望大人物都有不记旧恶的美德。大人物真不记旧恶哉?有些大人物固然宽宏大量,但也有些大人物不见得太上忘情。后来,张君劢先生赴越南讲学,越南以国宾之礼,隆重欢迎(洋人对中国学人如此礼遇,百年来还是第一次,乃中国之荣。可是,台湾报纸却一字不提,嗟夫),"中华民国大使馆"迫于形势,不得不举行一个盛大酒会,届时各国使节和所有应邀的知名之士,全部拥至,只有两个人没来,一位是吴廷琰总统,一位便是张君劢先生,弄得下不了台。这还不算,据说吴廷琰总统下令取消华人国籍,也有其感情上的因素,则影响就更巨矣。

用不着再搬孔孟学说,来证明中国人如何好客,如何待人。那一套早已死绝,和现代人的思想行为,根本是两回事。官儿们尤其如此,混世混到如此现实,如此肤浅,对手里没权没钱的人,一律看不起,等看得起的时候,已来不及。鲁斯克先生过境而不入,能怪他乎?

——摘自《妙猪集》

不讲是非,只讲"正路"

势利眼主义最大的特征是不讲是非,而只以势利为是非。吾友屠申虹先生告诉我一件故事,该故事发生在他的故乡浙江。他有一个亲戚,在抗战期间,制造沦陷区通行的伪钞,用以在沦陷区采购枪弹医药打游击。该亲戚不幸在抗战胜利前夕,被日本人捉住,枪决牺牲。当他的死讯传到他村庄的时候,正人君子听啦,无不摇头叹息曰:"这个孩子,什么都好,就是不肯正干,不肯走正路,如今落得如此下场。"呜呼,这就是中国人对一个抗敌英雄的内心评价,曰"不肯正干",曰"不走正路",即令充满了怜惜,却并没有丝毫敬意。这正是一种冷漠,一种残忍。在酱缸文化中,只有富贵功名才是"正路",凡是不能猎取富贵功名的行为,全是"不肯正干",全是"不走正路"。于是乎人间灵性,消失罄尽,是非标准,颠之倒之,人与兽的区别,微乎其微。唯一直贯天日的,只剩下势利眼。

——摘自《猛撞酱缸集》

柏杨先生曾介绍过《唐圣人显圣记》,现在再介绍一遍,以加强读者老爷的印象。该书作者用的是一个笔名"伏魔使者",他阁下对戊戌政变六君子殉难的悲剧,有极使人心魄动摇的评论,曰:"只听一排枪炮声,六名犯官的头,早已个个落下。可怜富贵功名,一旦化为乌有。"请注意:"富贵功名,一旦化为乌有。"在势利眼看来,啥都可以,卖国可以,祸国可以,当奴才当狗可以,就是不可以"富贵功名,一旦化为乌有"。六君子唯一的错处是没有得到富贵功名,没有走"正路"。

写到这里,忍不住又要叹曰:"血泪流尽反惹笑,常使英雄涕满襟。"嗟夫,每个中国人都努力走富贵功名的"正路",中国社会将成一个什么样子?用不着到关帝庙抽签算卦,就可知道。可是,迄今为止,仍有成群结队的人在提倡富贵功名的"正路",你说急死人不急死人。

留华学生狄仁华先生曾指责中国人富于人情味而缺少公德心,我想狄先生只看到了事情的表面,而没有看到事情的骨髓,如果看到了骨髓,他绝对看不到人情味,而只看到势利眼——冷漠、残忍、忌猜、幸灾乐祸,天天盼望别人垮,为了富贵功名而人性泯灭,而如醉如痴,而如癫如狂。

——摘自《猛撞酱缸集》

一盘散沙

任何一个社会和任何一个人,多少都有点崇拜权势,但似乎从没有一个社会和从没有一个民族,像中国人对权势这么癫狂,和这么融入骨髓。任何一个社会和任何一个人,也多少都有点自私,但同样的也从没有一个社会和一个民族,像中国人这么自私到牢不可破。这话听起来有点愤世嫉俗,说出来也觉得危机四伏,可能惹起爱国裁判大怒,乱吹哨子。不过理是应该说的,不是应该怒的。

有一种现象大家无不乐于承认,那就是,中国同时也是一个很聪明的民族,身在"番邦"的中国留学生,无论留日的焉,留美的焉,留英的焉,留法的焉,学业成绩,差不多都比其本国学生拔尖。辜鸿铭先生在英国学海军,他的分数远超过日本留学生伊藤博文先生;蒋百里先生在日本学陆军,学科兼术科,都是该期第一名。日本人那时候比现在还要小气鬼,忍受不了外国学生的优越成绩,才把他阁下挤下来。这些是远例。近例最惊天动地的,莫过于围棋大王吴清源先生和围棋小大王林海峰先生,在日本本土,横冲直撞,所向披靡,固然是日本棋坛的优美环境所致,但更是中国人的先天智慧所致。如果一定说中国人的聪明远超过洋大

在酱缸文化中，只有富贵功名才是"正路"，凡是不能猎取富贵功名的行为，全是"不肯正干"，全是"不走正路"。于是乎人间灵性，消失罄尽，是非标准，颠之倒之，人与兽的区别，微乎其微。唯一直贯天日的，只剩下势利眼。

人,似乎吹牛,但至少有一点,中国人的聪明绝不亚于洋大人。——中国同胞沾沾自喜,当然没啥争议,就是洋大人,甚至三K党,都不能说中国人聪明差劲,大不了说中国人群体差劲。洋朋友往往把中国人叫做东方的犹太人,当然是轻蔑,但同时也是一种敬意和畏惧。犹太人最惹人咬牙的不过一毛不拔罢啦,而其他方面的贡献,若宗教,若科学,若艺术,无不震古烁今。试看世界上经济大权,不是握在犹太朋友手中乎?基督教的开山老祖耶稣先生,不就是犹太人乎?现代科学巨星爱因斯坦先生,不也是犹太人乎?

中国人是聪明的,但这聪明却有一个严重的大前提,那就是必须"一对一",在个别的较量中,一个中国人对一个洋大人,中国人是聪明的,好比说吴清源先生和林海峰,单枪独马,就杀得七进七出。可是一旦进入群体的较量,两个中国人对两个洋大人,或两个以上的中国人对两个以上的洋大人,中国人就吃不住兼顶不过。孙中山先生曾感叹中国人是"一盘散沙",呜呼,用中国的一个沙粒跟洋大人的一个沙粒较量,中国的沙粒不弱于洋大人的沙粒,但用中国的一堆沙粒跟洋大人一堆沙粒做成的水泥较量,水泥可是坚硬如铁。

一盘散沙的意义是不合作,我们说不合作,不是说中国人连合作的好处都不知道。咦,不但知道,而且知道个彻底。酱缸蛆先生忽然发了罡气,他能写上一本书,引经据典,大批出售古圣古贤以及今圣今贤关于合作的教训。柏杨先生如果也发了罡气,我同样也能引经据典写上一本书——不但写上一本书,简直能写上一火车书。但问题是,不管经典上合作的教训如何茂盛,那些教训只止于印到书上,行为上却不是那么回事。

——摘自《猛撞酱缸集》

唐人街——吞噬中国人的魔窟

大多数中国人仍在努力地"不忘本",努力地不团结,努力地窝里斗——无论天涯海角,只要有中国人的地方,就有惨烈的窝里斗。听说美国有个机构,专门研究中国人的这些特质:为啥对白人那么驯服,而对自己同胞却像杀手?自从华青帮隆兴之后,唐人街很多中国餐馆受不了这种东风西渐,就重金礼聘一位白老爷,往柜台一坐,好像避邪丸一样,华青帮就不敢上门。这是低知识层面。而高知识层面,大概姜是老的辣,表现自然更出类拔萃。同在一个大学堂教书,又同是从中国来的,按情按理,应该相亲相睦,如足如手。直到柏老身临其境,才发现天下事竟然真有不情不理的。学堂名称和当事人姓名,可不能写出来,写出来准被活埋。那些"学人专家"兼"专家学人",写起文或讲起演,呼吁团结,文情并茂,连上帝都能为之垂泪。可是他们相互间却好像不共戴天,甲老爷请我老人家下小馆,绝不邀请乙老爷参加。丙老爷一听我在丁老爷家打地铺,立刻声明不交我这个势利眼朋友。从戊老爷那里出来,请他开车送一程到己处,你说啥?去找那小子?你走路慢慢练腿劲吧。

唐人街已成了中国人吞噬中国人的魔窟,有些没有居留权的小子或老奶,被关到成衣厂,每天工钱只够喝米汤的。跟当年黑奴,相差无几,一生就葬送在那里,连个哭诉的地方都没有。即令找到哭诉的地方,也不敢哭诉。几乎所有的黑店,都是专门为中国同胞而设,对白老爷可连眼都不敢眨,学堂和政府衙门的中国人,也不能例外。你如果遇到一个中国人顶头上司,那可得小心小心,不但升迁无望,一旦裁员,你可是第一个卷铺盖。盖顶头上司要向洋大人表态:"俺可是大公无私呀!"事实上他的"私"连航天飞机都装不下。为了给白老爷好印象,不惜把中国同胞宰掉,用中国同胞的尸体,做他向上爬的台阶。中国人传统的神经质恐惧,使自己先天地注定要永无止境地被骗被坑、挨打受气。仅以平霸兼联邦骗财这件奇案来说,老姊最初向我一五一十吐苦水,可是一听我有意把它写出来,就吓得花容失色,涕泪齐流曰:"好老头,你远在台北,狗腿自可无恙,俺弟弟却留在旧金山,你害了他呀,你这个老不死的惹祸精呀。"硬把鼻涕往我身上抹,逼得我当场发誓,如果形诸笔墨,叫我掉到茶盅里淹死。

老昏病大展 | 127

呜呼,世界上大概只有中国人天性懦弱,从不敢"据理力争"。凡是据理力争的,全被酱缸蛆之辈视为不安分的偏激分子。大家都在"算啦算啦,过去的都过去啦"里过日子,等候着玉皇大帝忽然开了窍,来一个"恶人自有恶人磨"的头条新闻——抗暴起义的英雄壮士,竟成了同等量的"恶人"。于是,"善人"也者,不过窝囊货兼受气包,既没有勇气,又没有品格。华青帮所以不敢碰坐在餐馆柜台的白老爷,因为他们深知,欺负中国人跟欺负蚂蚁一样,中国人怕事怕得要命,对任何横暴都习惯于逆来顺受,噤若寒蝉。而一旦欺负到白人头上,律师出现,那可没个完。

柏杨先生在去美国之前,朋友祝福曰:"你回来后,希望不会说'中国人,在哪里都是中国人'的话。"而如今,忍了又忍,还是要这么叹息。嗟夫,中国人的劣根性造成中国人前途的艰辛。在美国黑白杂陈的社会,中国人却单独奋战。因为没有集体的力量,所以,爬到某一种程度,也就戛然而止。不要说永远赶不上犹太人,就是距日本人、朝鲜人,都相差十万光年。日本移民比中国移民少一半,却选出了两个国会议员。柏老可以预言(又要摆卦摊啦),再过一百年,中国移民也选不出一个。不信的话,咱们就赌一块钱。

印第安人酋长"杰克上尉"有一段沉痛的话:"你们白人没有打垮我,打垮我的,是我们自己的族人。"白人也没有排斥中国人,使中国人处于困境的,是中国人自己。

——摘自《踩了他的尾巴》

《春秋》责备贤者

中国文化另一个使人伤心欲绝的现象是:"《春秋》责备贤者。"发扬这种学说的孔丘先生,真使人捶胸脯。他阁下对人生有深度的了解,对做人道理,也有不可磨灭的贡献,全部《论语》,堆满了格言。他向当权派提供了统御之术,并向大家伙保证,如果用他那一套统治小

呜呼，世界上大概只有中国人天性懦弱，从不敢"据理力争"。凡是据理力争的，全被酱缸蛆之辈视为不安分的偏激分子。大家都在"算啦算啦，过去的都过去啦"里过日子。

民,江山就成了铁打的啦。这一套当时颇不吃香,但经过董仲舒先生奋勇地推荐,西汉王朝皇帝刘彻先生采用之后,果然发生强大威力。不过他阁下理论中最糟的是"责备贤者",他阁下为啥产生了这种畸形观念,我们不知道,可能是勉励"贤者"更上一层楼吧。君不见父母打孩子乎,孩子哭得肝肠寸断,可是老头却气壮山河曰:"你是我的儿子,我才打你呀,别人的孩子三跪九叩叫我打,我还不打哩。"无他,俗不云乎:"打是亲,骂是恩,不打不骂是仇人。"你是贤者,我才表演自由心证兼诛心之论,你如果不是贤者,而是地痞流氓不入流下三滥,请我责备你,我都不屑责备你。

责备贤者的原意是不是如此,不敢确定,即令是如此的吧,结果也难逃"天下没有一个是好人"的厄运。勉励"贤者"更上一层楼当然是善意的,但在实践上,自由心证兼诛心之论一齐爆发,一定产生"责人无已时"的绝症。这绝症就是挑剔没有完,好像百步蛇的毒牙,咬住谁谁就得四肢冰冷,隆重地抬到太平间。盖人性是较弱的,都有犯错的时候,都有犯滔天大罪的可能,都有胡思乱想把不稳舵的局面,柳下惠先生也会想别的女人,孟轲先生也会为目的不择手段。

对恶棍连咳嗽一声都不敢(往自己脸上贴金的懦夫不好意思说"不敢",只好说"不屑"),对"贤者"却挑剔个没完。人是一种会犯错的动物,也是一种会做出不可告人之事的动物,努力挑剔的结果,每一个人都成了虎豹豺狼。于是乎,存心坏蛋到底的朋友有福啦,永没有人责备他,不但没有人责备他,遇到"德之贼也",还原谅他,猛劝责备他的人适可而止哩。而力争上游的朋友,反而永远有受不完的抨击。这种责人无已时的毒牙,只有一个后果:逼得人们感觉到,做好人要比当恶棍困难得多。

中国社会是一个恍惚万状的社会,有时候恍惚得连自己屙的是啥屎都不知道。《淮南子》上有一则故事,只简单几句,恭抄于后:

人有嫁其女而教之者,曰:"尔为善,善人疾之。"对曰:"然则当为不善乎?"曰:"善尚不可为,而况不善乎?"

《世说新语》上也有一则故事,也只简单几句,也恭抄于后:

赵母嫁女,女临去,教之曰:"慎勿为好。"女曰:"不为好,可为恶耶?"母曰:"好尚不可为,其况恶乎?"

这些话使人听啦,比没有听还糊涂,说了半天,到底说的是啥?懂的朋友请举手,我就输他一块钱。可是司马师先生的小老婆羊徽瑜女士(史书上称为"景献羊皇后"、"弘训太后")却叹曰:"此言虽鄙,可以命世人。"既然鄙矣,就不能命世人;既然命世人矣,就是至理名言,不能算鄙。不过不管怎么吧,老太婆对女儿指示的结果,并没指示出一条应走的路。我想这种不知道屙啥屎的心理状态,似乎仍与"责备贤者"有关。老人家教训子女,当然不好意思鼓励他心黑手辣。但也不能昧着天良鼓励他力争上游,盖中国传统文化是专门用"责备贤者"的毒牙咬力争上游的。你再贤都没有用,俺仍能把手伸到你被窝里,大喜过望呐喊曰:"他屁股上有个疤呀。"结果你不但贤不起来,反而弄得一身臭。

"责备贤者"与"嫉妒"在本质上是一样的,都是在鸡蛋里找骨头,但形式上却不相同,"责备贤者"因有美丽的外套,所以就更恶毒、更害人。呜呼,我们给"贤者"的爱太少,而只一味地责备,责备,责备,责备,责备。

孙观汉先生有一句使人感慨的话,那就是:中国社会上,赞扬的话总是等人死了才说。盖在中国社会,对活人的赞扬几乎绝迹。嗟夫,天底下最容易的事莫过于责备人,挑别人的眼,只要一开口,就好像从悬崖上栽下来的飞车,停也停不了,刹也刹不住。阁下看过《所罗门的宝藏》乎,两位财迷被土人捉住,绑到广场,表演砍头。甲先生知道再过一个小时,就要日蚀,乃吓唬酋长老爷,说他法力无边,可以把太阳吃到肚子里,如果把他宰啦,天上就永远没有了太阳。酋长老爷半信半疑,甲先生说,他可以先露一手教他们瞧瞧。酋长老爷下令暂缓执行,看他能耐如何,于是他就念起咒来。呜呼,他会念啥咒?只不过他阁下乃水手出身,可以用丑话连续骂三天三夜都不重复一个字。于是,你瞧他口没遮拦吧,阴阳顿挫了一个小时,天昏地暗,太阳果然被他吃到肚子里,不但救了老命,还捞了不少宝贝。

中国传统文化似乎专门培养这种水手本领,责备起人来,如果不用胶布赶紧贴住他的嘴,他的丑话就永远没有句点。再加上摇头摆尾,挤眉弄眼,就更勇不可当。可是你要请他老人家赞扬一位他最佩服的人,他准张口结舌,想上三天三夜,也想不出有谁值得他赞扬的,即令有人值得他赞扬,他也想不出用啥话去赞扬。

一切绝症都渊源于中国文化中的爱心太少,孔丘先生之道,不过"忠""恕"而已,独缺少爱——当然啦,抬起杠来,不但其中有爱,而且爱还多得受不了。不过,"忠""恕"中的理智成分似乎要浓些,爱的成分似乎淡如云烟。

——摘自《猛撞酱缸集》

谈丑陋的中国人(陈文和)

致柏杨先生——

看了您在《自立晚报》的《丑陋的中国人》之后,有一些不能自已的话,非要跟您吐露不可,我想,或许可做您一部分参考。

对您所说中国人要能鉴赏,要有鉴赏力,我是赞成得来不及;在有鉴赏家,能鉴赏之前,我觉得中国人最吝啬赞美。除了赞美自己之外,别人统统是狗屎。文人相轻、同行相忌、同性相斥等等伟大的中国文字,不胜枚举。所以如果能够人人都肯赞美,而且是公开地赞美,那自然就会有欣赏、有鉴赏。西谚说:"没有看到善的敌人,才是最大的敌人。"中国人就是最见不得人家好。人家好,他说没什么。人家真正好,他就去整人家。

为什么中国人不肯多赞美、多欣赏,我想这大概与您所讲的中国人不讲真话有关,除此之外,中国人也不敢公开生气,因为不敢公开生气,所以也就不敢公开赞美。不敢爱,也不敢恨。

不敢、不能公开赞美,我认为是中国人甚少"心怀感激"所致。中国人成功了,他认为那是他自己勤奋努力的结果,跟社会和人民根本没有关系,他认为他自己的本事最大,根本不感激社会,和群众带给他成功的机会,所以他们也就没有什么社会责任的观念。

另外,中国人的成功,光宗耀祖的只是他们那一家人,那一族人,那一姓人。旁的人分享不到他的那份荣耀,他成功是他的事,所以我成功以后也是我的事,与旁人无涉,与他人无关。

没有公众(大众)就没有制度之期求,没有制度又何求能有合作、团结?不肯赞美,不敢生气,爱说假话、谎话,可能这些都跟中国文化里强调"内省"的功夫有关。中国人在中国文化的熏陶下,具有太多"阎谙"的性格,这种性格使人不敢爱,不敢恨,不能心怀感激,不肯牺牲(因为牺牲到最后他发现还是牺牲,牺牲是造成别人的成功,别人成功又不能变成大家的成功,成功不能成为度过苦难的结果,所以大家不肯牺牲。最坏的是,自己不肯牺牲,却要人家牺牲,我名之为"烈士情结")。中国的苦难就如此恶性循环。

先生指出这么多中国人的丑陋,我知道您是恨铁不成钢,我所希望者,除了您在海内外的地位、声望之外,以您对中国文化了解的深刻,和人性的洞察入微,之后,为苦难的中国人找到一条如何鼓励人肯赞美、欣赏、鉴赏的方法和途径,广大的民众最需要有人用深入浅出的办法告诉他们、带领他们,走向这么一条道路,有方法才能有实践。

当然,这是一个世纪的重整工程,您可以号召您的朋友,用心替苦难的中国人思考出许多实用、有效的办法来,分门别类地(教育的、文化的……)、阶段性地推出来。

您打破了酱缸,您要带领我们(您看,我又患了烈士情结),当然我也用我能力所及去影响,传播美的中国人的信念及方法。

拉杂、零乱的涂写,耗了您不少精神,反正我想说的都说了,不过,我希望能够成为您的小朋友。

致陈文和先生:

您的分析使我心折,要想从中国人口中听到一声对别人赞美的话,那可比登天还难。当然也有对别人赞美的,可是往往是政治性的——不是言不由衷,虚情假意,就是不知所云,对一匹马努力夸奖它的角真漂亮。大多数中国人都生活在使人作呕的自卑情绪之中,没有能力发掘别人的优点,也没有能力欣赏别人跟自己相异之处。如果一不小心赞美了别人,立刻就会发生下列反应:

一、对方有点地位的——"怎么,你拍他的马屁呀。"

二、对方不如自己的——"怎么,你收买人心呀。"

三、对方跟自己是亲是友——"你们的关系不同,你当然为他说话。"

四、对方跟自己三杆子搭不上——"你连他干什么的都不知道!你要是知道他的底细,就不会这么乱开黄腔。"

反正是,怎么都不对劲。对劲的只有诟骂。中国人聚集在一起,三句话如果不谈论别人的是非,他们准不是黄帝的子孙和龙的传人。所谓"大汉天声",天声是什么?就是聚集在一起把别人私生活攻击得体无完肤的人声。尤其这种攻击也不见得一定出于恶意,而是一种滤过性病毒发作时的自然反应。君不见狗先生乎?狗先生每次见面,你闻闻他的屁股,他闻闻你的屁股,味道对了头之后,皆大欢喜。中国人相聚,主要的是批评别人,一旦对方鼓掌称善,就跟闻屁股闻对了头一样,才互相认同。

鲁迅先生鼓励我们敢爱敢恨,"爱"和"恨"都是一种能力,神经质的恐惧把中国人的爱恨能力,几乎全部摧毁。爱既怕人讥嘲,恨又怕人报复。于是,爱和恨熔化成一种邪恶的力量。

我们不能把拯救整个民族的重担放在当权的官员身上,而是要每一个中国人分担。第三流国民绝产生不出第一流的政府,而第三流的政府却可能拥有第一流的国民。我们——你这位小友和我这个老头,且从我们身上一点一滴地开始(我们不可能一下子就脱胎换骨,但能变一个细胞,就变一个细胞)。你以为是不是可行?

——摘自《通鉴广场》

虚骄之气

有些人似乎害着翘尾巴疯,一谈到美国,尾巴就翘起来曰:"美国的文化太浅!"(也有说"没有根基"的,也有说"没有深度"的,反正他们那玩意没啥。)美国文化是不是浅,是另一个问题,即令它浅啦,我们才更不好意思。好像书香世家的破落户,披着篾片,蹲在破庙里,仰仗着别人残茶剩饭过日子,却嚎曰:"俺祖父大人当过宰相,他祖父大人不过是一个掏阴沟的。"不但不满面羞愧,想想自己为啥穷,反而洋洋得意对方出身不高。呜呼,真是奇事处处有,只有中国多,这句话应该是别人挖苦我们,而且谁要是这么一提,都得打上一架!现在自己却往外猛冒,实在是虚骄过度,一时转不过弯。

虚骄只是晕晕乎乎的自满——自我陶醉,自我意淫,蒙着被子胡思乱想。孔丘先生当年费了好大的劲,才发明了"古"的种种,然后托古改制。现代中国同胞不费吹灰之力,就有个美利坚合众国摆在眼前,可以看得见,可以摸得着,还可以钻到里头研究研究,体验体验,为啥还用虚骄之气,把这个活榜样拒之于千里之外?

我们并不是说美国好得像一朵花,如果美国真好得像一朵花,他们就用不着"三作牌"和监狱啦。但有一点却是绝对可以提供我们学习的,那就是他们的生活方式。美国人有一种很厉害的武器,以堵任何一个国家(包括硫磺坑出来)留学生的嘴,那只是一句话,曰:"你认为美国这也不好,那也不行,但你觉得美国的生活方式怎么样?"大体上说,美国是一个自由民主的社会,有最广最强的公道。

虚骄之气最大的坏处是自己给自己打堵墙,把自己孤立在水桶里,喝得尊肚跟柏杨先生尊肚一样的奇胀,于是就再也灌不进别的东西,顶多灌一些洋枪洋炮铁甲船。至于更厉害更基本的文化——教育、艺术、礼仪、做人的道理和处世的精神,不要说再也灌不下去,简直望一眼都会皮肤敏感。

我们也并不一定要效法美国,效法效法德国,效法效法日本,也是自救之道。第二次世界大战，德国和日本复兴之快，真是可怕。中国同胞研究他们所以这么快爬起来，发现了很多原因，若马歇尔第四点计划焉，若朝鲜战争焉，若他们的工业基础焉，听起来有这么一个印象，好像他们复兴都是靠的运气。呜呼，大家似乎忘了一点，战败后的德国和日本，固然成了三等国家，可是他们的国民却一直是一等国民，拥有深而且厚的文化潜力。好像一个三头六臂的好汉，咚的一声被打晕在地，等悠悠苏醒，爬起来拍拍屁股上的灰，仍是一条好汉。而我们这个三期肺病的中国，一时站到世界舞台上，不可一世，可是被冷风一吹，当场就连打三个伟大的喷嚏，流出伟大的鼻涕，有人劝我们吃阿司匹林，我们就说他思想偏激、动摇国本，结果一个倒栽葱，两个人都架不起。

提起来效法别人，脸上有点挂不住，大丈夫固应该顶天立地，轰轰烈烈，让别的小子又羡又妒。问题是，这种场面，在汉唐之时，确实是有的，可是时背运停，洋大人纷纷崛起，打也打不过，骂也骂不赢，只好往事如烟。现在唯一的办法只有学学他们那一套，而且也只有这一条路可走，如果靠一口虚骄之气，像河西走廊那位老太婆一样，一股劲直往炕沿伸既丑又臭的小脚，以表示过去缠得好、缠得妙，则只有走另外一条路，该路是一条抵抗力最小的路，直通死亡之谷。

虚骄之气使我们产生一种错觉，认为中国绝不会亡，理由是中华民族最富于同化力，证据是我们已亡过两次啦，一次亡给蒙古，一次亡给满洲，结果还不是来个鹞子翻身，把侵略者打得夹着尾巴而逃？——满洲似乎还要惨，连尾巴都无处夹。这理论和证据可增加我们的自信，但并不能保证以后就不再亡。有一点要注意的，再伟大的民族，当它没有灭亡以前，它是从没有灭亡过的，而该民族在绝种以前，也是从没有绝种过的。然而它竟灭亡啦，也竟绝种啦，是虚骄之气塞住了尊眼，迷糊了心窍，对内在外在的危机，有一种叶名琛先生式的情意结，认为危机根本不是危机，于是乎危机兑了现，哭的是千万小民和后代子孙。当希腊祖先张牙舞爪，光着屁股，初到希腊时,克里特岛已有灿烂辉煌的文明,不但知道用铁,还有高度的艺术成就。然而,只不过两百年光景,克里特人在后起之秀的希腊人征服之下失了踪。五千年前,南美洲的印加帝国的宫殿,现在还在秘鲁荒山中发现,从那些宏丽的建筑上,可看出他们文化程度之高(当印加帝国登报招标盖那么好的房子时,中国人还是野蛮民族,在茹毛饮血哩)。可是他们而今安在哉?

柏杨先生说这些,可不是专门泄气,而是我们要认清,竞争是无情的,天老爷并不会因为中国有五千年文化,而特别派六丁六甲,谒者功曹,像保护唐僧一样保护中国。趁着还活在世界上,应该赶紧锻炼锻炼,把尊肚里的脏水吐出来(吞点泻盐拉出来也行),多吃一点有养分的东西。现在我们哀悼那些在历史上被灭了亡、绝了种的民族,不希望有一天别的后生也来哀悼我们,千言万语一句话:"勿使后人复哀后人也。"

——摘自《猛撞酱缸集》

恐龙型人物

——跳出影子,似乎是中国人第一要务。

吾友赵宁先生,在他的专栏中,指出大多数中国人都生活在自己的影子里,明明是一只小猫的,一看影子那么庞大,就自以为是只老虎。呜呼,赵宁先生诚目光如炬,不过,柏老得补充补充,盖自以为是只老虎,那还是日正当中的影子,如果是日落西山的影子,则不仅仅自以为是只老虎,因为斜照的影子更为庞大,他简直还自以为是头恐龙,一个喷嚏,地球都会震动哩。这种恐龙型人物,满坑满谷,触目皆是,马路上、商场上、房间里、衙门里,以及每一个行业的每一个角落,都会碰到。重则碰得你命丧黄泉,轻则碰得你膀胱发紧,小便频仍。

十二年之前,台北上演一部好莱坞电影(片名已忘之矣,好像是《圣杯》,不敢确定),最精彩的一段是江湖郎中表演空中飞人。他阁下本来有一套精密设计的装备,那是一对结实的轻金属翅膀,绑在两臂上,就可跟鸟一样满天乱飞。可是当他一上台面,面对皇帝老爷的隆重介绍,和黑压压一片群众的欢呼,就忽然尾大起来,翅膀也不要啦,一直奔向楼梯,往塔上爬去。害得他那美丽妻子,在后面苦苦地追赶哀号,告诉他没有翅膀不行。江湖郎中不但不听,反而认为连自己老婆都唱反调,都拆自己的台,是可忍,孰不可忍,就暴跳如雷,用脚猛踹娇妻攀登而上的玉手,几乎把她踹下跌死。但她仍尾追不舍,一直到了尽头,江湖郎中把盖子一盖,娇妻只好掩面痛哭。接着是江湖郎中高立塔顶,群众的狂热使山摇地动,他的信心更如火烧,张开双臂,仰面向天,朗声誓言:"没有翅膀,照样可以飞。"于是,姿势优美,凌空而下,只听噗通一声,跌成肉酱。

——跌成肉酱的后果是祸延娇妻,上自皇帝,下至观众,一致认为受了欺骗愚弄,这种跳塔自杀的节目,人人都会,有啥可看的。他们鼓噪起来,眼看就要暴动,皇帝老爷不得不下令要江湖郎中的妻子继续去飞。她当然不会飞,但在枪尖围逼下,只好含泪爬上楼梯,为她丈夫的虚骄,也付出一团肉酱的代价。

这是历史故事啦,现实的场面是,今年(1980)二月,中华航空公司一架飞机,在马尼拉降落时,机长吴篯先生,就有这种膨胀镜头。闻见思先生在台北《中央日报》上说他"艺不高而胆大",恐怕太过于客观,盖在主观上,他已到了江湖郎中阶段,认为没有翅膀,跟有翅膀没有分别,只要信心坚定,就是武功高强。他早已发现降落的高度不对劲,但他的自尊心不允许他重来一次。反而收回油门,放下襟翼和起落架,更使用减速板,使飞机降得更快。等到接近跑道尾巴时,下降的趋势更勇不可当,鼻轮和两个主轮,三点式同时重重落地,一声响亮,刹那间翅膀折断,引擎脱落,大火冲天,飞机化成灰烬。四位最倒霉的乘客烧死,三十九位次倒霉的乘客受到轻重之伤。

——吴篯先生一个人虚骄,四十余人罹难。比起江湖郎中只不过夫妻两人断送残生,似乎更价值连城。

就在吴篯先生表演一手之后的次月——三月,司机老爷许万枝先生,也有表演。他开的是游览车,满载国立台湾师范大学堂的学生,作毕业旅行。行驶途中,车掌小姐照例介绍她自己和司机,当介绍许万枝先生时,称赞他是最好的司机。许公龙心大悦,而且为了表示他确实与众不同,就在危险万状的山路上,放下方向盘,举起双手,向大家抱拳,一方面答谢服务小姐的推荐,一方面向大家展示他优美的驾驶技术,已到了神奇入化之境,虽不用方向盘,照样可以开得四平八稳。当他抱拳的刹那,全车人都出了一身冷汗,有人更喊出声音。但许公神色自若,并且对那些喊出声音的胆小鬼,嗤之以鼻(有没有像江湖郎中踹娇妻那样踹了乘客几脚,报上没有记载,不便瞎猜),盖那太伤他的自尊心啦。于是,到了梨山附近,左撞右撞,终于把车子撞到万丈深渊,十七位大学生死亡。

——无论如何,许万枝先生仍是第二流的司机。他跟吴簧先生不同,吴簧的虚骄,只断送别人的生命,而许万枝先生的虚骄,却用自己的生命殉葬。上面几件壮举,柏杨先生都没有亲身参加,只有一件事,我却是荣膺男主角的。那就是,我老人家请吴基福先生诊治眼疾,最初的几个月,每天都需要静脉注射。我不好意思每天往返八百公里去高雄打针,只好把针剂带回台北,在柏府附近找到一家私人诊所,每天前往挨戳。该诊所的那位女护士,秀色可餐,被秀色可餐捉住手臂乱搞,本也心甘情愿,可是她阁下跟许万枝先生的功夫一样,同是天下高手,许先生可以不用方向盘开车,护士小姐则可以不用眼睛注射。她总是一面注射,一面跟她的男同伴猛聊,聊到得意之处,还咭咭呱呱,前仰后合。我恳求曰:"老奶,请你看着点,这可不是耍的呀。"她的玉容就像挂着帘子似的,刷的一声拉下来曰:"这有啥好紧张的,我闭着眼睛都能注射。"忽然一阵剧痛,我就哎哟,她曰:"我打针打了整整十年,从没有出过错,你这个老头,怎么还像孩子这么难伺候。"回到家里,左臂一片铁青。第二天再去,指给她看,她曰:"没啥,没啥,用热毛巾一敷就好啦。"只好换打右臂,回到家里,这条不争气的右臂也跟着一片铁青,一个月下来,她谈笑风生不辍,而我老人家的两条胳膊几乎成了两根木炭。

——一个女孩子的虚骄,柏杨先生就得为她赎罪。幸亏我注射的不是含有剧毒的六〇六,如果是六〇六,当场就在她玉足前满地打滚矣。

恐龙型人物最大的特征是生活在日落西山斜照下的影子里。眼看太阳就要没啦,影子也要没啦,但他却觉得一切都是永恒的,一个人只要驾了一阵飞机,就自以为可以直起直落。只要开了一阵汽车,就自以为双手凌空,仍能转弯抹角。只要当了几年护士,就自以为闭着眼睛就可以找到静脉血管。

于是,一个人只要有了一点钱,他就觉得神通广大,所有的人都得向他朝拜。手里稍微有点权,他就虎视眈眈,随时准备叫对方领教领教他手里的玩意。只要出了两本书,他就成了文豪,全世界都得向他欢呼。只要当上一个主管,不管是二三流的或七八九流的,他的能力就跟着高涨,职位比他低的家伙,都成了猪八戒的脊梁——无能之辈。只要弄到一个学位,不管是青蛙妈死脱,或跳蚤打狗脱,他就以为连对同性恋都是权威。只要会说几句英文,如果不在谈话中夹几个字,屁眼都能憋出黑烟。只要认识几个洋大人,那就更不得了啦,更得随时随地亮出招牌。

——至于柏杨先生,自从巷口摆地摊的有一天看我教敝孙女唱:"月奶奶,明光光,打开后门洗衣裳。"赞扬我是伟大的声乐家之后,我就觉得台湾这个小岛简直容我不下,每天早上都把铺盖卷好,准备出洋去当贝多芬的教师(我最近就要写一大文,揭发贝多芬《田园交响乐》十大谬误,读者老爷拭目以待可也)。中国有五千年悠久的历史和庞大的国土,中国人理应见多识广,充满深厚的气度和胸襟。却有这么多恐龙型人物晃来晃去,好像参加恐龙竞技大会,各显各的神通。跟我们深厚的文化背景,如此的相悖,实在叫人越想越糊涂。沾沾自喜和浮夸肤浅,只有使一个人陶醉在自己的影子里,惹人生厌生畏,自己却再不能吸收任何新的东西,再没有长进。大多数人都如此,中国殆矣。

至少是近百年来的事,中国人走两个极端,不是沮丧自卑,就是盲目自傲,而很少能有自尊。呜呼,跳出影子,别当恐龙,祛除虚骄,应是中国人的第一要务。

——摘自《早起的虫儿》

崇洋,但不媚外

《封神榜》是中国的《伊利亚特》,神仙如云,妖怪似雨,虽然最后都归结于邪不胜正,但双方打斗过程,仍花样百出,轰轰烈烈。《封神榜》神怪中最厉害的角色之一是殷郊先生,他阁下的番天印,乃天下第一等盖世奇宝,只要口中念念有词,喝一声"疾",该盖世奇宝就被祭升空,砸将下来,不要说人的血肉之躯,就是喜马拉雅山,都能一劈两半。这还不算叫座,叫座的是连把法术传授给他的师父广成子先生,都无法拒抗,一见殷郊先生翻脸无情,祭起那玩意,立刻魂飞天外,落荒而逃。

柏杨先生这些时吉星高照,忽然间也遇到了这种盖世奇宝,不过时代不同,现代化的"番天印"不叫"番天印",改名换姓,另行修炼,而叫"崇洋媚外"。只要"崇洋媚外"这句话被现代殷郊先生隆隆祭出,比三千年前的"番天印",还要雷霆万钧。洛杉矶一次聚会上,我正头顶石臼,努力演唱,一位听众老爷忽然传来一张字条,上面写曰:"老头,想不到你竟崇洋媚外,认为美国一切完美,而美国绝不像你想象中那么完美。"稍后,洛杉矶《南华时报》刊出铎民先生一文,其中一段曰:"崇洋媚外观念,应该猛批。柏杨老头也像许多刚踏上美国本土的老中一样,迷失在这个社会表象的美好之中,先是自惭形秽,接着是妄自菲薄。假如他能够待上个三年五载,相信观感必会大不一样。"

"崇洋媚外"这个盖世奇宝,大概是十九世纪四十年代鸦片战争之后,才炼成正果,为害人间的。这奇宝的内容,可用一个老汉朋友的吼叫作为代表:"你们这些崇洋媚外的家伙(这还算客气的,有时候简直成了'汉奸'、'洋奴'、'卖国贼',千言万语一句话,无论是啥,都是美国的好。要说美国科学好,我还服,要说连美国的文化也比我们好,我就不服,难道我们连做人处事也要学美国?"

——怒吼的不仅这么一位老汉,而是很多老汉,事实上很多小汉也同样怒吼,就使我老人家的血压大增。

这里涉及到一个重要课题,有些人竟能把截然不同的两码子事,和并没有因果关系的两种行为,不经大脑,就能用唾沫黏合在一起,实在是高级技术人员。"崇洋"与"媚外"相距十万八千里,风马牛互不相及,经过如此这般的硬生生黏合在一起,动不动就掏将出来"猛批",灾难遂无远弗届。不过受伤害的并不是被冒为"崇洋媚外"之辈,而是因怕"媚外"而不敢"崇洋"的人民。柏老的意思不是说根本没有人崇洋媚外,这种动物可多得要几箩筐有几箩筐。而只是说,更多的朋友,却是"崇洋"而并不"媚外"。在洛杉矶会场上,我一时紧张,忘了自己客人身份,把脸一抹,露出本相,立即反问与会的绅士淑女,为啥不坐独轮车而开汽车来瞧老头?开汽车就是崇洋。为啥不梳辫子,不束发盘到头顶,而弄成左分右分模样?左分右分模样就是崇洋。为啥女士们不缠三寸金莲,走路一拧拧,而天足穿高跟鞋?天足穿高跟鞋就是崇洋。为啥男人不穿长袍马褂,或更古的京戏上宽衣大袖,而穿西服?穿西服就是崇洋。为啥不吸水烟旱烟,而吸纸烟雪茄?吸纸烟雪茄就是崇洋。为啥煮饭时不用煤球木柴麦秸,爬到灶头吹火,而用电炉瓦斯?用电炉瓦斯就是崇洋。为啥不睡土炕,而睡弹簧床水床?睡弹簧床水床就是崇洋。为啥见了顶头上司不忽咚一声跪下磕头,而只握手喊"嗨"?握手喊"嗨"就是崇洋。为啥不弄碗豆油燃亮,挑灯夜读,而用电灯?用电灯就是崇洋。为啥寄信时不托朋友顺便带去,而弄张邮票一贴,往一个密封筒子里一投?贴邮票投邮筒就是崇洋。为啥不去看皮影戏,而去看电影?看电影就是崇洋。为啥不拉着嗓门猛喊,而去拨电话?拨电话就是崇洋。然而,我可不相信各位绅士淑女媚外。

回到国内,心里更沉重得像挂个秤锤,觉得事情必须弄个一清二楚,才能不做亏心事,不怕鬼叫门。国庆节阅兵大典刚过,各位读者老爷的记忆犹新,夫洋枪洋炮、洋鼓洋号、洋指挥刀、洋军乐队,哪一样不是崇洋产物,可是,却又哪一样媚了外?地面分列式、空中分列式,更是崇洋产物,又跟媚外怎么攀上内亲?深入家庭社会一瞧,简直更成了惊弓之鸟。写稿也好,写文也好,写黑信告柏杨先生挑拨"人民"与"政府"之间感情也好,都只用原子笔、钢笔而不用毛笔,原子笔、钢笔(加上打字复印)固努力崇洋者也,与媚外又有何干?客厅也好,办公室也好,公共场所也好,只坐软绵绵的沙发,而不坐硬邦邦的长板凳,软绵绵沙发固努力崇洋者也,跟媚外又有何干?上星期去一位朋友家串门,他当面叱喝我"崇洋媚外",把我叱喝得发起酒疯,找了个榔头,要把他家的抽水马桶砸个稀烂。他太太苦苦哀求,我也不理,誓言跟崇洋媚外的抽水马桶,不共戴天,等砸了抽水马桶后,我还要砸电视机、砸收音机、砸电冰箱、砸瓦斯炉、砸电话、砸电灯……最后还是他家姑娘,大学堂毕业生,深中"崇洋"之毒,不知道敬老尊贤,不知道礼让大义,而竟诉之于法,召来警察,把我轰出大门,才算结束这场闹剧。否则,一榔头下去,他们可是住在十二楼的,全家屁股立刻就没地方放。不过,想了半天,也想不出该姑娘有啥地方媚了外。

呜呼,真不敢想象,如果上帝老爷一旦大发神威,把中国人"崇洋"所得到的东西,全部抽掉,不知道中国还能剩下些啥。番天印朋友鼻孔冒烟曰:"难道我们连做人处世也要学洋人?"咦,真是一个糨糊罐,这还要问,我们在做人处世上,当然更要崇洋,更要学习洋人的优点,但这跟媚外又有啥瓜葛?中国在政治制度上,崇洋已崇到过了头,首先就把五千年帝王世袭传统一笔勾销,猛学洋大人的投票选举。接着把封建制一脚踢,猛学洋大人的民主政治。在经济制度上,摒弃五千年的重农轻商,猛学洋大人的工商第一。更抛弃五千年做官为唯一途径的人生观,猛学洋大人多层面结构。在文化上,整个大众传播工具,包括报纸、电视;整个艺术创作,包括小说、诗、话剧、绘画、音乐,又有哪一样不是崇洋崇得晕头转向。可是,岂全国上下都死心塌地地媚了外？

情绪化的番天印"崇洋媚外"，是语意学上的差误，经不起思考，经不起分析。铎民先生曰："假如在美国住上三年五载，相信观感必会大不一样。"这是可能的，但也不见得。我们盼望中国的武器更精密，要求崇洋学习。我们盼望中国的工商管理得更有效率，要求崇洋学习。我们盼望中国人一团祥和，要求崇洋学习说"对不起"、"谢谢你"。我们盼望中国人排队，要求崇洋学习一条龙。我们盼望中国人尊重斑马线，要求崇洋学习严守交通规则。我们盼望中国人过弹簧门缓缓松手，以免后面的人脑震荡，要求崇洋学习伫立以待。我们盼望中国人都有开阔的侠情，要求崇洋学习笑容满面，乐于助人。我们盼望中国人身体健壮如牛，要求崇洋学习把时间花在运动上，不花在窝里斗上。——这一切，怎么扯上他妈的媚外？面对彬彬有礼的洋大人，我们难道不应自惭形秽，反应该"不忘本"到底，横眉竖目到底？古书曰："知耻近乎勇。"死不认错只要情绪冲动，捶胸打跌，就可功德圆满。而知道啥是羞耻，不但需要勇气，更需要智慧。

——铎民先生在"自惭形秽"下，紧接着"妄自菲薄"，这两句话同样没有因果的必然关系。自惭形秽固然可能妄自菲薄，但也可能蘧然醒悟、发奋图强。日本老爷的明治维新，就是这么搞起来的。情绪激动的夹缠，属于风火轮战术，中国人特质之一。

美国一位教授写了一本《日本第一》，没有一个美国人怒詈他崇洋媚外。柏杨先生只不过写了几篇仅涉及到皮毛印象的文章，便番天印乱飞。呜呼，你就是掐着我的脖子，我还是要嚷："绝对崇洋，但不媚外！"还请读者老爷思量。

——摘自《踩了他的尾巴》

种族歧视

世界上黑白之间的种族歧视，本属一种血海深仇，都已在人权大义和开阔的心胸之下,被理性克服。而绝顶聪明的中国人,却仍酱在情绪的地域观念里,煞有介事斤斤计较,只好越想越自叹命薄如纸。

中国人根本没资格抨击美国白人种族歧视,中国人不但有比种族歧视还要低层面的地域歧视——任何一个高度文明国家中,地域观念都日趋泯灭,代之以政党利益!你听说过维吉尼亚人排斥亚利桑那人?又听说过九州岛人排斥四国岛人?而且,中国人的种族歧视,比起美国人的种族歧视,恐怕更变本加厉。"炎黄子孙"加"大汉天威","非我族类"加"其心必异",别人活命的机会,微乎其微。

身在美国的若干中国朋友,明明处于跟黑人相同的地位,心眼里却难以接纳黑人,一提起黑朋友,简直把头摇得好像啥时候害了摇头疯,那种不屑的表情,能使人抽筋而死。真不能想象,如果中国人中百分之十一是黑人或是印第安人的话,我们黄脸朋友,不知道会发烧到多少度?不同省份尚且难以包容,更何况不同种族。

种族歧视是一种顽癣性的观念,我们不必大惊小怪。值得我们大惊小怪的是,美国处理这种顽癣的方法。他们的方法可跟中国不同,中国的方法是"讳疾忌医"兼"家丑不可外扬"——事实上这是原理,不是方法,真正的方法是一面屙血,一面双手捂住屁股号曰:"俺可没害痔疮呀。"谁要说俺害痔疮,谁就是"别有居心"兼"是何居心"。"二居心"是传统法宝,只要念念有词,祭出这法宝,对手就在劫难逃,痔疮就霍然而愈——哎呀,又说溜了嘴,不是痔疮霍然而愈,而是自己就从有痔疮忽然间变成没有痔疮。酱缸蛆、畸形人所努力的,只是猛捂屁股,不是治疗痔疮。

美国是一个健康的社会,而且是一个非常强壮的社会,强壮到可以自己调整自己,所以它的反应不是猛捂屁股,而是到处嚷嚷不得了啦,痔疮发啦,一天流八千加仑的血,要打听棺材的价钱啦。闹得天下皆知,使人心惊肉跳,然后打针吃药开刀,把硬板凳换成沙发椅,把弯腰驼背改正为挺直脊梁。

传播工具和文学上直接暴露种族歧视,正是闹得天下皆知,使人心惊肉跳。健康强壮的社会,建立在人民健康强壮的心理上,他们有智慧尊重事实,有勇气承认错误,有能力加以改正。种族歧视是一桩事实,也是一桩错误,美国人正借着他们的智慧和勇气,寻觅妥善的解决之道,他们理性地采取种种步骤,使种族歧视慢慢减少,期于根绝。

——摘自《踩了他的尾巴》

集天下之大鲜

殖民地意识下的社会,以母国的语文为最高级、最尊贵和最神圣的语文。中国虽然没有当过殖民地,但中国人有殖民地意识。留学生白安理先生,意大利米兰人也,在台湾八年,他发现他去店里买东西,讲中国话时,店员爱理不理,可是一讲英文,店员马上就变成了马屁精。以致白安理先生虽然中文呱呱叫,当买东西时,仍是用英文。呜呼,白安理先生也属于少见多怪,固不仅店员如此,他如果到高阶层打打转,恐怕他会发现英文更威不可当。今年(1978)6月24日台北《联合报》上,有一段新闻,一字不改,恭抄于后。

新闻曰:

台湾邮政的服务良好是出了名的,但是也有服务不周的时候。纽约州立大学校长约翰·托尔,最近到台湾访问时,曾希望透过台湾良好的邮政服务,去约晤一位学生家长,却令他失望了(柏老按:把"寄一封信"写成"透过良好的邮政服务",以加强压力,可谓神来之笔,真得递佩服书)。

约翰·托尔校长访问时,住在台北圆山饭店,他用英文写了一封信给他的学生罗玉珍的家长,希望见面谈叙,结果因这封信未附注中文地址,由于时间耽搁,待罗玉珍的父亲罗明鉴收到信时,已过了约定时间,托尔也已返国。罗明鉴认为邮局把此信退回很不合理(柏老按:好一个不合理)。

托尔校长于4月24日,随美国大学校长访问抵华,在27日写信给就读纽约州立大学的罗玉珍的家长,约定29日下午七时见面叙谈,结果这封信5月初才送达罗玉珍家里。

罗明鉴指出,他收到信时,信封上虽加注中文地址,但邮局已加盖"退回"的戳记,上面并注明"寄交国内之外国邮件封面,应附注中文地址"字样,显然是此信退回圆山饭店后,再由别人加注中文地址的。

罗明鉴说,外籍人士不一定会写中文,邮局上项国内函件应注中文地址的规定,应仅指国人相互通信而言,对外籍人士投寄未附注中文地址的信封,照理仍应立即按照所写英文地址投送。

台北邮局人员表示,此信可能是被邮政人员误认为是国人投寄信函,以后决予改进。

这则新闻真是集天下之大鲜,这位可敬的罗明鉴先生因未能及时晋见洋大人,失望后跳高之情,跃然纸上。邮局明明规定:"寄交国内之外国邮件封面,应附注中文地址。"罗明鉴先生却解释为:"应指国人相互间通信而言","对外籍人士投寄未附注中文地址的信件,照理……"呜呼,照理,照的是啥理?一封英文信寄出,邮局老爷是不是都要拆开瞧瞧,如是洋名就照寄,如是单音节就退回?有些华裔的美国人,如中国原子科学之父孙观汉先生,行不改名,坐不改姓,一直用的是K.H.Sun,根本没有洋名,邮局老爷又如何分辨。如果只看信封,又怎么知道他是"外籍人士"或"内籍假洋鬼子"?这还不说,中国人在美国用中文写信,行耶,不行耶?阿拉伯人在台湾用阿拉伯文写信,泰国人在台湾用泰文写信,又是行耶?不行耶?邮局老爷迫不及待地承认错误,真不知错在哪里,误在何方?又拍胸脯保证改进,更不知哪里可改,啥地方可进?

我们对这种现象,没啥可说,只是提醒一点,在如此强大的殖民地意识、洋奴意识压力下,中国人的嘴脸,已经大变,变得可憎!

——摘自《按牌理出牌》

下辑

怒涛拍岸

我们还可以做个好儿子

执笔者江舟峰先生
文载 1984 年 10 月 8 日爱荷华《爱荷华大学中国同学会会讯》

柏杨先生 9 月 24 日晚上在 OIES,以《丑陋的中国人》为讲题,吸引满堂的听众,是我少见的中国同学聚会盛况。

柏杨先生在整整一个半小时的演讲中,细数他所经历过的事实,中国人性的丑陋面,像没有自尊(只有自大或自卑)、缺乏团队精神(像日本人所有的)、天生恐惧感、太狭窄的胸襟、缺乏"鉴赏力"、内斗等等。我也特别注意到柏杨先生用"膨胀"(Swelling)的传神。

我们很感激有朋自故乡来,像父母般地给我们这群海外游子,耳提面命,给我们一个深深反省的机会(不是闭门思过),的确,我们听太多奉承的话了,我们需要这样的棒喝!

柏杨先生以他史学家的眼光,总结中国五千年的文化经验说了几句惊天动地的话。他说:归根究底,这些丑陋的中国人性,是因为中国文化里有一个根深的毛病,而这毛病不是别的,正是我们从小奉为圭臬的儒家传统。我没读过多少史书,涉世不深,但与其说这样的论断太有革命性,不如说太过大胆!太过大胆!

柏杨先生的语调充满无奈的宿命观,认为身在这种环境的中国人,受到这种丑陋的文化侵蚀,身不由己,就好像我们不能选择谁当爸爸一样。是的,我们诚然不能不要一个丑陋的爸爸,但我们还可以做个好儿子!

柏杨余波

执笔者南日先生
文载 1984 年 10 月 8 日爱荷华《爱荷华大学中国同学会会讯》

柏杨先生在 9 月 24 日的演讲中,把整个中国人性的丑陋面,全归因于儒家传统,如果一般人这样讲,一点也不奇怪,反正《丑陋的中国人》总是喜欢人云亦云,然而以深研中国历史的柏杨发此议论,不得不令我讶异!

"打倒孔家店"已经是六七十年前的老调,在近些年来的知识界,已经不兴"这一套"了。我不是说不兴"这一套"就代表"这一套"不对,但是至少代表知识界在激情的"运动""革命"行为之后,冷静理智思考的一种成熟表现。

两千多年的历史进程中,其社会、历史、人文的互动过程,是相当复杂的,任何人想用一句简单的口号或单一的原因,来解释所有的现象,都过于武断(逻辑上的全称命题在现实世界中,根本缺乏经验意义),更何况"五四"运动的时代价值,不在于它是否为中国指出一个正确的路向,而在于它提供中国知识分子一个反省的动力。事实上,在"五四"时期批评儒家的人,根本就不一定懂得儒家,孔老夫子只不过是"革命行动"中争取群众的"替死鬼"而已!

儒家是不是该为两千多年来中国所有的罪恶负责,是一个很严肃的课题,除非真正是研究儒家的内在精神,再加上了解历史的外在情境,否则很难做出一个正确的判断。我认为柏杨先生只在历史的外在情境上打转,不了解儒家的真精神,所以把很多不是儒家的东西,都当成儒家的。事实上这就是一般"治史而不治思想"的知识分子所犯的通病。

我建议柏杨先生研究一下余英时先生的《历史与思想》,以及熊十力先生的《原儒》,也许对"什么是儒家",会有比较清楚的认识,否则像柏杨先生这么知名人士,连定义都搞不清楚,就"拾人牙慧",大放厥辞,岂不是又替"丑陋的中国人"添一脚注？

熊十力先生是民国以来相当有"功力"的思想家(当然这和相当"有名气"的思想家有很大的差别)。余英时先生是目前中国思想史研究的领航人物,他们两人都共同认为儒家根本就没有在中国历代政治舞台上以其真面目出现。熊先生认为"儒家经典迭遭窜改",余先生则指出中国两千多年来所实行的,根本是法家而不是儒家,这种"阳儒阴法"的政治制度,使得儒家背了两千多年的黑锅！

作为一个知识分子,我比较相信严谨的学术性论者,而不相信情绪性的判断,街谈巷议的率尔之言。没有人会责怪一个杰出的科学家在政治上的幼稚见解,但是人们可以鄙视他要求别人对他政治见解的欣赏。我认为一个人不可能懂所有的东西,"不懂就不要说",这是对自己诚实,对听众尊重。如果柏杨先生只想当杂文、小说作家,我没什么可建议的,但是如果他想严肃地谈儒家传统这类话题,我建议他应多读点学术性书籍,以免有"不惜羽毛"之讥！

熊十力先生是民国以来相当有"功力"的思想家（当然这和相当"有名气"的思想家有很大的差别）。余英时先生是目前中国思想史研究的领航人物，他们两人都共同认为儒家根本就没有在中国历代政治舞台上以其真面目出现。熊先生认为"儒家经典迭遭窜改"，余先生则指出中国两千多年来所实行的，根本是法家而不是儒家，这种"阳儒阴法"的政治制度，使得儒家背了两千多年的黑锅！

也是丑陋中国人余波

执笔者余波先生
文载1984年10月22日爱荷华《爱荷华大学中国同学会会讯》

中国人有一个特性,就是讳疾忌医——其他种族相信也许更严重,我不是研究人种学的,也不搞统计,无法提出这方面的证据——柏杨指出中国人的种种丑陋点,正是冒犯了这些人的大忌,难怪要挨骂。再说,他一下子骂了上万万的人,也活该被骂。上一期会讯里,骂他的人是个"后生小子",年龄也许还不及他老人家岁数的一半,这种不怕"权威"(不是权势)的精神,是颇令人赞赏的。只是纵观全文,南日君所提出的批驳柏杨的证据,只是熊十力和余英时的论点。他说,熊十力先生是民国以来相当有功力的思想家,余英时先生是目前中国思想史研究的领航人物!就凭一个有功力,一个领航,他就无条件接受他们的看法,利用他人的看法去批驳别人的见解,这不是又犯了迷信权威的毛病吗?熊余两人是何许人物,恕我孤陋寡闻,连听都没有听过,幸好我一不是研究哲学的,二不搞史学,三来身份属"东南亚华侨后代",对中国文化和中国历史,了解不深入,按照"不知道就不要说"的原则,实在不该写这篇文章。只是我觉得南日君的火气旺了点,口气也很大,缺少儒家敬老尊贤、长幼有序的作风,因此忍不住要说几句话。

"儒家根本就没有在中国历代政治舞台上以真面目出现"、"儒家经典迭遭窜改",这些论证的提出,并不需要有太大的功力,只要对中国历史稍有点涉猎的人都懂,也非常有说服力,至于"余先生指出中国两千年来实行的根本是法家而不是儒家"这个论证,就太玄得叫人难以相信,不知南日君能再为文解答此中玄奥之处吗?

我读过的"学术性书籍"寥寥可数,不过有关中国文史的杂书野史,倒是看了不少。据我的粗浅认识,中国不是没有民主的传统,尧舜禹汤实行的公天下,就不会输给现代的民主选举制度,战国春秋时代是个自由风气鼎盛,百家争鸣、百花齐放的时代,那种民主精神实在叫现代的中国人羡慕不已。后来汉朝罢黜百家,独尊儒术后,中国的民主就被锁进冰箱里了,中国实行的就一直是只有人治,没有法治的封建主义法统。统治者高高在上,小民匍匐在下,听命于英明伟大的领袖,三呼万岁。小百姓似乎也习惯了,只要给点甜头,大部分的人都愿意当顺民,儒家思想在维持这种封建道统所起的作用,实在不能低估。

我说的是外行话,只希望能抛砖引玉,真理是愈辩愈明的,实在没必要叫别人闭嘴不说,我很怀疑南日君在教柏杨先生珍惜羽毛,回去多读学术性书籍时,有没有确实的证据,证明对方是不"学"无"术",没读过熊十力、余英时这些人的大作?我觉得这一老一少看法的分歧,除了意识形态的差别外,还有"代沟"的问题存在,年轻一辈虽然也知道中国人近几十年来所受的种种悲惨遭遇,但不是亲身经历,就无法"愤怒"起来。设若南日君也曾经历过柏杨先生所遭受的种种苦难,也许在鞭挞中国人的缺点上,会更激烈吧!柏杨先生也许太偏激了一点,但"爱之深,责之切",我们能怪他吗?这个时代的中国知识分子也实在该猛醒了!为什么那么多中国人要离乡背井,寄人篱下?为什么那么多优秀的人才要"楚材晋用"?为什么东南亚的华人会一而再、再而三遭受排华的噩运?我们这些深受"中国传统优秀文化"的高级知识分子,能不负起一些责任吗?

中国传统文化的病征——酱缸

执笔者姚立民先生
文载1973年11月12日香港《七十年代》杂志

凡是关心祖国前途的中国人,都可能会想到一个根本上的问题:中国(自1842年至1949年)何以如此之弱?美日何以如此之强?

中国面积广大(仅次于苏联,居世界第二位),人口众多(居世界第一位),资源相当丰富,再加上有些人自豪的五千年悠久的文化,照理说,应该是世界上一等一的强国才对,可是事实不然!自1842年鸦片战争以来,列强相继入侵,割地赔款,不一而足,差一点便被瓜分。1937年7月7日,开始了保卫国土的对日圣战,日本军阀在中国奸淫杀掠,已到了毫无人性的地步!八年抗战,我国军民同胞被日本人杀害的,在千万人以上,财产的损失,更是天文数字。翻遍中外古今历史,一个国家遭遇的悲惨的命运,像鸦片战争以后的中国那样,实在是绝无仅有。世界文明古国,若埃及焉,只不过曾经成为大英帝国一个国家的殖民地;即使数十年前的非洲黑暗大陆,各帝国主义者在划定了地界之后,不过只受一个殖民主子的压迫而已。不像鸦片战争以后的中国,殖民主子是多头的,任何一个帝国主义者,都可以插上一腿来咬中国一口,日俄两帝国主义者为了争夺在华的殖民权益,还在中国领土上打了一仗,此孙中山先生之所以慨然地称中国为次殖民地!

简单地叙述了近百年来中国的惨状以后,再来看一个强烈的对比:美国立国不及两百年,其文化之"悠久性",实在无法与中华文化同日而语,但目前美国是世界上的一等强国。有人说,美国的资源太丰富了,咱们实则比不上。好,就不比美国,比比日本总可以吧。日本的土地、人口和资源,有哪一点比得上中国?而且日本文化也一直是中国文化的延伸。一直到1867年,明治天皇即位,来个明治维新,才有了划时代的改变。四十年之内,国势大振,一战而击败中国,再战而击败帝俄,俨然是世界上一大强国(笔者坚决反对日本军国主义是一回事,但承认日本富强,虚心检讨其所以富强之原因,又是一回事)。

看看美日之强,再看看中国之弱,有心人一定要问:为什么?为什么?为什么?

可能的答案只有两个:第一可能的答案是:中国人的智力不行;第二可能的答案是:中国传统文化有问题。

关于第一可能,又有两方面不同的解释。第一个解释是:中国人的智力根本不行,也许较过去的匈奴、突厥,和现在的(并不指未来的)非洲黑人为优,但显然地比美英德法俄日等国人民为劣。第二个解释是:中国人祖先的智力很行,所以才有汉唐盛世;但不幸的是,智力逐代递减,一代不如一代,再过几百年,恐怕就要成为白痴民族了。

假如真的是智力不行的话,那么中国人只有认了,谁叫我们自己不争气呢?根据"物竞天择、优胜劣败"的公理,做个"次次次殖民地"也是应该的。反过来说,假如不是智力有问题,而是文化有问题,那么我们的前途还大有可为,不过我们要切实地自我反省,勇敢地丢掉包袱才行!

以上所述的第一个可能(智力有问题),只不过是理论上的可能,事实上并不存在。因为,没有一个中国人承认我们中华民族的智力是低下的。这不是感情上的、打肿脸充胖子式的不承认,而是理智上的、铁证如山的不承认。这些如山的铁证是什么呢?要言之有二项:

中国传统文化的病征——酱缸 | 159

东南亚华裔人士对当地经济开发的贡献;留美华人在学术上的成就。即使是具有优越感的白种人,也不得不承认中华民族个人智慧之高。只是他们认为:中国人不团结、不合作,自己人斗得太凶,团体的力量发挥不出来而已。

柏杨在《死不认错集》《猛撞酱缸集》)中有个极好的阐释:

某人请教一位高僧,问他的前生和来世。高僧答曰:"欲知前世因,今生受者是;欲知后世果,今生做者是。"柏杨乃叹曰:这四句名言,使我们想到五千年传统文化。这文化是好是坏,用不着把头钻到故纸堆里研究,只要睁开眼睛看看今天我们受的是啥罪,就应该明白。而我们将来能不能复兴,也用不着看李淳风的《推背图》,和刘伯温的《烧饼歌》,只看看我们现在做的是啥事,也就应该明白。

问题是提出来了,初步的答案——文化有问题——也有了,接下去便是从事进一步的分析。

对柏杨极为钦佩的孙观汉先生,在其《环境与地气》一文中提到:

中国不能建设一个健乐国家的原因,不是先天的而是后天的问题。用种田人的言语来说,问题不在"种子",而在"地气"。对植物而言,地气是指土壤、水分、空气、阳光等;对一个民族讲,地气就是环境,包括人性的习俗。到现在为止,我们没有良好的种植出品是一个事实,如果原因不在种子,那么我们一定要承认,我们的地气或环境中,至少有一部分不适宜于种子的生长……我已开始相信,中国五千年来的文化和习俗中,除了好的一部分以外,有一部分是坏的。这坏的一部分,就是使一粒良好种子不能生长的地气。这部分巨大和丑恶的文化和习俗,就是柏杨先生简称和总称的"酱缸"。

笔者以为:鲁迅先生所创造的"阿Q",李宗吾先生所创造的"厚黑",以及柏杨先生所创造的"酱缸",都是至理存焉,鼎足而三。

要言之,"阿Q"是揭露中国人的"人性","厚黑"是揭露中国人的"官性","酱缸"似乎是集上二者之大成。为什么会有"阿Q"? 因为有"酱缸";为什么"厚黑"横行,不可一世? 也因为有"酱缸"。

"酱缸"究竟是啥? 其成分又是啥? 柏杨的定义是:"夫酱缸者,

腐蚀力和凝固力极强的混沌社会也,也就是一种被奴才政治、畸形道德、个体人生观和势利眼主义长期斲丧,使人类特有的灵性僵化和泯灭的混沌社会。"柏杨接着又说:"奴才政治、畸形道德、个体人生观和势利眼主义,应是构成酱缸的主要成分,因为这些成分,自然会呈现出来几种现象,曰'对权势的崇拜狂',曰'牢不可破的自私',曰'文字诈欺',曰'对僵尸的迷恋',曰'不合作',曰'淡漠冷酷猜忌残忍',曰'虚骄恍惚'。"

在介绍"酱缸产品"之前,笔者趁着这个空当,还要说几句话。因为开始介绍以后,便如长江大河,一泻千里,再想中途插队,一定插不进去。

有些爱国之士认为:中国需要富强,无人可以否认。如何谋求富强,才是当务之急。尽量揭老祖宗的疮疤干么?拼命骂老祖宗又有啥用处?难道说,把老祖宗骂得痛快淋漓之后,国家就富强得起来了吗?

笔者认为,话可不是这么说。中华民族是一个有"病"的民族,年代愈久,"病"也愈深。这个"病",起因于汉武帝之独崇儒术,加上后来几位庸医(如科举,如宋明理学)一搞,更把中华民族搞得灵性全失,一息奄奄。以前的对手们如匈奴、突厥、契丹、西夏,实在是文化基础太差,无法与我们抗衡,即使是后来的蒙古和满清,也只是在武力上征服我们,在文化上却被我们征服。这些文化上所历经的"顺境",使我们虽患病而一直不能自知。直到清代对西方门户开放以后,我们所遭遇的对手,和从前的大不相同,才病态毕露,一发而不可收拾!

一个有"病"的民族,正如同一个有病的个人,不先把病治好,一切无从谈起。若民主,若科学,实天下至补之药,但对一个患严重肠胃病的人来说,补药有什么用?欲治病必须先探求病源,病人既不能讳疾忌医,也不能畏痛忌割;在必要时,断臂锯腿,毅然为之;割胃换肾,在所不惜。必须具备如此之勇气,始有起死回生之可能,此虚心检讨传统文化病征之所以重要。

中华民族的这个"病",究竟是啥？鲁迅、李宗吾、柏杨等,已先后摘要指出;至于"药方"究竟要怎样开？这个问题更大了。鲁、李、柏三位,似乎都没有为我们开出可以药到病除的处方;想来想去,觉得这几位先生的言外之意,似乎可供吾人参考。这"言外之意"是:把病征一一指出,把病源一一列出,然后,每一个有心的中国人,对着这些病征,时时自我反省。有则改之,无则加勉。假如这种有心人愈来愈多,大家"改之"和"加勉"的劲儿愈来愈大,那么,不出几年,中华民族这个老病,便可以不药而愈了。这也许又牵涉到"知易行难"或"知难行易"的问题,但不在本文讨论之列。

《死不认错集》中说：

有人以为,中国人自己不争气,把国家搞成这个样子,不但不责备自己,反而穷气乱生,怪老祖宗这也不对,那也不对,使我们现在受罪。如果能打下钢铁江山,叫我们安坐享福就好啦。对于这种说法,柏杨先生的答复是："这就跟父子一样,当孩子的结结实实,聪明伶俐,又上过大学堂,然而却把日子过垮,当然不能责备他的父亲,而只能怪他自己不争气。可是,如果他一生下来就被淋菌弄瞎了眼,就遗传了羊痫风,就遗传了色盲,而又是个白痴,则他到了后来,沿街敲砖,乞讨为生,他的责任就太小。他如果指责他爹不该染一身梅毒,指责他娘不该不把淋病治好,我们能忍心叫他闭嘴乎哉？"

柏杨所列举的酱缸产品,当然不一定完全都对,但至少有一部分是对的。还是一句老话,希望读者中的有心人士,切实地反省一下,有则改之,无则加勉,则中华民族幸甚！

柏杨的文章,一向是脉络分明,可惜其在叙述酱缸产品时,行文相当凌乱,有时一扯,离开原题到十万八千里之外,然后嗖的一声,一个斤斗云翻了回来,过了一会儿,又是一个斤斗翻走。下面的介绍,是经过笔者的一番整理,以求不违背其原意为原则,请细心的读者勿逐字逐句与原文核对。

酱缸产品之一,是对权势的崇拜狂。

"奴才政治、畸形道德、个体人生观和势利眼主义，应是构成酱缸的主要成分，因为这些成分，自然会呈现出来几种现象，曰'对权势的崇拜狂'，曰'牢不可破的自私'，曰'文字诈欺'，曰'对僵尸的迷恋'，曰'不合作'，曰'淡漠冷酷猜忌残忍'，曰'虚骄恍惚'。"

在古代中国，最有权势的人当然是皇帝。伦理观念对皇帝概不适用，皇帝所有的旁系尊亲属，在皇帝面前只不过是"臣"是"奴才"而已（假如皇帝是过继来的，那么即使是自己的亲爹娘也不例外）。这种逆伦灭性（官性大于人性）的畸形道德，不但无人反对，反而认为天经地义。在宫廷生活的荒淫方面，洋皇帝更是望尘莫及。唐代的"后宫佳丽三千人"，固无论矣，即使在周王朝时，天子也可以合法地拥有一百二十一个太太。夫《礼记》中的《内则》，更为天子苦心孤诣地排好颠鸾倒凤的日程，使这一百多位妻子，可以雨露均沾，不至争风吃醋。所有圣人，对这些不但不予反对，反而化"淫棍"为天子圣明，化"杂交乱交"为正式的国家法制和社会规范。因此，柏杨认为：圣人不仅是帮凶，简直是正凶，跟有权的大淫棍们是共犯。盖权力好比汽油，圣人不但不设法防止它燃烧，反而抢着点火，怎不一发难收？柏杨认为，洋皇帝的权力，一直受到知识分子的约束，但中国圣人为当权派发明畸形哲学曰："普天之下，莫非王土，率土之滨，莫非王臣。"原来人民的生命和财产，全是来自大淫棍的赏赐，无怪乎大嫖客想干啥就干啥，有了圣人发明的"理论"基础，这种乱搞是既合法又合理，既顺天又应人。

以权势崇拜为基石的五千年传统文化，使人与人之间，只有"起敬起畏"的感情，而很少"爱"的感情。所谓"仁"也者，似乎只能在书本上找，很难在行为上找。而且"仁"似乎并不是平等互惠性的。

对权势绝对崇拜的结果，缺乏敢想、敢讲、敢做的灵性，一定产生奴才政治和畸形道德。没有是非标准，只有和是非根本不相干的功利标准。只有富贵功名才是正路，大家都削尖了头，拼命往官场里去钻，只要给我官做，叫我干啥都成。像陶渊明之不为五斗米折腰，能有几人？"十年辛苦"，不是为了研究发明，不是为了著书立说，也不是为了奔走革命，而只是为了"一日成名"，"成名"者，有官做之谓。

古往今来，做官之所以把人吸引得如痴如狂，原因有四：

一、有权在手，可以某种程度（视官之大小而定）地为所欲为。

二、受人崇拜。

对权势绝对崇拜的结果，缺乏敢想、敢讲、敢做的灵性，一定产生奴才政治和畸形道德。没有是非标准，只有和是非根本不相干的功利标准。只有富贵功名才是正路，大家都削尖了头，拼命往官场里去钻，只要给我官做，叫我干啥都成。

三、学问变大。(洋人知识即权力,中国权力即知识。)

四、财产增多。洋人以经商为致富之源,中国人重士轻商,且受孟老夫子"何必曰利"的影响,所以口不言利,但心里却想利,想得要死要活,乃以做官搜刮为致富之源。昔南宋大盗郑众受招安后为官,同僚鄙之,郑众有诗曰:"各位做官又做贼,郑众做贼才做官。"可谓一语道破。

在权势崇拜狂之下,不要说政治场合、学术场合,就是人与人之间的友谊,也变了质:变得近视,变得势利。

有人认为:中国人虽缺乏公德心,但富有人情味。其实所谓人情味也者,还是锦上添花的多,雪中送炭的少而又少。留美"学人"短期(请注意"短期"二字)"访"台,恨不得每天有四十八小时参加应酬,"学人""返"美后,都是"人情味"的见证人。但笔者一位在台的世伯,在股票上栽了斤斗,一生积蓄付诸东流,于是旧日好友对其都敬而远之,在街上遇到时,佯为不见,想打小麻将消遣,都找不到一个搭子(怕他输了付不出钱),人情味者,当如是乎?

酱缸产品之二,是自私与不合作。

儒家在原则上只提倡个体主义而不提倡群体主义。儒家的最高理想境界,似乎只有两项:一是"明哲保身","识时务者为俊杰",鼓励中国人向社会上抵抗力最弱的地方走去。另一是"行仁政",求求当权派手下留情,在压迫小民时压得稍轻一点。

在这里抄几段儒家的经典,说明其"明哲保身"哲学:

"不在其位,不谋其政。"

"邦有道则仕,邦无道则隐。"

"危邦不入,乱邦不居。天下有道则现,无道则隐。"

关于行仁政:皇帝假如偏偏不行仁政而行暴政,那又怎么办呢?儒家似乎并无有效的对策,唯一的对策只有"进谏",进谏而又不被采纳,那就只有"邦无道则隐"之一途了。

自私之心,在私有制社会中,未可厚非。但自私不能超过一定限度,儒家的思想既自私而又不肯冒任何风险,就一定变成社会进步的反动力!

柏杨认为:在现代中国,自私观念又更进一步:一个计划也好,一个决策也好,甚至一件官司也好,参与其事的朋友,第一个念头似乎都是:"俺可以在里面捞到多少好处?""俺可以少负多少责任?"大家都在这上面兜圈子,国家还有什么前途?

一部二十五史,便是一部官挤官史,和官斗官史(皇帝当然是官中之最大者)。不是你挤我,就是我挤你,不是你斗我,就是我斗你!除了动刀动枪,还动谗动诬。刀枪固然可怕,谗诬尤其难防。中国人最大的悲哀,百分之九十九的精力,都用到窝里斗上。

窝里斗的劣根性,是不合作最主要的原因。此外,弱者"明哲保身",强者"定于一",这两种不同的思想,也构成一个不能合作的习惯反应。所谓"强者"是指不安分的人,不怕铤而走险的人,也是"打天下"的人;所谓"定于一",是指一种独断独行的气质:"凡是有老子在场的地方,一切都得听老子的!"

酱缸产品之三,是淡漠、冷酷、猜忌、残忍。

在朱秀娟女士的大著《纽约见闻》中有一段,大意是:朱女士初到纽约,偕夫逛街,遇一黑发黄肤之陌生人士,有"他乡遇故知"之喜,乃赶紧热情招呼,该黄肤人士竟视若无睹,擦肩而过。朱女士未免下不了台,乃自我安慰曰:"他一定是日本人。"十几分钟后,在地下电车中,又遇见该黄肤人士,正埋首读武侠小说哩。朱女士又自我安慰:"他一定以为我是日本人。"朱女士写来轻松,但读了以后,心情沉重。柏杨所称"淡漠、冷酷",其此之谓?!

在美国,后来的犹太人有先来的犹太人照顾;在巴西,后来的日本人有先来的日本人照顾;只有在海外的中国同胞,只好一个人乱闯,最多只能找找私人关系,但永远找不到民族感情。

在台湾的大小衙门,大多数办事人员都是一副晚娘面孔(柏杨曾以台湾银行、公路局监理所、区公所为例来说明),这些大小官僚姑且不去说它;最令人不解的是:商店需要和气生财,以服务顾客为第一要义,可是很多大公司的男女店员,却都是一副晚娘面孔,对顾客没有一丝笑容、没有一点耐心,对我们这个口头上高喊的"礼仪之邦",实在是一个莫大的讽刺。所以柏杨建议:我们最好不喊;即使忍不住要喊的话,那就老老实实把我们喊成"书上的礼仪之邦"。

因为处处是淡漠、冷酷,用正常的脚步,寸步难行,特权现象乃油然而生。举例来说,拿份户口誊本要等一个星期,有了天大的急事,再哀求他也没有用,或者是要买张车票,急如星火,偏偏卖票员说,几天后的快车票都卖光了。当此时也,最好的办法,便是找一张特权阶级的名片,或者是找一位在"里面"做事的朋友,关照一下,一切都可迎刃而解;户口誊本可以在十分钟之内拿到,下个钟头的特快车票,也会马上含笑送来。

谈到猜忌,这跟官的大小成正比。柏杨曾在《闻过则怒集》中指出:

历代忠臣良将的下场,多数惨不忍睹。举其较为大家所熟悉的,计有赵之李牧,秦之蒙恬,前汉之韩信、周亚夫、李广,后汉之窦宪,唐之侯君集、高仙芝,宋之杨业、岳飞,明之徐达、于谦、熊廷弼、袁崇焕。那些混账皇帝总是代敌人报仇,令人浩叹!皇帝之所以如此,全是猜忌心作怪。大好的精力,除了用在女人的身上外,剩下来的全用来杀人才、防反叛,别的啥都不谈。皇帝猜忌臣下,官员猜忌同僚,小民猜忌朋友,上下交猜忌,而国危矣!

说到残忍,柏杨更是慨乎言之。他提到宦官,提到女人缠足。中国人居然会想出这种残忍的玩意儿,真是中国人的莫大耻辱!更严重的是:

圣崽们平时板起一副道貌岸然的面孔,满口仁义道德,要求小民应该做这这这,不应该做那那那,但对于最不应该的割男子之阳、缠女子之足,以及幽禁女子之青春(皇帝后宫三千人,大官儿姬妾如云),却缩起头来不敢挺身说话。对于宦官、宫女、姬妾不但不敢说话,也许还认为是理所当然,这又牵涉到权势崇拜狂问题。对于女子

中国历史上冤狱无数。冤狱虽不一定来自刑求，但刑求则必然导致冤狱，所谓"三木（古代刑具）之下，何求不得！"古时侦查刑案，不凭推理，不凭证据，自抓人到判刑，全凭办案人和审判人的自由心证。最常见的是：抓到疑犯，送上公堂以后，不问情由，先打他（她亦然，男女一律平等）三十大板再说，算是来个下马威，假如再不招供的话，那"好戏"还在后头呢。

缠足，不但不予反对，反而表示欣赏，于是为文研究者有之，吟诗赞美者有之，此无他，以女性为男性玩物，男性牢不可破之自私心在！

柏杨漏掉了国人另一残忍的表现，笔者必须代为补充，那便是刑求（俗称屈打成招，台湾则习称"修理"）。宦官制度随满清王朝之结束而结束，缠足也受新风气之影响而废止，独有刑求，一枝独秀，且有后来居上之势。盖现代科学进步，施行的方法也跟着进步，而且都是内伤，大夫想要验伤，都验不出来。

中国历史上冤狱无数。冤狱虽不一定来自刑求，但刑求则必然导致冤狱，所谓"三木（古代刑具）之下，何求不得！"古时侦查刑案，不凭推理，不凭证据，自抓人到判刑，全凭办案人和审判人的自由心证。最常见的是：抓到疑犯，送上公堂以后，不问情由，先打他（她亦然，男女一律平等）三十大板再说，算是来个下马威，假如再不招供的话，那"好戏"还在后头呢。有些被冤枉的人想，既然不幸落在这些活阎罗的手里，招供了不过一死，不招供也难逃一死，而且长痛不如短痛，与其零碎地受着活罪，不如横了心就招了罢。招供以后倒是不再受刑，只等"秋决"时喀嚓一刀而已。也有些运气好的，遇到了青天大人（如敝同乡包拯先生）来复审，结果沉冤昭雪，重见天日（当然没有"冤狱赔偿"这回事）。但青天大人毕竟是少而又少，此开封市长包拯先生之所以被小民怀念至今。

在台湾住过的人，大概都还记得：二十年前的八德乡灭门血案，真是轰动一时，但也构成了台湾的最大冤狱之一。正因为该案轰动一时，"三作牌"对上级非交账不可，于是就抓穆万森、秦同余等数人，来做代罪羔羊。结果，秦同余被"修理"过度，竟死在刑警总队的囚室。穆万森虽是人所周知的甲级流氓，但也人所周知他与八德血案无关（按：八德血案是由于前军统局特务人员的窝里反），总算他身体壮，熬过了修理，请了几位好律师，结果把冤狱平反了过来。由于牵涉到特务人员，所以八德案永远悬在那里。

在中国古代，比刑求更为残忍的，还有"满门抄斩"和"诛九族"，令人不寒而栗。幸运的是，随着专制王朝的结束，这些极不合理的

"制度",也都随风而逝了。

酱缸产品之四,是文字诈欺。

柏杨认为,在我们的文化中,似乎只有"美",只有"善"(也只是向权势效忠型的善),而很少"真"。

"真"在中国历史文件中,几乎没有地位。儒家开山老祖孔子在其大著《春秋》中,就公然提倡文字诈欺,而其信徒们则更进一步制订诈欺细节。《公羊传》曰:"为尊者讳、为亲者讳、为贤者讳。""讳"者,就是文字诈欺。讳来讳去,剩下来"不讳"(也就是"真")的部分,还能有多少?

关于中国正史上明目张胆的文字诈欺,柏杨曾有专书,曰《鬼话连篇集》。上面所收集的,全是历代帝王(特别是开国帝王)装神弄鬼的记载,一望而知其说谎。举例言之:

刘邦之母因在野外与蛟龙性交而有孕,遂生刘邦。(按:此龙种也!)赵匡胤生时,室外红光四射,室内异香遍布。其所以如此说谎,原意大概是:天子之所以为天子,自有其与众不同处。尔等小民,不可生非分之想。阁下太夫人受孕之前有异征乎?曰:"无也。"阁下诞生时有异香满室乎?曰:"无也。"既然是"无也""无也",阁下还是安分为宜,不必梦想皇帝宝座,以免脑袋搬家、祸延九族。有时也有些聪明的军阀或流氓,知道其中奥妙,硬是说他出生时也是如此这般,那么,此公至少已具备当皇帝之必要条件。

更进一步分析,文字诈欺,乃是来自对权势的崇拜。所以中国历史学家没有原则,没有是非,只有功利。成则为王,败则为寇。

酱缸产品之五,是对僵尸的迷恋和肤浅虚骄。

对祖先的慎终追远,在本质上是充满了灵性的;但可惜变了质,变成了对僵尸的迷恋。

孔子是驱使祖先崇拜跟政治结合的第一人,那就是有名的"托古改制"。"古"跟"祖先"遂化合为一,这是降临到中华民族头上最早最先的灾祸。盖外国人都是往前进一步想的,偏中国人遇事都往后退一步想。"退一步",正是儒家那种对权势绝对驯服的明哲保身哲学。

对僵尸迷恋的第一个现象是:"古时候啥都有";第二个现象更糟:"古时候啥都好",包括古人人品好,古代法令规章好,古书好,古代名词好。

举一个较突出的史例:宋代大政治家王安石先生,算是跳出了酱缸,他说过三句冲击力很强的话:"天命不足畏,祖宗不足法,人言不足恤。"结果,一些对僵尸迷恋的人,群起而攻之,这股反对力量,如排山倒海而来,迫使他的变法终归失败。假如王安石变法成功,中国的历史恐怕要改写了。

如何纠正死不认错之病
文载 1981 年 8 月 12 日纽约《华语快报》

台湾名作家柏杨访美,日昨在纽约中华公所,发表演说称,中华民族之所以一蹶不振,主要是由于死不认错的性格。柏杨这一看法,相当平实,虽然没有什么特殊的创见,倒也不失入木三分的道理。我们试想,近数十年来中国之误国误民措施,一意孤行政策,是不是由死不认错而来!恐怕虽不中亦不远矣。但是,假如我们更扩大来看,死要面子和死不认错,恐怕是全人类的通性,各民族的共同缺点。基督教《圣经》上说,每个人都有两个口袋,前面的口袋装着别人的过错,后背的口袋装着自己的过错。换言之,人们都喜欢议人之短,而不肯坦白批评自己之失。可见远在两千年前,死不认错的习性,已经是人们的通病了,不仅仅中国人如此。

或问,既然全世界人都有死不认错的习性,为什么西方国家的政治、经济、社会文化、科技,仍然进步神速,而同样死不认错的中国人,独不能呢?这不是矛盾吗?我们的看法,答案应是制度问题。既然每个人都有两个口袋,装着别人过错的口袋在前面,装着自己过错的口袋在后面,则每个人背后口袋的所有过错,必然正好就装在别人面前的口袋中。如果准许每个人打开面前的口袋,公布袋中的过错,则所有人们背后口袋中的过错,必然会全部曝露于光天化日之下,而无所隐遁,不承认也得承认了。这套制度,便是言论自由,便是民主。因此之故,自由民主是纠正人类死不认错通病的特效灵丹。反之,不实行民主,有权势者封闭无权势者的嘴巴,有权势者只看到他们自己面前的口袋,而无权势者面前的口袋,则被封条锁住。则有权势的错误,便永无暴露和改正的机会。只好一错到底,让整个社会跟着遭殃。

西方国家有没有错?当然有错,而且曾经大错特错,例如西方初期资本主义之剥削劳动者,初期帝国主义之压迫别国人,都是大错。但他们因实行民主,不去封闭别人的嘴巴。马克思可以在伦敦召开共产第一国际大会,发表《共产宣言》,而不受禁止,便是证明。因此,在民主与自由制度之下,他们的过错不断获得暴露与改正,议会成立了,保护工人的立法制定了,工人的生活获得充分的改善。两次大战的教训,殖民地也独立了。孔子赞扬大禹"闻过则喜",又说"圣人之过,如日月经天",而指出一般常人却掩饰过错。孔子希望每个人都成为圣人,但他没有想出可行的好方法。西方人想出来了,他们用民主制度,使每一个当政者变成圣人。至少能做到了:当权者的过错,"如日月经天",大家一目了然,不改不行。请看制度的功用有多么大?从而我们可以获得一项结论,要想每一个人都自动认错,虽圣人也办不到,唯一的办法是实行民主,使每一个人无法隐瞒过错,自然可以纠正死不认错之人类通病。所以要想中国得救,唯一的办法,就是民主。

推理能力发生故障

文载 1981 年 8 月 13 日纽约《华语快报》

由于名作家柏杨先生昨在纽约演说，谈到中国人的缺点是死不认错。我们昨天特发表一篇社论，响应柏杨先生，说明改正死不认错的毛病，不能寄望任何当事人的幡然醒悟，自我改悔。因为寄望于本人的醒悟，无异于寄望"人人为尧舜"，那将永远不会达到目的。只有改变制度，利用制度的压力，使不愿改过的人，无所逃避，非改不可，这才是正确的答案。

谈起中国人的缺点，我们又联想到另外一个问题，那就是中国人的逻辑思考，可能比西洋人稍逊一筹。每一个民族都有他的优点和缺点，中国人的直觉能力，可能是世界第一，似为西方所不及。凡是与直觉有关的事，中国人的表现无出其右，许多大发明如指南针、火药等，中国人凭直觉就能创造出来，早于其他国家几百年或千余年。但中国人迄未创造出理论科学，知道制造指南针和火药，而不明了其科学原理。甚至中国迄今没有推理科学（逻辑学）这门学科，而西洋早在亚里士多德时代，即发现了逻辑的道理，用作推理的工具。从这些蛛丝马迹，似乎显示，中国人的推理能力，稍微差一点。

再以柏杨先生所举之例为例，谓中国人死不认错，其实中国人早就发现改过之重要。远在二千余年前,孔老夫子便谆谆告诫:"过而能改,善莫大焉。"但是孔子所提出的办法,是每个人学尧舜,这便是直觉的解决办法。当然,每个人都能变成尧舜,那是再好不过,可惜事实上永不可能,因此人人变为尧舜的办法,也就等于没办法。结果倡导了两千余年,仍然无人变成尧舜。

如果中国人会运用逻辑思考,早就该发现民主制度,利用言论自由,来纠正统治者的过错。美国实行民主制度,尼克松犯了一个不过想偷窃反对党文件的芝麻小过,结果被《华盛顿邮报》揭发,想隐瞒也隐瞒不起来,最后被迫辞去总统的宝座。显见在民主制度之下,无法隐瞒过错,有过必须负责,非改不行。反之,没有民主制度,便没有真理,便不能改过,这不是明明白白吗?

可是直到今天,仍有许多中国人,相信统治者会自动变成尧舜,不需要权力制衡,不需要民主监督,也不需要言论自由。这还不能证明中国人的推理能力不够吗?任何统治者都会死命反对民主,因为一旦民主,即剥夺了他们的特权。奇怪的是,被统治者也跟着叫嚣,说西方民主是资产阶级民主,是要不得的反动制度,这批人的推理机能,显然已发生了故障。这才是我们所担心的缺点。

从酱缸跳出来

文载 1981 年 8 月 24 日纽约《北美日报》

柏杨先生是台湾风靡一时的社会批评家,笔锋幽默中带尖刻,怒骂中常令人深思,代表的是中国脱离帝制以来所产生的一种批评文体。他的入狱,基本上也就是中国在未脱离旧政治文化时,持该种文体之人的命运。我们在这里甘冒喜爱柏杨文章的人的可能不满,跳出柏杨先生个人的际遇,由历史的眼光,来评论柏杨先生的论说方式,在近代中国社会批评史上,担任什么角色。

日前柏杨先生在纽约演讲,以"中国人与酱缸"为题。当然,"酱缸"不是柏杨先生所凝就的唯一观念,但因为柏杨先生在过去,以及在这次演讲中,都曾取他凝就的"酱缸"观念,来解释中国社会里的病态现象,我们这里,就取"酱缸"做对象。

作为一个观念,"酱缸"非常鲜跳,它可以一下子把人心目中对社会诸多病态现象的不满与困惑,由一个日常经验的形象,组织起来。事实上这也是思想家的基本功能:提供观念,让人们能从纷杂中,看出意义。在这方面,柏杨先生启发民智,功不可没。我们这里想指出的是:这类观念有比喻社会现象的功能,但不是一个解释社会现象的观念。这话怎么说呢?我们随手举个例子,如果有人能在中国社会财富分配,和酱缸之下种种现象之间,找出关系,这就是用财富分配"解释"了那些社会现象。我们于是可开始思索,用税收、政府理财制度等途径,去纠正酱缸现象。例如,如果一个机关中财富(薪水)分配权掌在某些人手中,钻营、倾轧行为,自然会出现。如果没有看出财富分配方式与钻营现象之间的关系,那么纵然许多人"意识"到了酱缸现象,这酱缸行为恐怕还是在财富分配的大框限下,不得改变。当然,财富分配只是一端,其他如选举程序、诉讼程序等等,也都适用。

在这里,我们肯定柏杨先生的社会意义,没有他的文字,恐怕中国再出百来个政治学博士、社会学博士,也不能让那么多人民意识到中国社会的积习。我们只是希望区分出两点:行为改革过程中,有个人意识启发的层面,有超出个人意识的社会层面。在前者的功能上,柏杨先生甘冒嘻笑怒骂之讥,做出了"学者"万万赶不上的贡献。

"酱缸文化"

执笔者朱正生先生
文载1981年8月24日至26日纽约《北美日报》

"天命不足畏，祖宗不足法，人言不足恤。"这是宋神宗时代实行政治改革的王安石(1021—1086)的名言。这位政治家恐怕是秦汉以后，盛唐以降的第一个不愿固守传统，而敢于向历史祖宗提出挑战的人。我们中华民族从宋朝起，就国势转衰，到了十九世纪，终于遇到空前的生存危机。由于受到西方文化的冲击，我国知识分子才开始注意到自己的古老文化的问题。从清季文华殿大学士理学名臣倭仁，于1867年反对人士接受西学的言论算起，关于中国文化的论争，断断续续已闹了一百多年。1919年的"五四"新文化运动，则是中西文化矛盾中所引起的一场激变。

以中国幅员之广，人口之众，民性之勤，智慧之高，竟一再受制于外国。自鸦片战争之后一百年来，几至亡国灭种，岂非咄咄怪事，令人大惑不解？凡有血性的中华儿女，无不为此潜心探索，因悉我国积弱如此，无非种因于文化。在无数向中国传统文化挑战的人士中，我们最熟悉的，前有鲁迅、胡适，后有柏杨，他们眼见社会道德的堕落，政治观念之落伍，学术文化之萎缩，一致针砭时弊，痛诋我们祖先所遗留下来的世故、功利、权诈、诡谀、泥古、保守、作伪的传统文化。我们就拿柏杨来说吧！这位以杂文名闻天下的作家，著作等身，除了若干文艺小说而外，计有短篇杂文《柏杨选集》十辑，《柏杨随笔》十辑，以及讽刺小说《古国怪遇记》、《打翻铅字架》二集。他的全部作品都是以嘻笑怒骂、刁钻灵活的笔法向目前中国社会中的畸形道德和丑恶人性，展开无情的攻击，吸引了无数像孙观汉先生、寒雾小姐这样忠实的读者。这个"糟老头"的基本出发点却是"我爱吾国，爱之切，故责之也苛"。他一方面是不满现状，而另一方面又恨铁不成钢，对自己国家的前途，深感叹惜！

中国人的暮气、保守、迷信、愚昧、欺诈、乡愿、贪污、奴颜、畏缩、虚荣、势利、淫乱、嗜杀等等恶劣的习气和人性，是多方面的，很难一语予以概括；但我们可以肯定地说，这些人心不振、道德没落的现象，往往与我们的传统文化有关，或直接从我们的祖先手里遗传下来。鲁迅先生把中国人那种变态的精神上的存储反应，统称之为"阿Q精神"。李宗吾先生从我国官场，悟到了一种"厚黑哲学"，教人脸厚如城墙，心黑像锅底，曾在生活艰苦的抗战期中，脍炙人口，人人乐为传诵。现在我们的柏杨先生对上面这些林林总总，积非成是的盘古文化，无以名之，统而称之为"酱缸文化"。

酱和霉豆腐一样，都是我国农村里最常见常吃的食物。二者的制作都是经过发酵生霉的化学作用而成。因为具有以毒攻毒的自我防腐作用，这两种食物都很容易保藏，无论冬冷夏暖，都可经久不坏（实际是：本身已腐烂到了极点，根本无从坏起）。霉豆腐是吃稀饭用的一道好菜。至于酱，它的用途就更多了，酱可以做成甜面酱、辣椒酱，下饭调味都可以。当我们把黄瓜、萝卜、生姜，放在酱里泡一个时期，这些东西就原味尽失，而成了酱瓜、酱萝卜、酱生姜等等所谓的酱菜。这些蔬菜成了酱菜之后，也就与酱一样容易保存，经久不坏了。不过，无论酱和菜，毕竟是中国民间的穷办法，在肉类价格奇昂，新鲜蔬菜不能终年常有的情况下，只好以酱、酱菜、霉豆腐、咸菜、梅干菜等家常菜来下饭。反正中国人一向米面是主食，其他的东西都是次要的。话虽是这样说，像酱这种东西，偶尔吃一点是可以的，如果以此为主,长期地吃,任何人都会倒尽胃口。笔者是有过亲身经历的人。在抗战时期上学,每次从家带去的菜,以酱菜为最多,到后来吃得一嗅到那股酱味就怕了。

说完了酱的特性,聪明的读者就不难理解柏杨先生为什么把中国的古文化称为"酱缸文化"的道理了。酱缸里面所存储的东西,固然不全是一无是处的渣滓,但其内容之陈腐污浊,则是一定不易的。柏杨先生在《猛撞酱缸集》中劈头就下了一个定义:"夫酱缸者,腐蚀力和凝固力极强的混沌社会也。也就是一个被奴才统治、畸形道德、个体人生观和势利眼主义,长期鬋丧,使人类特有的灵性僵化和泯灭的混沌社会。"柏杨先生对于"酱缸文化"深痛恶绝,成见越来越深,久之他干脆把这个混沌的酱缸看作是一个垃圾坑,把一切有恶名的东西统统往里丢。

世界上有两个大酱缸,一是位于亚洲大陆西南角的印度,也就是古代的天竺,或唐僧去西天取经的地方。一是东濒太平洋,南临南海,西迄昆仑山、喜马拉雅山脉,北接西伯利亚的中国。印度酱缸里面盛的是逃避人生现实的印度教文化;中国酱缸里面所装的是以尧、舜、禹、汤、文、武、周、孔道统定于一尊的"固有文化",这两个古老的国家,同是地广人众,但都将国之不国,民无死所,其贫穷为世界之最,弄得差一点都被自己的文化所埋葬。不幸的是,由于地理环境的封闭,中国向来与广阔的世界隔绝,既没有外交,也没有通商;别人的文化不易流入,我们自己也不屑接受。从外国传来而能在中国落地生根的东西,没有别的,只有麻醉人心的佛教。又由于华夏民族的夜郎自大,一向把自己尊为天朝,凡中国以外的地方都视为藩属或蛮夷之邦。对付这些文化较低的民族,不是剿,就是抚,可说因应自如,游刃有余。可是,中华民族到了十九世纪,情形就大大地不同。因为这时候到东南亚来找麻烦的英、美、法诸国,绝非已往的匈奴、羯、氐、羌、鲜卑、蒙古、倭寇等"异类"可比。我们雄踞海港、炮镇要塞,而那些来自不同世界、不同文化的碧眼儿,竟能从几千里外的海洋上,坐着船,装着炮,把我们岸上以逸待劳的上国水师和陆师,打得落花流水,俯首称臣,天下竟有这种窝囊的事!这才真把那些满大人搞糊涂了。笔者每读史书,以今视昔,犹感大惑不解,悲愤莫名。

民族与民族的竞争,犹之于个人与个人的竞争,最足以一决胜负的,莫过于知识文化高低。原来在嘉庆、道光年间,西方世界已具备了所谓近代文化,而东方世界仍停滞于中古时代;我们的祖先还热衷于小脚、辫子、太监、姨太太和鸦片烟,西方的科技于十八世纪中叶,已开始制造坚船利炮,已经利用机器从事生产和运输,而我们的农业、工业、军事,还都停留在唐宋时期,文人或知识分子还在那里做八股文,讲阴阳五行,我们实在太落伍了!天朝中国,又焉有不敢不亡之理!而后有识之士寻根究底,渐渐看出我们的问题出在传统文化上面,可是偏偏有些冬烘先生执迷不悟,挂起"卫道"旗帜,不脱孔孟的奴性,披着道统的外衣,宣传儒教。其实,我们的"本位文化"简直已成为一个大粪坑!

难怪那天(1981年8月16日)柏杨先生在纽约华埠容闳小学大礼堂讲"中国人与酱缸"时,一开始就重提他在《猛撞酱缸集》中引用过的两句话("欲知前世因,今生受者是;欲知后世果,今生做者是。"笔者注:此话原出于《聊斋志异》),以说明因果循环之理。有什么样文化,就有什么样的民族和国家,一个时代的盛衰荣枯,岂能无因?他的意思也就是说:我们五千年的文化传统是好是坏,用不着把头钻到故纸堆里去研究,只要睁开尊眼看看我们民族现在受的是什么洋罪,就该明白了。而我们能不能复兴,用不着到街上找铁嘴直断,只要看看我们民族现在做的是什么事,也就应该同样明白!

"酱缸文化"一词与"阿Q精神"有异曲同工之妙,至于什么是"酱缸","酱缸文化"里面的主要内容是什么,说了半天,还是一个玄之又玄的问题。妙就妙在可以心领而很难言传。聪明的柏杨先生那天讲演的时候,恐遭画蛇添足之讥,并未提出解释和界说。不过,笔者对柏杨先生所提出的"酱缸文化"问题,有两个初步的假定:

第一,柏杨先生好像是一个病理专家,而不是一个生理学家。他在那浩瀚的著作中指出无数因我们的古老文化而产生的病变,但他并没有进一步去深思文化的本身是什么,文化的内涵,文化发生的现象、变动和层次等等学理的问题,也没有下工夫去研究中国文化的特质是什么,源流如何,因此,一不小心,他自己也跌入文化的陷阱里面去了。

文化的内容是包罗万象的。它是人类为了争取生存、适应环境所做的一切努力的总成果,是一个不可分割的融合的整体,文化之分为"精神文化"与"物质文化"是死要面子的顽固分子,为了不肯接受西洋文化,甚至不愿承认"西夷"也有文化这个事实,而硬捏造出来的二分法。柏杨先生与胡适先生,对于这个观点一向抱着同一的态度。故他在《勃然大怒集》中说:"把文明分为'东''西'还有点道理,但把文明分为'物质'和'精神',实在是婊子养的,严格地说,世界上压根儿就没有精神文明……精神文明是不存在的,起码是不能单独存在的,没有物质文明,就没有精神文明。一定要有的话,则那不是精神文明,而是'神经文明'。"这是他 1965 年 12 月 23 日在台北以《神经文明》为题所写的一段话。他的主张与提倡"中学为体,西学为用"的张之洞等人,骨子里根本不承认西洋的学术文化意见,是背道而驰的。

可是十五年以后的 8 月 16 日,当他在纽约大谈"酱缸"的时候,竟忘记了上面的说法。笔者很惊讶地听到他一再区分出"物质文明"与"精神文明"两种东西。他说:"……这个大的冲击,对我们酱缸文化的中国来说,无疑是对历史和文化的严厉挑战。它为我们带来了新的物质文明,也为我们带来了新的精神文明。……所谓物质文明,像西方现代化的飞机、大炮、汽车、地下铁等等,我们中国人忽然看到外面有这样新的世界,有那么多东西和我们不一样。使我们对物质文明重新有一种认识。再说到精神文明,西方的政治思想、学术思想,也给我们许多新的观念和启示,过去我们不知道有民主、自由、人权,这一切都是从西方移植过来的产品。"(见 1981 年 8 月 20 日纽约《北美日报》)读者们,你们看看他这段话与上面那段咬牙切齿反对"精神文明"存在的话,是不是明显地冲突和矛盾呢?是不是柏杨先生上次的笔伐,是一时"心血来潮",而这次的口诛,是有一点神经冲动呢？

柏杨先生讲演完毕后，有一个多小时的发问和讨论。当日笔者就提出两个问题，一个就是精神文明与物质文明的问题，已如上述。他承认这是为了叙述方便起见所发生的错误。第二个问题是：根据西方学者的研究，文化的发生从这个阶段到那个阶段，是循着一种客观的程序，并且形成各种文化上的不同层次。我问柏杨先生，是否同意这种观点，西方文化与东方文化，是否有层次上的不同，或者说西方文化是不是比东方文化高出一层。这个问题柏杨先生没有明确地表示他的意见，只是含糊其辞，敷衍了过去。许多中外人士谈起文化问题来往往很起劲，可是，进一步追究，文化是什么？也许马上会使大家感到茫然。美国教育家前哈佛大学校长罗厄尔(1856—1943)说得好："在这个世界上，没有一样东西比文化更难捉摸。我们不能分析它，因为它的成分无穷无尽，我们不能叙述它，因为它没有固定的形状。"但是，以我们目前对文化的认识程度来说，至少下列几点是可以肯定的：

一、中西文化之间谁优谁劣，是近一百年来知识文化分子争论不休的问题。解决这个问题的先决条件，是要找到评定文化优劣的标准是什么，在优劣的标准没有定位以前，任何争论都是没有意义的。如果我们把"适者生存"这个生物界生存竞争的原则，应用在文化上，以一种文化之能否适应它内部的要求和外部环境的压力作为优劣的标准，那就不用说了，西洋文化是优于东方文化；我们俗谓的"精神文明"优于西方，而西方的"物质文明"优于东方，这是一种无稽之谈。何况文化是人类适应环境与创造活动及其成果的总称，涵盖了文化发展中的各种层次。若以"物质"和"精神"这样简单而粗疏的分割法，不能说明文化的内容。

二、人类文化的发生，已有一百万年以上的历史，凡有人的地方就有文化。"文明人"固然有文化，所谓"野蛮人"，同样有他自己的文化。究竟谁是"文明"，谁是"野蛮"，这是文化价值观问题，在世界文化典型尚未出现以前，我们很难笼统地指出谁的文化优秀，谁的文化落后。但人类是有活动的,因此文化也跟着流动。文化与文化就会彼此接触,一经接触,就有竞争,竞争的结果是优胜劣败。落后的文化就会被淘汰,并遭到灭亡的命运。例如巴比伦文化、亚述文化,都已成为历史的一个名词,根本从世界上消失了。南美的印第安人印加族(Inca)和中美印第安人之玛雅族(Maya),都曾有过很高的文化,但到如今只留下一些遗迹供人凭吊。再说埃及文化,今已面目全非。古代的西亚文化,现在已为油田所淹没了。印度文化正在蜕变的过程中,我们中国的文化,自中英鸦片战争以后,一直在艰苦地挣扎。

三、文化并非一成不变的化石,而是在不断地变动之中。不过有的文化变动得快,有的文化变动得慢。无论中国人自己的心里是否愿意,事实上,中国文化已被"船坚炮利"逼着我们走上变迁的道路。不想变也得变,任你对自己固有的文化多么爱慕与贪恋,也没有用。文化是和水一样的,只要找到出路,它就要流入或渗透。例如随着建交行为,太平洋两岸间的桥梁畅通以后,很快地,中国大陆就发生了不可抗拒的生活上的变化,可口可乐、彩色胶卷、录音机、电视机、电子计算器……一拥而入,男的西装领带,女的裙子、口红、烫发,一一应运而生,日趋时尚。所以文化一经交流掺合,优劣自明。我们为了文化问题,操过许多无谓的心,老围绕着"变"与"不变"这个轴心上打转,什么"回向源头论"、"中体西用论"、"本位文化论"、"全盘西化论"、"洋为中用论",争得脸红耳赤、唇干舌燥,闹了半天,到头来又有什么用呢?该来的都来了,不该来的还不是也来了?

四、文化不但要变,而且贵在不断维持良好的新陈代谢作用,使不合时宜、见不得人的文化,一层一层剥落蜕化,不断产生另一层次的新文化。切忌过于好古泥古,拿"圣人之教"这项大帽子来责人"离经叛道",以致一堆古老的文化不变不弃,而形成麻麻杂杂、黏黏糊糊的一个大酱缸。要言之,当我们的本位文化受到外来文化的冲击时,不必惊慌失措,也不必盲目地实行"文化抗战",产生义和团式的保卫本土文化运动,我们要知道文化有种族、地域、时间、阶段、层次等等之别,但文化与文化都有互相依赖的倾向,这种依赖,包括纵横两个方面。例如东方文明的发展与转型,有赖于西方文化的物理学、数学、生物学、哲学、宗教、天文地理、政治法律等方面知识。西方文化的改进,也有赖于东方文化中的艺术、伦理、烹饪技术、拳脚功夫等等来充实它的内容。再从整个人类的文化来看,考古学上的文化分期,也是一个接着一个互有密切关系的。没有石器时代,就没有青铜器时代和铁器时代;石器时代也不能不经过青铜器时代,一步跨入今日的电器时代和太空时代。总之,文化不是从天上掉下来的,而是由这个文化与那个文化,经过这个时期到那个时期,渐渐濡化,递变发展。

第二,柏杨先生在中国文化问题的思想范畴、观念形态上,都未超越"五四"新文化运动时期的层面。"五四"运动在中国近代史上,是最有意义的一件大事,对中国影响之巨,实在无与伦比。在文化史上来说,真是一个百家争鸣、百花齐放的黄金时代。如果柏杨有鲁迅、胡适那样好命的生辰八字,也就不会因文字而罹牢狱之灾了。如果没有"五四"运动的发生,中国共产党的出现,恐怕就不是那么顺利的事。甚至时到今天,我们回头去看那时的《新青年》、《独立评论》,以及其他的《新月》、《人间世》等期刊杂志上有关中国问题和文化思想方面的论述笔战,真是多彩多姿,实在令人不胜怀念与赞叹之至!

在8月16日一个半小时的演讲中,柏杨先生提出了一些在他的著作中一再指责过的酱气。这些从酱缸文化里衍生出来的问题,正是"五四"时期的健将们大声疾呼过的论点。我们把他的演讲内容,归纳起来,大概可分为下列几个方面:

一、阉割和缠脚。阉割这种惨无人道的不可思议的事,说起来实在是太恶心。我们的祖先竟做出这种见不得人的事,使我们后代子孙,个个脸上无光。妇女缠足这种"矫揉造作戕害天和"的习俗,起自南唐李后主宫中行乐,有宫嫔名窅娘,以帛缠足而舞,一时上行下效,相习成风,是为缠足之滥觞。此后诲淫造孽,长达一千年之久,中外有关缠足的各种史籍,真是洋洋大观,不胜列举。这个陋习大概在唐宋元明四五百年间,发展还不很快,因明太祖朱元璋的太太,还是安徽凤阳的大足婆,算是一个例证。可是到了满清,却加速发展,很快就成为根深蒂固的风习。民国成立以前,除江西、广东等边区少数客家人以外,全国妇女没有不缠足的。

二、荣誉一元化的文化价值观。中国人要想"扬名声、显父母",唯一的一条路,就是一头钻进官场。做了官就可以发财,就有权有势,跟着身份、地位,一切荣誉都有了。中国知识分子追求荣誉利禄的途径,绝不是经商致富,或制造发明,而是科名文章。所以中国人的价值取向,素来是"万般皆下品,唯有读书高","十年寒窗"读书的目的,就是要挤入仕途,仕是"四民之首",他们瞧不起工匠和农夫,也瞧不起唯利是图的商贾,有身份的女子绝不肯嫁作商人妇。在中国文化里,地位和声威的外表层相是面子,中国的"读书人"最爱面子。"面子"是中国文化分子的第二生命,"面子"也是中国文化分子的自尊心之最积极而具体的表现。所以,大家说:人生的情面、体面、场面,这三碗面"最难吃",但又不得不吃。甚至时至今日的台湾,还是一条鞭式的学制,教育不讲究内容,不重视工艺和职业教育,人人只知由幼儿园、小学而中学,而大学,往一个窄门里钻。每年参加联招的考生,在选择志愿时,是先选学校而后才是志趣,以大学的名声费用的考虑为先,把所有各大专学校的所有科系,都填在报名单上,填完为止。入学目的还是受到"书中自有颜如玉,书中自有黄金屋,书中自有千钟粟"那一套名利和虚荣观念的作祟。

三、乡愿。这两个字的意思就是良知的泯灭,事情不分是非曲直,不管真伪黑白,只根据同个人的关系、利害、好恶论事,这种人无论做什么都没有正义感,都缺乏道德勇气,处处推、拖、拉,对人敷衍,对事不负责任,所谓"明哲保身""温、良、恭、俭、让"也者,只不过是随波逐流、逃避现实的别解。

四、"物质文明"与"精神文明"之争。这个问题已在前面讨论过了,不必再提。

五、人权、民权和自由。这些名词都是舶来品,在中国自己的文化中是从来没有过的。中国人民在皇帝面前的地位,连狗还不如。

什么"民为贵,君为轻",只听见过有此一说,从来没有看到事实的表现。终年胼手胝足,为孝敬肚皮而忙碌的人民,是没有余暇去从事任何较高级的文化活动的。一般的农民,只有"日出而作,日落而息",自生自灭式的自由。

六、包容性。"心胸狭窄"是我们中国文化中表现得很强烈的弱点,以"我族主义"为中心的中国人,一向认为"非我族类,其心必异",对于被征服的"夷狄"和"化外之民",烧杀、抢掳、奸淫,无所不为,绝不客气;对外来文化特征,处处都看不顺眼,而且有意无意存着一种鄙夷和排斥的态度。我们从这个角度来看看美国,就更惭愧了。他们对待那些船民和难民,无论是友邦或敌国,都来者不拒,不但周济衣食,而且还要提供教育、安排职业。这种同情心和包容性是何等伟大!

七、容忍性。民主、法治、自由是现代政治的三大支柱。而"容忍"又是"自由"的基础,不能容忍就不会有自由。胡适之先生在台湾时,曾写过一篇很有名的文章,登在《自由中国》,篇名即为《容忍与自由》。他的主张是:政府肯容忍,人民才能有自由。个人要肯容忍,才不致妨碍别人的自由。果能如此,则执政党能容忍反对党,党内可以容忍党外,大党可以容忍小党,大家就可以和平共存,各走自由发展的道路。有一次,我在纽约地下车里看到一个黑人高高地跷着二郎腿,那时是晚上,车上乘客并不多,并不妨碍别人行动。但一个警察走到他面前加以干涉,两人都很不愉快,那个人就说了一句:"这是我的腿!"(我的腿放在哪里有我的自由!)他不买那警察的账,二郎腿还是照跷在那里。那个警察也只好默默地走了。我的心里想,美国真不愧是一个民主自由有素养的国家!这种事如果发生在台湾,那"三作牌"(柏杨语:作之君,作之亲,作之师,谓之"三作")的警察会容忍那条二郎腿吗?

八、女权。在传统上,中国社会男女生活的壁垒,特别森严,重男轻女的观念深入民心。在封建时代女子不得抛头露面,女子不能有财产权,不能成为一家之主,否则就是"牝鸡司晨",是反常的异教。

中国人要想"扬名声、显父母",唯一的一条路,就是一头钻进官场。做了官就可以发财,就有权有势,跟着身份、地位,一切荣誉都有了。

女子是与孺子、小人相提并论、等量齐观的,孔子曰:"唯女子与小人难养也。近之则不逊,远之则怨。"孔圣人的遗教还强调女子不必有才能,只要严守妇道,从一而终就好了,所以说:"女子无才便是德。"妇女在家从父、出嫁从夫、夫死从子,再加上妇德、妇言、妇容、妇功,便是"三从四德",也就是当时社会压迫女子的道德律,自古以来男子三妻四妾有如家常便饭,可是在旧礼教约束下的女子,如有不贞,只有去死的一条路,别无选择。"吃人的礼教"杀起人来,比什么都厉害。所谓的"贞节牌坊",鼓励女子个个要三贞九烈,正是礼教吃人的一个代表作。

要隐恶扬善,勿作践自己
——对柏杨先生的批评与建议
执笔者徐瑾先生
文载 1981 年 9 月 11 日纽约《华侨日报》

近阅报载柏杨先生来美的消息,他的遭遇十分令人同情。现在能来美国,使关心他的人兴奋不已,许多人更对他寄予期望,希望他能对现代中国人的迷惘,有一些启示。然而,他来此,还是强调所谓的"酱缸文化",我中华民族五千年的文化,唐宗宋祖,开创的天地,被他锋利地挖出那一点藏污纳垢的一角,使我们对文化的信心和骄傲,被浇了一盆冷水。柏杨先生的看法,相信是由衷之言,是由他自身的不平经验而发。但是,以他目前的身份,尤其在会影响到许多人的时候,不能再肆无忌惮、嬉笑怒骂。他这一番"酱缸"理论,使我不得不对他作一些善意的批评。柏杨先生不只向许多人浇一头冷水,打击人们对自身文化的自尊心,而更使外人拿宦官、小脚,来取笑我们。

从实际上来说,他的想法也是相当偏激的,而且误解到宦官小脚是文化的缺失。事实上,我认为这些只是专制独裁的昏君庸主,为了私欲而做的残酷行为,这并不属于真正的中国文化。譬如唐诗的诗律,后人认为是作诗的妨碍。但唐人的诗生动自然,唐诗律是依当时的言语、文字水平而来的,真正诗的精神,崇尚自然、有创意,唐人并没有要后代以他的诗律为准则,那是后代舍本逐末的结果。再以生活习惯上来说,旗袍是满族的服装,雍容华贵,但是现代的旗袍多为紧身高叉,早已失去其原有的气质!当然,忽视我们祖先曾有过诸如宦官、小脚的恶习,是不正确的,但是我们都知道中国传统中有"隐恶扬善"的德行。美国西部的开发,现在被说成是一部创业奋斗的史诗,而当时的黑暗残酷,虽然是其重要的一面,却被削减到最低点,更有的成了传奇浪漫故事。

中国文化的精美深奥,真正研究中国文化的洋人,不只赞美,而且叹服。日本明治维新,一切仿效西洋,但在江户时期以前,对中国文化不但佩服得五体投地,他们文化的根本精神都是从中国来的。十八世纪的大画家谢春星,不但用中国姓名,画中国画,写中国诗,别人给他的最高赞语乃:"真汉人也!"如今在日本,大街小巷尚有受中国文化深切影响的痕迹。现代的日本,堪称是世界文明的先进,它从不敢排斥中国文化,但却要和中国人划分界线,否认血统上和中国人有密切关系,而在中日战争时所说的同文同种,现在则绝口不提。何也?是否我们中国人自己应该多反省一下,不是中国文化有什么问题,而是我们了解了多少!为什么要自己作践糟蹋这样美丽的属于自己的文化,而把一切中国人现代的厄运,归咎于"酱缸文化"这种似是而非的理论上?

现在中国有八亿人口,中国的当务之急是这八亿人的团结和幸福,即使是在台湾的中国人,亦应有此观念。而这八亿人在国防上已具备自卫的条件,人民也有机会学习知识,唯一能使这么多人迈向现代文明,精神有所归属的,不是东洋文化,不是西洋文化,而是我们自己的古老传统。它有深邃的人生经验,它有丰富的科学思想,它有优美的文字诗歌,它有变化无穷的美术、工艺、建筑、音乐、服装……只有它能正确地领导我们走上文明的道路,八亿人幸福的道路。日本人用过、受益过,西洋人也在学习它。我们,属于我们自己的文化,万不应不断予以诋毁。否则,不仅危及国家民族的前途,更成了中华民族的不肖子孙。

不要让日本人说他们才是继承中国文化衣钵的子孙罢！我们该睁眼仔细看，多思考，多判断，就像柏杨先生说过的，要思考，和培养正确的判断力，为了己身的幸福，更为了八亿人的幸福。

贱骨头的中国人

执笔者王亦令先生
文载 1985 年 1 月 2 日洛杉矶《论坛报》、1 月 16 日香港《百姓半月刊》、1 月 21 日纽约《华语快报》

拜读柏杨先生《丑陋的中国人》长文,心中有气,不得已于言者。

这百年来的中国人真是很苦、很可怜,而且每况愈下。先有洋务派的"中学为体、西学为用"之说,那倒还不太离谱,不管其主张切实可行与否,至少其心目中还维持一个中国之"体"。后来不对了,慢慢地"体"也不要了,只恨爹娘给了自己一头黑发、一副黄的臭皮囊,洗又洗不掉,扔也扔不了,遂兴"月亮也是外国圆"之叹,一味以骂爹骂娘骂祖骂宗为能事;所谓"五四"传统,即此是也。这还是几十年前的情况,比起现在还算好的;那时只是外国月亮圆,还没有到达外国屁也香的程度。这是由于那时的交通信息没有现在发达,无法对洋人亦步亦趋;如今则消息便捷,立竿见影。于是,人家美国人自称"丑陋",日本人自称"丑陋",马上就有中国人紧跟,振振有词地以"丑陋的中国人"为题,撰写宏文。

所有这些肆意骂街的中国人,都不是等闲之辈。几十年前那些高唱"打倒"、自诩"进步"的"五四人",都是以爱国爱民为己任的大作家。他们或废名,或废姓,或以对中国传统刻骨仇恨的"家""春""秋"来扬名立世。如今又出了一位柏杨先生,也是号称非常爱民的大作家,他把"五四"传统发扬光大,先是大喊"酱缸文化",继而诋毁"丑陋的中国人"。

我是中国人,我有很多缺点错误,甚至大错大误,但是我绝不丑陋,更不承认中国人一概都丑陋。柏杨不知道算不算是中国人,如果还算是中国人,那他要承认自己丑陋,这是他的自由,可别硬拉别人陪他。

我不同意《丑陋的中国人》一文的主旨和基调,但并不是说全文一无是处。也有几句话是对的,例如柏杨认为:"中国人可是世界上最聪明的民族之一,在美国各大学考前几名的,往往是中国人,许多大科学家,包括中国原子科学之父孙观汉先生,诺贝尔奖金得主杨振宁、李政道先生,都是第一流的头脑。中国人并不是质量不好,足可以使中国走到一个很健康、很快乐的境界,我们有资格做到这一点,我们盼望中国成为一个很好的国家。"以上一段话,我认为很对。可惜这几句正言谠论,并非全文主旨,其主旨是说中国人丑陋,这是我所绝不接受的。

通读其全文,中国人究竟有什么丑陋呢?柏杨倒并非空言无物,他拉拉扯扯堆砌了许多实例,证明中国人:"脏、乱、吵、窝里斗。"我相信柏杨不会造谣吧,但即便如此,又能说明什么问题呢?世界上哪一个民族,哪一个国家,是百分之百不吵闹、没有窝里斗的?美国嬉皮脏不脏?纽约的地铁乱不乱?美欧日本的政坛上,大吵大闹、勾心斗角的丑事还少吗?哪个角落没有窝里斗?按照柏杨的逻辑,应该把这题目正名为"丑陋的人类"。

最最荒唐的是,连中国人嗓门大,也被柏杨一本正经举出来,作为中国人"丑陋"的佐证。诚然,入国随风,入境问俗,凡是来到美国的中国人——包括我自己在内——都应改正在中国时大声说话的习惯,尽力仿效那些有教养的美国上层人士,讲话细声细气,甚至在电话筒上也轻微得像蚊子叫。这是必要的。但即使有人一时改不掉旧习惯,也不算什么大不了的罪恶,怎么就扯得上是"丑陋"呢?即此一端,可见这位柏杨先生内心对中国人憎恶到什么程度。真是欲加之

贱骨头的中国人 | 195

罪,何患无辞!

为什么一位一贯自称是——同时也被李黎女士恭维是——爱国爱民的大作家,会如此处心积虑地,用种种东拉西扯的琐碎现象,来诋毁自己的同胞呢?我无缘面晤其人,根据李黎女士的面访纪实,也许柏杨真有一颗赤子之心,真是很爱中国,真有恨铁不成钢之心,发而为声,就成为怨天尤人的冲天恶气,于是悻悻诅咒不已。其根本原因,在于柏杨对中国传统文化的认识偏离正轨,误入歧途,也许被他自己胡诌的"酱缸文化",迷糊了心窍,被他自己培养的"病毒",麻痹了神经。

中国文化博大精深,有王道,有霸道,有仁义道德,有男盗女娼,有正心诚意,有风花雪月。无论哪一方面,都是登峰造极,而且五花八门,什么都有。莫说你要在中国文化中专找"酱缸"和病毒,即使要专找粪缸和细菌,也能找得出来。你若据此断言中国文化就是粪缸和细菌,那也无损于中国文化,只说明你这个人臭不可闻和不可救药而已。

即以同一部《资治通鉴》而论,有些人读了可以学会治国平天下的方法,有些人读了则丰富其整人坑人的毒辣手段。中国传统文化的作用就类似于此,像一个锋利的刀子,看你用不用它和如何用它,你可以用来治病救人,也可以用来杀人,当然也可以用来自杀。所以,任何人如果蓄意走偏锋,要从中国传统文化中找"酱缸"和病毒,至少可以患滤过性病毒的,不是中国文化,而是这位走偏锋的作家本人。

我尚未拜读《柏杨版资治通鉴》,也不想拜读。因为,我相信,凭他这种"打倒一切,骂倒一切"的心态,译解《资治通鉴》,不可能不大走其样。我对司马温公是五体投地的。他的《资治通鉴》,教导人君何以治国,教导人臣何以从政,甚至教导平民百姓何以处富贵,何以处贫贱,邦有道如何自处,邦无道又如何自处。在中国这样的社会里,认认真真把《资治通鉴》研究一下,确实受用不尽,最起码不至于坐国民党的牢。

附带讲几句题外的话。近百年来,由于中国的政治黑暗,文人作家被枪毙者有之,被长期关在牢里者有之,这当然是政府当局的天高地厚。人们出于对暴政的鄙弃,就对暴政的反对者因同情而崇敬,仿佛坐过牢的人,头上都自然出现一层光圈。

但我认为不然,至少不能一概而论。古往今来,有些牢狱之殃和杀身之祸,是值得尊敬的,例如古代甘冒斧钺之诛而秉笔直书的史臣,以及近代不畏权贵而揭露孔宋豪门的新闻记者,这些人的杀头和坐牢,当然有意义、有价值,令人肃然起敬。

基于这个道理,我认为柏杨先生开口闭口坐了九年零多少天的牢,仿佛牢狱是他镀金之地一样,实在大可不必。要照柏杨这个逻辑,宝岛上有位文人,比柏杨更了不起,他坐牢出来后,至今仍在岛上摇笔杆大骂,丝毫不减锋芒,照样是祖宗十八代地骂。但在我看来,这又有什么了不起呢?充其量,亡命文人而已。

最后,归纳为一句话:中国人,丑陋则未必,但中国人内确不乏贱骨头。

——甲子冬写于美国加州栖云阁

丑陋的王亦令

执笔者江泓先生
文载1985年3月13日洛杉矶《论坛报》

柏杨先生讲了一篇《丑陋的中国人》。王亦令在加州栖云阁看了，心中有气。于是"右"迷心窍，骂柏杨先生及其同路人为"贱骨头的中国人"。

王亦令不读书，更谈不上"甚解"。奇怪的是，他拾了几点右派既得利益集团的牙慧，居然舞起文弄起墨来，不仅把提倡民主与科学的"五四"传统，歪曲成"一味骂爹骂娘骂祖骂宗"，反将已经证明行不通的"中学为体，西学为用"，奉为"还不太离谱"。

中文没有冠词，柏杨先生讲"丑陋的中国人"时，没有用冠词，也没有用量化词（qualifier），固然没有说明百分之多少的中国人"丑陋"，但是，也没有说每一个中国人都不例外！王亦令一边承认柏杨先生说的丑陋并非向壁虚构；一边又拉拉扯扯，反问世界上哪一个民族，哪一个国家，是百分之百干净的，百分之百的不乱，百分之百不吵不闹，没有窝里斗的？他显然想借用"百分之百"来抹煞一般事实。请问王亦令，柏杨什么时候在什么地方满口"百分之百"？白纸黑字，怎可栽赃？

王亦令鹦鹉学语，说道：

"中国文化博大精深:有王道,有霸道,有仁义道德,有男盗女娼,有正心诚意,有风花雪月。无论哪一方面,都是登峰造极,而且五花八门,什么都有。莫说你要在中国文化中专找'酱缸'和病毒,即使要专找粪缸和细菌,也能找得出来。你若据此断言中国文化就是粪缸和细菌,那也无损于中国文化,只说明你这个人臭不可闻和不可救药而已。"

在这里,王亦令不是承认中国文化有酱缸的一面吗?柏杨先生可曾说过"中国文化没有别的,全是酱缸"?凡是对柏杨先生略知一二的人,谁不知道他的"酱缸"专指专制政治的遗毒?王亦令睁眼说瞎话,吹嘘"中国文化中……什么都有",请问:中国文化中可有民主政治?可有天赋人权?可有言论自由?你不必搬弄那些只挂在嘴唇上,从未见诸实现的"王道"或"民为贵",那根本就不是王亦令本人置身其间的民主政治。在专制政治制度的"体"上,请问王亦令要"用"什么?难道要"用"洋枪大炮来镇压自己的同胞?

王亦令没有读过《柏杨版资治通鉴》,而且"也不想拜读"。但是,他只凭右派配给他的成见,便诬蔑柏杨先生是"'打倒一切,骂倒一切'的心态",便"相信"柏杨:"译解《资治通鉴》,不可能不大走其样"。眼睛雪亮的读者们,请看:这是什么心态?王亦令已经将柏杨判罪确定,毫无辩解余地——即使柏杨把《柏杨版资治通鉴》搬到王亦令御前,只要他说一句"莫须有",柏杨想不引颈就戮,其可得乎?

王亦令说,他对司马光佩服得五体投地。他说:

司马光的《资治通鉴》,教导人君何以治国,教导人臣何以从政,甚至教导平民百姓何以处富贵,何以处贫贱,邦有道如何自处,邦无道又如何自处。在中国这样的社会里,认认真真把《资治通鉴》研究一下,确实受用不尽,最起码不至于坐国民党的牢。"

王亦令的同宗王迎先之所以陈尸秀朗桥下,原来是因为他没有认真研究一下《资治通鉴》!司马光书中对北魏任城王拓跋云推崇备至。那样德高望重、善于避祸的拓跋云,最后仍不免"遇害"而死,是不是因为他生得太早,没有认真研究一下《资治通鉴》?中国文化中的诏狱冤案,连绵数千年,至今不绝。十一世纪以前的,王亦令可以借口他们没有认真研究一下《资治通鉴》;但是,十一世纪以后呢？都没有认真研究《资治通鉴》吗？王亦令躲在栖云阁上大放厥词,享尽免于言论肇祸恐惧的自由,司马光可曾有半点功劳？

自由、民主、人权、法治,都是争取来的。王亦令知道对"古代甘冒斧钺之诛而秉笔直书的史臣,以及近代不畏权贵而揭露孔宋豪门的新闻记者",表示"肃然起敬";同时却将争过言论自由的柏杨,贬为"大可不必"和"亡命文人",这是什么逻辑？王亦令自己不尽言责,反而诬蔑尽言责"取祸仅是有损于己,并无益于生民"。如果王亦令"识时务",紧闭尊口、明哲保身,倒还罢了,反正这种中国人多的是,多他一个不算多。如今他竟不此之图,居然摇起笔杆,胆敢骂那些为争言论自由而坐牢的人:"苦头吃得没有名堂,活该！"如果要在丑陋的中国人小巫中找大巫,舍王亦令其谁！

评王亦令《贱骨头的中国人》

执笔者张绍迁先生
文载1985年2月6日洛杉矶《论坛报》

王亦令先生对柏杨揭国人"脏、乱、吵、窝里斗"的诸般疮疤，非常愤慨，立即指出西洋人也并非百分之百的没有以上的那些缺点。

我认为王先生这种说法几近抬杠，不像在认真讨论问题。无疑的，世上任何国家都有好人，也有坏人。中国当然有很多爱干净的人，美国当然也有很多不爱洗澡的嬉皮。但光凭这点，并不能证明中国人不脏不乱。王先生请心平气和地想一想，至少与美国人、日本人相比，我们中国人是否平均起来比较脏乱？我一度以为国人之脏乱完全是贫穷造成的，后来方知错了。在美国的华人，平均收入不亚于白人，但一般的白人，的确比我们整洁。

王先生认为柏杨最荒唐之处是：把嗓门高也当成中国人丑陋的佐证。我认为这点很值得讨论。一个人或一群朋友在自家关起门来大嗓门呼叫，诚然无妨，但在公共场合大声说话，便不仅是礼貌和教养问题了。盖妨害他人宁静。我个人便常边走边思考，身边若有人突然大声讲话，被吓一跳不算，思绪也马上中断。我认为在公共场所大声说话与汽车猛按喇叭、唱机开得震天响、进别人房间不先叩门等等，都可归入同一类——那就是将自己的自由放在他人权益之上。

西洋人训练小孩在公共场所轻声说话,让孩子们知道别人有不受骚扰的权利。孩子们从小便学到尊重别人(即使是无权无势的人),西洋的人权思想遂根深蒂固。中国人一向缺乏人权思想,所以始终不能实行真正民主。我们若将民主的希望寄托在下一代身上,就必须先灌输他们人权思想。我认为最简易的起步便是教孩子们公共场所讲话轻声,进别人房前敲门,同进出一门时,替后面的人扶住门。大人遣孩子做事要"请",做完了要"谢",让孩子们体会到权位高的人对权位低的人也得保持适度的尊重。

柏杨爱中国和爱中国人的程度,相信不亚于一般标榜"中华本位"护法卫道之士。他恨国不强、恨民不富,想从国人性格上找出不富不强的根源。为了鞭策,他爱用尖刻的、惊心怵目的字汇来形容国人种种缺点,使很多"闻过则怒"的人,对他痛恨不已。

我的看法是:若柏杨举出国人"丑陋"之处的确存在,无论他用什么使我们脸红的字眼,我们都不能责怪他。若由于他的影响,国人能稍有改进,我们更应感谢他。须知发现自己的缺点,需要智慧;承认缺点,需要勇气;改正缺点,更需要决心。因此从恶习的窠臼里爬出来,往往是一段艰苦的历程。不过如果我们不想更改恶习,那可容易多了。我们只要笼笼统统地将中国文化形容为"博大精深",根本不承认"酱缸"的存在,再将唱反调分子骂成"贱骨头",就可在精神上大获全胜。

我本人也很佩服司马光在史学与文学上的成就,但对于他的政治智慧,则有很大怀疑。他反对一切新的政治措施,认为祖宗立下的法绝不能改。他最大的愿望是将中国带回他所想象的乌托邦式的尧舜时代。他完全不了解由于智慧的累积与工艺的进展,新生事物会不断产生,唯有创制新方法,才能应付社会的新需要。宋代的积弱不振,司马光型的士大夫,要负很大的责任。

王先生不愿读柏杨版的《资治通鉴》,是他个人自由。但他武断地说柏杨一定将"通鉴"曲解,未免因人废言。"柏版通鉴"很忠于史料,柏杨不同意司马光的,只是史观。王先生想批判"柏版通鉴",先读它一两册,亦不嫌迟。

讲到武断,我也忍不住批评柏杨先生。前几年柏杨在蒙特利公园演讲,一位听众问他对琼瑶女士作品的看法。柏老说他从未读过琼瑶的作品,言下颇有不屑之意。虽然很多人说琼瑶笔下缺少创意,不能算一流小说家,但她的读者如此之多。我若处在柏老的地位,对她的作品至少也会细读两篇,看看奥妙何在。

王文中有一点本人颇有同感。就是柏杨恢复自由身已很久了,不应还老在人前人后提"九年二十六天"。柏老的冤狱,我们同时代的人都是见证,也会永远记住。不过站在一个柏迷的立场,个人倒自私地宁愿柏老忘却那些苦难的岁月,使他灵台清明,观察更客观,思想更进一个层次。

王亦令越描越丑

执笔者江泐先生
文载1985年3月20日洛杉矶《论坛报》

前些日子,在台湾因文字狱坐牢多年的柏杨先生,讲了一篇《丑陋的中国人》。王亦令看了,"看不懂",也"不顺眼",于是写了一篇《贱骨头的中国人》,大言乱骂。朋友们实在看不过,不得不予以驳正。无奈王亦令假装"今后应改,谨拜受教",骨里还是在继续诬蔑那些为争取中国的民主、自由、人权、法治,奋不顾身的言论勇士和烈士。

王亦令跟熊玠之流的右派金刚一样,只要你踩到他的痛脚,他就:"一辈子没有打过笔墨官司,现在也不例外。"王亦令想画葫芦,他说:"偶遇文友,向我大嚷:'报上有人批你,怎不见你反驳的文章?'当时我哈哈一笑。因为我根本不想反驳,不想为笔战而笔战。我写文章向来只是直抒己意,把心中所想发挥尽净,就行了;别人看得懂看不懂,顺眼不顺眼,知我罪我,皆非我所挂念。"

可惜,王亦令的道行,跟熊玠者流比起来,毕竟差了一大截。他没有本事贯彻他的死寂战术(Toischweigentaktik);他"越想越不是滋味";他在接受"指责"、"拜领"、"嘉言"之后,终于:"不分青红皂白,不问是非曲直,立刻予以反击"。

在那篇《贱骨头的中国人》中，王亦令的黑字写在白纸上，表示他"尊敬""甘冒斧钺之诛"而写下"崔杼弑其君"的齐太史兄弟，他也"尊敬""揭露孔宋豪门的新闻记者"；但对于同样冒生命危险，抨击暴政、争取言论自由的柏杨，却任意侮辱。请问王亦令，你的标准（criterion）是什么？盗亦有道，你王亦令的"道"在哪里？国民党大公子沈君山见到殷海光，还自惭形秽。你王亦令不知羞耻，居然搬出美利坚合众国宪法第一修正案，大批其皮。美国宪法固然给你王亦令大放厥词的自由，但是，美国宪法并不替王亦令自暴其丑擦屁股。王亦令有自由发表任何言论，但是，他也必须为他的言论负责。

王亦令为了文饰他对"亡命文人"的诬蔑，不惜自封"无胆文人"，自称他没有豁出一条命的勇气，他说："只敢在美国这块土地上"大放厥词。他说："如果我现在处身于安和乐利的宝岛，我决无胆量写这些文章。我笔下只可能翻来覆去两句话：'天王圣明'、'臣罪当诛'。"看官，看到了吧！这流货色的王亦令，居然还要诬蔑敢写批评暴政文章的人为"亡命文人"；还要说敢不写"天王圣明"、"臣罪当诛"的人没有什么了不起；还要认为，"这称'无胆文人'和'亡命文人'都是无可厚非……都是人各有志……"既然如此，王亦令凭什么骂人家为"贱骨头的中国人"？王亦令的心目中还有"青红皂白"、还有"是非曲直"？

最后，奉劝王亦令：还是向熊玠者流认真学习，谨遵死寂战术吧！免得越描越丑。

不 懂 幽 默

执笔者回旋处先生
文载1985年1月23日香港《信报》

本期《百姓》便有一篇笔战文章,署名"王亦令"者,写《贱骨头的中国人》,向柏杨大肆讨伐。作者声言:"心中有气,不得已于言者。"细阅其文,笔锋凌厉,毫无温柔敦厚的中国高贵优美传统。他使用"臭不可闻"、"不可救药"、"贱骨头"、"把坐牢当作镀金之地"等等字眼,可说是十分刻薄。如柏杨认为"中国人丑陋"之说可以成立,则王氏之文,恰是自暴其丑,表面来看是唱反调,实际上正为柏杨理论提供佐证。

其实王亦令的丑陋,乃中国人千古以来的真面目,就是欠缺一份"幽默"。柏杨骂中国人丑陋,你道他是从事人种学研究,希冀获得诺贝尔奖金?文人写杂文,旨在引起反应,激发论争,与写证据确凿的学术专著不同。王亦令无法忍受柏杨观点,而怒火中烧,可说是正中柏杨下怀。中国人丑陋与否并不重要,有人气得呱呱大叫,无端死去不少细胞,那才是重要的。

《百姓》同期有一封读者来信,读者梁君读毕柏杨《丑陋的中国人》讲辞,表示深受感染,因而沮丧,而沉默,而落泪!但以我看来,他的眼泪,与王亦令的愤怒,不过是五十步与百步之比。两者都是道学先生的襟怀,装了满肚清正的人生观,而未能在柏杨的字里行间,体会出幽默的趣味,竟然要为那些美妙生动的譬喻,加上荒唐古怪的批注。

读柏杨文章,实在要具备一点幽默心态。他老人家只是在搞恶作剧,智慧之刀在我们面前轻轻一晃,头脑灵活者可以捕捉神髓;正襟危坐以谨严格律煞有介事欣赏者,往往失其精彩。

老实说,中华民族历史悠久,怎可以完美无瑕呢?柏杨先生找些缺陷来挖苦,其实是自嘲,为我们提供一点警醒作用,而且说丑不道美,也是一种自谦。不懂幽默,以为他刻意去揭疮疤,可真辜负柏杨一番苦心。然而哭哭啼啼,也恐怕不是柏杨所愿见到。

总而言之,中华民族是伟大的民族,讲美丽,美过任何民族;讲丑陋,也丑过任何民族。然而与其歌颂美丽,不如刻画丑陋。退一步说,即使丑陋,也有丑陋之美呀!

中国人的十大奴性

——论中国人的丑陋致柏杨

执笔者柏仁先生

文载 1985 年 4 月 1 日香港《百姓》半月刊

柏杨先生：

为什么中国人能忍受暴君暴官的统治？就因为中国人奴性十足。鲁迅在他的杂文《灯下漫笔》中，认为全部中国历史只能分为两个时代，一个叫做"欲做奴隶而不可得的时代"，另一个叫做"暂时做稳了奴隶的时代"。鲁迅的剖析，何等深刻！中国人从来不知道自己是这块土地上的主人，只知道做奴隶。因为"酱缸文化"告诉他：江山属于帝王将相、英雄豪杰，人民只有做奴隶的份儿。中国人的希望，也就是在"太平盛世"做奴隶，甘心纳粮服役。因为这样的机会，都并非容易得到，所以一旦得到，自然是拱手相庆，感谢上苍，保证做顺民到底。

中国人的奴性有十大表现：

一、中国人有"万岁癖"。自古喊惯了"万岁"，所以患有遗传性的"万岁癖"，称皇帝为"万岁爷"。无论他是谁，哪怕是流氓、恶棍、强盗，只要得了天下，坐上金銮殿，人民就会三呼万岁，顶礼膜拜。

二、中国人有迷信症。这也是遗传性的，生来就迷信皇帝，把皇帝捧到天上，把自己贬入地下，从来不敢说自己和皇帝一样，而是迷

中国人不懂得真正的民主，却奉行"奴性民主"——"少数必须服从多数"，多数人都愿意做奴隶，就不准少数人不愿做奴隶。外来的东西一到中国就变质了，别人有民主，我们也有民主，我们的民主是："你是民，我是主。"

信皇帝是天神降世,真龙下凡。

三、中国人对于暴君暴官,从来就奉行"忍"字哲学。无论是抓丁拉夫,还是横征暴敛,乃至大开杀戒,中国人都是忍!忍!忍!对于一切天灾、人祸,能忍者自安——传统的人生哲学,无师自通!

四、中国人不懂得真正的民主,却奉行"奴性民主"——"少数必须服从多数",多数人都愿意做奴隶,就不准少数人不愿做奴隶。关于这一点,鲁迅早已谈得十分深刻而生动。他说,既然猴子可以变人,为什么现在的猴子不想变人呢?并非都不想变人,也有少数猴子想变人,它们曾经两条腿站起来,学人走路,并且说它们想做人。然而它们的同类不允许,说它违背了猴子的本性,把它们咬死了!中国人也并非都愿意做奴隶,也有少数人不愿意,他们要做主人,但是同胞们不允许,揭发他们,密告他们,于是他们被抓、被关、被砍头。

五、中国人惯于同类相残——这大概是"窝里斗"的一种表现形式吧。面对暴君暴官的欺压和杀戮,中国人的反应不是团结一致,起来反抗,反而是同类相残。官府一旦指某人为"贼"为"匪",人们就会随之骂"贼"骂"匪",并协助官府一起捉之。这一点同样相传至今,并且恶性发展。永远同类相残、相残同类,胜利者永远是暴君暴官。

六、中国人崇尚明哲保身。什么叫明哲保身?在中国有两条解释:一是绝不触犯"天条";二是在灾难中绝不同情任何人。说穿了就是做一个聪明的奴隶。诚然,他们不陷害无辜,但也绝不反抗邪恶,他们只求苟安、苟活。为了苟安,墙倒众人推时,他们跟着推;破鼓万人捶时,他们跟着捶。这就是所谓的明哲保身。

七、中国人靠希望过日子。因为中国人的命运不是掌握在自己手里,而是交给了暴君暴官,所以他们从来不去想如何依靠自己的智慧和力量去开发自己的未来,而是寄希望于暴君暴官,希望暴君变成"明君",暴官变成"青天大老爷",如此他们才可以获得温饱。这同样是中国人的传统。历代帝王无不利用这个传统,推行愚民政策。

八、中国人的确有神经质的恐惧症。这一点您提得完全正确,这同样是遗传性的,因为世世代代受暴君暴官的欺压,总感到随时都会大祸从天降。一旦大祸临头,不但自己掉头,还会满门抄斩。

九、中国人喜欢框框。这同样是自古传来,您谈到东汉的知识分子写文章讲究"师承",必须按照老师指定的范围写,否则就是违反法条:这是古代的框框。当代的框框,大大超越了古代,不单是写文章、讲话、教书,要遵照框框,就是婚丧嫁娶,以及拍拖恋爱,都不可以超出框框。这框框是无形的,但是绝不可超出! 多少作家、文人、学者,由于超出框框而身陷囹圄,乃至丧命! 为什么大多数中国人喜欢框框呢? 因为喜欢它,就不会超越它,这样就安全得多。所以许多人习惯成自然,真的爱上了框框! 不仅自己不超越,也不准别人超越。

十、中国人是变色龙。杰出的俄国作家契诃夫,有一篇名作,就叫《变色龙》。他嘲笑俄国人的变色龙性格。其实中国人的变色龙性格,不亚于俄国人。这也是暴君暴官最喜欢的。

柏杨先生,以上所谈,仅仅是个人所看到、所感到的,远非全部。但您总能看出一个大概吧?

多少年来,每谈到中国人的丑陋,就认为是帝国主义侵略造成的。历史证明,不是帝国主义造成的,而是我们的"酱缸文化"造成的,我完全同意您的意见。假如不是"酱缸文化"造成中国人丑陋,帝国主义岂敢侵略?

正是"酱缸文化"造成暴君暴官,叫他们无法无天;又造就了黎民百姓,叫他们奴性十足。两者共同制造灾难,也共同在灾难之中,表演丑态。

怎么办? 这是最令人头痛的问题。您说只有中国人才能改造中国人,我同意。可是我们从来不自省,从来没有发现自己是何等丑陋。

近年来,中国的大门逐渐敞开,许多人来到海外,尤其是大批青年到海外去求学,看一看洞外世界,对比自己,或许能发现自己丑陋,而决心改正。这似乎算是一点希望。——但这是否又在靠希望过日子呢?

没有文明哪有文化

执笔者胡菊人先生
文载1985年2月6日洛杉矶《论坛报》

"文明"与"文化",是两个相当混淆的字眼,究竟什么叫文明,什么叫文化?两者的定义怎么样?常常人言人殊。有些染了中国文化自大狂的中国知识分子,还有种稀奇古怪的说法,说是西方哪有文化,只有文明。或不屑地挥手说,美国没有文化,却从不说美国没有文明。

假如我们反过来问一句:中国有优秀文化,但是有没有文明呢?

再问:是文明重要还是文化重要?没有文明,岂有文化?

其实文明与文化是二而一,一而二的事情。彼此原是不可分的。我觉得可以为这两者,用一句话结合起来,就是——文明是文化的体现,文化是文明的保姆。

文化的观念表现于具体的生活上和社会上,这就是文明了。最简单的例子,如礼貌,便是文明的表现。而孔子制"礼",便是文化,他的"礼",在中国两千多年来,是表现于国家社会的制度之中,在人民日常生活的言行之内,在一年四季的节庆和仪节之上的,是以,这就是中国的文明;文明就是生活。

假定我们承认这个说法,那么中国人就显得很可笑了。因为我们连中国文明都没有,又怎么可以奢谈有中国文化?因为我们的文明(如果有的话),则是与我们的文化乖离的,那又算得上是什么文化的体现?

也就是说,我们在生活上所体现的,不是中国文化的价值观念,而是从另外一个文化而来。因此,中国人现实的文明(如果有的话),那也不过是私生子,与其母亲——中国传统文化,没有多少血缘关系。

近读柏杨先生新书《踩了他的尾巴》,其中讲到他的旅美印象,美国人较之中国人,太有礼貌了。这也是我本人旅美的印象。中国人较之美国人,在一般人的日常生活之中,简直成了"原始人"、"野蛮人",因为我们连"谢谢你"、"对不起"都不会说。这半分都不夸大。中国人的礼貌——文明的表现,不仅万万比不上美国人民,也比不上日本以及南韩。

没有基本的生活文明,而奢夸祖先已死的文化,行吗?没有文明,哪有文化?文明若有,也只是私生子,还说什么中国文化!

中国文化不容抹黑

执笔者刘前敏先生
文载 1985 年 3 月 6 日洛杉矶《论坛报》

在台湾知道柏杨先生大名的人,恐怕为数不少。譬如笔者虽从来不看柏杨文章,于道听途说之中,对柏杨的经历、遭遇,亦颇耳熟能详。二十年前柏杨在台湾写杂文,那时候的台湾社会是个枯燥乏味的封闭社会,柏杨的杂文对于当时沉闷的人心,正是一帖投其所好的清凉剂,就这样,杂文给柏杨带来了盛名。凡是得手容易的事,风险也必很大;天南地北的文章写多了,没遮拦的话说够了,触犯时讳的地方也就在所难免;最后,柏杨给送往绿岛,闭门深思。及至释出,名声更噪,水涨船高之余,矫情也涨得特别厉害。一小撮人已是骂不过瘾,更要挥鞭,批今挞古,连数千年的传统文化,亦不幸免。

最近阅读《论坛报》,有机会一览柏杨在爱荷华大学的演讲词《丑陋的中国人》。读罢,感触良深。所谓人穷志短,偌大一个国家,若再长久贫困下去,终必弄得分崩离析,永远不复统一。现在不就已经有一部分受过高等教育不争气的华人,不承认自己是中国人,而叫嚷着要和中国划清界线么!

有的人看到外国人的富强,乃就因贫而谄,打从心底觉得外国月亮比中国圆;再回顾自己如此穷酸,乃又因贫起怨,打从心底把中国人、中国文化,骂得一文不值。到目前为止,世界上除了柏杨这种人外,还没有一个贫穷国家的老百姓,在谄媚、怨恨的心态下,急急乎诋毁自己的同胞,和赖以生活的文化。古代希腊的大科学家阿基米德说:"给我一个支点,我将撬起地球。"柏杨大概在睡梦之中找到了这个支点——文化酱缸,他志得意满地,要用这个支点来敲击我们十亿人口的文化大国的命运。

在富有的国家中,倒是有两本谈丑的书发行问世。二次大战以后,有一位美国人写了一本《丑陋的美国人》;另一位日本人不遑落后,也写了一本《丑陋的日本人》。两位作者或感于国人的骄奢德性,或礼数欠缺,或修养不够,乃著文警惕,给予棒喝。尤其是那位日本作者,大概为了强调他的逆耳之言,不惜在驻外大使的任上,付梓出版。毫无疑问,这位公职人员的行径,有亏职守,但从这里也可窥见他忠心谋国的一片诚意。

我在美国生活十多年,就我的了解,美国人日常生活颇为忙碌,每天为这为那的事忙得不可开交,区区一本《丑陋的美国人》,大概引不起一般人的兴趣,知道这本书的美国人,想必不多,熟读这本书的美国人,恐怕就更如凤毛麟角了。台湾地区的情形则不一样,虽然那里的工商业正在蓬勃发展,但人民的日常生活,仍然不失悠闲,爱看热闹的兴趣,并未比前减退。阁下若是不信,可到西门町闹区,一边漫步,一边扬起脖子,保管顷刻之间,近旁的人群也都跟着你一起翘首,仰天探望。生活在台湾的人民,对于周遭事物都是出奇地好奇!所以柏杨的丑书这一出,洛阳纸贵虽未必,但畅销则是可期。很多中国人吵架,常常口不择言,骂人祖宗三代,原因不外中国人讲究孝道,骂人家祖宗,最能获致出气效果。柏杨这本书骂术更精进,丑诋人家的文化,才是一网打尽的最佳出气法门,套用柏杨"什么样的土壤长什么样的水果,什么样的社会产生什么样的人才"公式,真可为所欲为,骂尽天下华人。

中国现代史是一本内忧外患的民族灾难史,长期的贫困苦难,已使我们中国人的民族自信,蒙上阴影。我们的国家,无论是大陆还是台湾,相对发达国家仍有差距。所以就整个形势而言,中国人现阶段应该注意的,倒是"贫而无谄",至于"富无骄"、"富而好礼"的不急之务,恐怕还需等上半个世纪。到那时候,再写一本《丑陋的中国人》不迟。无奈爱名好利的柏杨,不作此想,恨不得超美赶日,把中国人的丑事,愈早抖出愈好。他的计划很大,不准备独个儿炮制,希望大伙一齐参与,共襄丑化中国的盛举。也许有了一次不愉快的经验,知道凡事要深谋远虑,邀大家写,一来可以壮大声势,添增丑化的效果,二来又可消除日后烦劳别人送饭递水的灾祸。真是一举数得。

现在让我们来观察一下,丑化中国文化,对善良的老百姓可能引起的不良效果。我们可以用柏杨自己的事,作为一个实例。据柏杨说,他夫妇来爱荷华是承燕京饭店老板裴竹章先生出钱邀请的。裴先生告诉柏杨:"我在没有看你的书之前,我觉得中国人了不起,看了你的书之后,才觉得不是那么一回事,所以说,我想请你当面指教。"柏杨说:"裴竹章先生在发现我们文化有问题后,深思到是不是我们中国人的质量有问题。"对于裴先生的疑问,柏杨的高见是:"我想不应是质量问题,这不是自我安慰,中国人可是世界上最聪明的民族之一,在美国各大学考前几名的,往往是中国人;许多大科学家,包括中国原子科学之父孙观汉先生,诺贝尔奖金得主杨振宁、李政道先生,都是第一流的头脑。……我想我们中国人有高贵的质量。"好一个高贵的质量!原来他的所谓质量,竟指的是生理质量,而不是文化质量。就生物学的观点,世界上各民族、各人种头脑的脑容量不相上下,科学家们都不相信民族之间大脑质量存有差异的说法。为什么有的民族,在某一时期表现得特别聪明,过后就没落湮灭了?为什么英国人在牛顿那个时代,人才辈出,现在却是风烛残年、了无生气了呢?现在的英国人和牛顿时代的英国人,头脑的质量难道就不一样么?当我们看见瞎子,常常惊叹他们超凡的听力。其实瞎子的听觉细胞和常人一样,只不过瞎子较普通人更能挖掘他们的听觉潜能而已。中国人念书很厉害,智力表现一流,很多社会学家、心理学家,和教育学家都在研究,希望能从中国人的文化质量中找出原因。中国这个富韧性有耐力的阳刚文化,任何民族吃了,可以医懒治愚。像日本、南韩,都是摆在眼前活生生的例子。翻开美国的权威科学杂志如《物理观察》,每一期,中国人在上面发表的论文,分量多得惊人。所以说,文化是聪明质量的要素。当我们走在中国大地上的任何一个角落,面对攒聚的人群,心灵深处常会兴发一种茫无涯际的智慧之海的感受。酱缸论的柏杨,糟蹋中国文化之心有余,但要贬损中国人的聪明力又不足,只好一厢情愿地把中国人的聪明,从文化质量之中豁出去。这就是柏杨的罔顾因果,不从多方面考虑问题的"鉴赏"结果。

柏杨说,中国人对人类文化极少贡献,自孔子以后数千年没有出过一个思想家,这个文化有如一潭死水,就是中国的文化酱缸。酱缸发臭,使中国人变丑陋。这番见证,客气一点说是常识贫乏,不客气一点说是无理取闹。初中学生都知道,孔子以后有孟子,再后还有朱熹、王阳明等理学大师,这几位都是屈指可数的大思想家。就让我们来谈一下孟子吧!孔子的政治思想,在《礼记·礼运篇》里说得极具体,极有系统。但是这个思想体系并非天衣无缝,站不站得住脚还是一个有待斟酌的问题。孔子谈君论民,遗憾的是没有把民和君的关系交代清楚。到了孟子,儒家的政治理论有了进一步的提升和突破。孟子说:"君有大过则谏,反复之而不听,则易位。""诸侯危社稷,则变置。""民为贵,社稷次之,君为轻。"孟子阐明国家、君主皆为民而立,若国君不能称职,就当更置。孔子的卓绝政治思想最基本的精神,就是"天下为公"这句话,而孟子的民本主义,清楚地道出了这个"公"就是"民",因此"天下为公"就具备了民有、民享的理念。中国人两千年来孔孟并称,实在是因为孟子发扬光大了孔子思想。

至于中国人对人类文化很少贡献的问题,需要从另外一个角度去理解。人类文化的传播,信息事业首当其冲。而古代的信息全赖人力,经由水、陆交通相互沟通,因此地理因素对古代文明的开发、传播,乃起着关键作用。(现代又何尝不一样,试问地处喜马拉雅山麓的不丹小国,能像台湾、香港和新加坡那样发展工商业吗?)中国地处东亚大陆,西边大漠绵亘,和西方交通路途,既遥远又险阻;这种地理

中国文化不容抹黑 | 217

上的不利条件，把中国人的活动范围，局限于亚洲一隅。数千年来，中国人凡事自力更生，在缺乏与外界接触的环境里，成了孤独零仃的文化单干户。西方世界就大大地不同了，各地区、各民族的文化，数千年来相互交流，沟通有无，集思广益的结果，文化得以一再突破，终有今天的成就。如果我们假定自古以来东西双方阻碍文化传播的地理因素不存在，或者假设中国自古即是一个欧陆国家，我们有理由相信，中国人对人类文化会有极多、极重大的贡献。两千年来中国儒家的民本主义思想，对当时罗马、希腊的奴隶社会的解放，肯定会发生积极的影响；而中国人在秦始皇废除封建制度以后，发展出来的一套平民参政的政治制度，也必会催醒沉酣封建政治的中古世纪的欧洲。还有中国人的各种伟大发明如印刷术，也会提早五百年左右在欧洲大派用场，因此二十世纪的今日世界，也绝不仅仅是目前这个样子而已。

中国人的文化发展到某一个顶峰，未再继续突破，更上层楼，上面已经说过，主要原因是受到地理环境的限制，吃了文化单干的大亏。然而，中国人可不是故步自封的民族，事实上，中国人可能是世界上对于外来思想、文化排拒力最为脆弱的民族。一百年来，发生在中国一连串的历史事件，皆充满着戏剧性——源远流长的数千年帝制传统，于七十年前武昌起义，一声枪响就于焉废除了；孔夫子两千年来深植人心的至尊地位，经不起"五四"运动一群青年学子的呐喊，倏忽之间给推倒了；源自欧洲的马克思主义，也在"五四"之后，一经提倡，立刻风靡全国，成为知识分子的显学。中国人敢作、敢为、敢变，中国人弄得今天这个地步，绝不是因为死抱这个"酱缸"不放，而是把这口"酱缸"砸碎了。

柏杨说，中国人脏是中国人丑陋的特征之一，并且说中国的脏"比起印度人或许好一点"。笔者觉得绝大多数的中国人都不会同意柏杨的看法。以东方的亚洲来做比较，日本人的清洁程度堪称世界级，中国的情况则较差，而印度最糟。数年前，美国总统卡特访问印度，在美国的晚间电视新闻映出的国宴席上，可以看到卡特身后一印度侍者手持苍蝇拍,为这位贵宾拍打苍蝇的镜头。如果以经济条件做比较,日本是世界级,中国则较差,印度最落后。因此我们不难看出,各地区的人民卫生状况,和经济条件之间,有着对应关系。洛杉矶有两个中国城,一个在洛杉矶市中心(大城的市中心都趋向脏乱),一个在蒙特利公园市。蒙市的中国城够得上整洁标准,洛市的中国城则较差。两个地方开店做生意的都是中国人,他们的差别仅仅在于教育程度和家庭收入有所不同而已。

中国人谈天说地时嗓门宏大,这种语言方面的不寻常,免不了又给柏杨扫进了中国人的丑陋特征里。他说:"为什么中国人声音大?因为没有安全感,所以中国人嗓门特高,觉得声音大就是理大,只要声音大,嗓门高,理都跑到我这里来了,要不然我怎么会那么气愤?"梁实秋在《雅舍小品》中谈到中国人说话声音大,可能与早期之农业社会有关,早晨在田野中相遇,老远就大声问好。也有人认为中国人说话声音,可能与音调有关。例如苏州人吴侬软语,音调特低,就是在吵架时,声音也大不起来。笔者觉得中国文字,一个字一个音,同音字太多,而且每个音又有平上去入四声的区别,说话时音量不够,听力就会发生困难;尤其在说话快速的时候,除了大嗓门外,别无其他良方。当我们到电影院观赏国语影片时,都会有这种经验,如果片子不借助于中文字幕,对白往往听不清楚。在文法上,中文也是与众不同,中文没有像英文的假设语气,这也使得中国人常常要借助手势和嗓门的抑扬顿挫来表达自己的意思。说中国话要想把嗓门压低,唯一的方法就是慢吞吞地讲,把每一个字的发音尽量拉长,保证对方可以听得明白。依笔者看,中国人的大嗓门是无药可医的。既然无药可医,干脆就把这"声若洪钟"的说话德性,当作我们中国人的国粹,不亦宜乎!

台湾地区交通之乱是大家亲身经历、有目共睹的事实。看看凡事以丑陋为出发点的柏杨如何把它归罪于中国的文化。柏杨说:"就是由于这个酱缸深不可测,以致许多问题无法用自己的思考来解决,只好用其他人的思考来领导。这样的死水,这样的酱缸,即使是水蜜桃丢进去也会变成干屎橛。外来的东西一到中国就变质了……你有斑马线,我也有斑马线——当然,我们的斑马线是用来引诱你给车子压死的。"关于台湾交通安全问题,笔者思索多年,愿将心得中之一二,就正于关心此方面的社会大众。台湾的交通秩序每年都有进步,笔者认为最大原因是拥有机动车辆的人愈来愈多,街道上有了这么多的交通工具在流动,自然而然地在驾驶者心理上,形成一种压力,逼使驾车的人非遵守交通规则不可,亦就是产生了所谓"生活即教育"的效果。在美国除了一般汽车驾驶员外,我们还偶尔听到所谓的自卫驾驶员。自卫驾驶员除了是一个标准的普通驾驶员外,还有两个条件必不能少:一是不坚持先行权;二是对于别人的冒犯,要有无故加之而不怒的雅量。台湾一般驾驶人或多或少都具备这一二两个条件,但本身却又不是一个标准的普通驾驶员。这种驾车特性,乃造成台湾交通大乱中有不乱,不乱中又有大乱的奇异现状。为什么中国人开车和美国人开车如此不同呢?如果我们从太平洋两岸的驾驶执照考试方面单刀直入,或不难看出端倪。美国人学驾车是在马路上练习,从一开始就要实地学习遵守交通规则和交通安全。执照考试时,亦是在马路上进行。路考除了方向盘操作、刹车的运用外,还包括行车速度、前后车距离、十字路口通过、左右转线道选取、换线、先行权的遵守等等。待考得执照,在考者心里也同时建立了一个汽车驾驶的标准范式,就是以后用来作为实际驾驶的依据。有的时候实际驾驶和路考驾驶情况不尽相同,譬如上下班汽车流量密集时候,驾驶者就无法按照路考时所要求的那样,一板一眼地驾驶,否则就到达不了目的地;处此情况,驾驶者乃以路考时在心中建立的那个驾驶范式,视需要而做某种变通,这样灵活运用的结果,交通乃得以安全畅通。台湾可就不是这样,在台湾学习驾车,是在驾车学校固定的场地上练车,练车的人只学习打方向盘、刹车和控制油门的动作。至于路试考执照,也仅仅在监理所的电动考场测试方向盘、加油门、刹车等操作技术。这种教车、路考方式,就好像小学低年级学生学习算术,只知道数字方面的加、减、乘、除,而不知道如何去做算术应用题。

路考通过,所得的一张执照,与其说是驾驶执照,倒不如说是操作执照来得恰当。及至开上大街,心胸之中根本没有一个驾驶范式,横冲直撞,有如一个没规矩的野人。在台湾,绝大多数开了十年、几十年的汽车老手,藏在心中的驾驶范式,都不是标准的,而且是随时可以变型的。笔者笑称这种驾车范式为橡皮模式。所以说,台湾的交通问题归根究底不是人的问题,更不是什么文化的问题,而是政策问题。由于政策不对头,以致政府当局对交通秩序的改进,成效不显著。

写到这里,令人想起被苏俄放逐来美的诺贝尔文学奖得主索尔仁尼琴,数年前发生的一段往事。索氏在一次庆典活动中,应邀发表演说。人们原先期待他会有一篇精彩的有关自由、人权之类的演说,孰料他将他的话锋转向批评美国的经济制度。他攻击美国商人丧尽天良,为了赚取蝇利,不惜把有害人体的防腐剂加进食品之中。

演说甫毕,回响立刻传来,美国发行额最大的《纽约时报》,撰文还以颜色。《纽约时报》说,虽然索氏在苏俄为一己之信念不屈不挠,历尽苦难,令人佩服,但不能因此就取得随意批评美国社会的权利。从此以后,未再听闻索氏有类似的演说发表。可能是他噤若寒蝉,也可能不再有人请他演讲了。在一个言论自由的国度里,信口说话、出口伤人的事,政府、法律对之奈何不得,但是权威报纸的裁制力量,往往令人吃不完兜着走。我们中国人还没有这样一份权威报纸,但我们有舆论,愿有良心的中国人站出来,为我们中国人、中国文化,说几句公道话。

中国文化之"抹黑"与"搽粉"

执笔者张绍迁先生
文载1985年4月3日至9日洛杉矶《论坛报》

几个月前,柏杨先生在爱荷华州以"丑陋的中国人"为题,发表演讲,在美国华人社会中,引起了不小的震撼,到现在仍余波荡漾。两个月来的《论坛报》上,几乎每期都有一两篇讨论柏杨及"丑陋"的文字。最近一期上,又读到刘前敏先生《中国文化不容抹黑》一文,除了指责柏杨故意丑化中国文化外,还对国人诸般缺点,提供了很多解释和借口。

刘先生的大作相当长,足见他很费了一番工夫思索中国文化问题,也处处显示对中国文化的热爱。刘先生的研究精神和爱心,很令我佩服。不过他的很多论点,都不是本人所能接受的,现在谨讨论如次:

一、刘先生说中国人应先"贫而无谄",至于"富而无骄"并非当今急务。

愚见以为这两种心态有极大的因果关系,倘若有钱有权的人气焰高张,爱人奉承,那么包围他的人,一定都是谄媚专家(也就是柏杨说的"摇尾系统")。唯有位尊多金之士先懂得尊重朋友,穷朋友才能"无谄"得起。

二、刘先生说英国在牛顿时代人才辈出,现在则了无生气。

为了看看英国到底"风烛残年"到什么程度,随手翻一下从1960年到1984年诺贝尔奖得主名单(1960年前,大英帝国风华仍盛,得奖率高不在话下),发现过去二十五年中,总共有一百五十三人得到科学奖(物理、化学、生理及医学三项),其中英国人占了二十五位半(1975年化学奖得主John Cornforth是奥地利籍,但始终在英国做研究,所以一半荣誉归英国。历年来华裔得物理奖的三位,因为既是美籍,又在美国做研究,名单中已不提他们的中国祖籍矣),刚好是六分之一,得奖率仅次于美国。诚然,一次世界大战后英国已失去始自牛顿时代的科技前导的地位,但若说它已到了"了无生气"的地步,未免夸大其辞。

三、刘先生说中国人活动范围局限亚洲一隅,对文化发展不利。

这种说法真有趣,难道在大量殖民新大陆以前的西洋人活动范围,便不局限欧洲一隅?中国一国的土地人口,都可与全欧洲相颉颃。兼之中国历史上有一半时间是大一统局面(不像欧洲中古以后小国林立,国与国之间有语言、文化、政治、宗教等种种隔阂),各地之间的文化交流应该更容易才是。但为何文艺复兴、启蒙运动、民主宪政、产业革命,统统在欧洲一隅产生?

愚见以为,中国文化与工艺,到了宋代,便滞留不前,是由于思想受到理学的束缚。本来自汉代以降,儒学定于一尊,对学术思想自由,已有极大妨碍。宋代的程颐、朱熹等理学大师,再将儒家范围缩小,认为每个人,至少是每个读书人,都应终身无旁骛,学做圣人。等到理学成为儒学的主流,中国文化中的灵性,遂受了无情的摧残。同时士大夫们为了巩固自身权位,用自由心证划分出"士农工商"四个阶级,把专业人才(工)和商人的社会地位,压到最低。工艺上的发明,往往被认为是"争淫斗巧""雕虫小技",很少得到应有的报偿。在那种社会心态下,才能高的人都想做官,等而下之的才去经营工商。社会如此轻工轻商,何敢盼望科技、工艺有所突破?其实南宋时,中国已粗具发展成资本主义社会的条件,倘若当时学术自由、政府奖励工商,产业革命或可能先在中国发生。

四、刘先生问:"地处喜马拉雅山麓的不丹,能像台湾地区那样发展工商业吗?"

我的回答是:"事在人为!"君不见阿尔卑斯山麓的瑞士,国土小于不丹,她不但发展了工商业,还能在多种行业中,执世界之牛耳。按照刘先生的地缘理论,西班牙、意大利、希腊、埃及诸国均处水陆交通要冲,工商业应该更繁荣才是,为何它们反比不上内陆山国瑞士,和真正地处欧洲一隅的挪威和瑞典?

五、刘先生认为中国改变国体、政体和经济政策,均轻易完成,可证明中国人对外来思想排斥力弱。

请教刘先生,前述的种种改变,是否经过中国人民全民投票通过,或者由真正民选产生的国会,经合法程序通过?如果答案是肯定的,刘先生的论点才站得住。如果这些改变只凭当权者一纸法令,或由御用国会以"橡皮图章"式通过,那只能证明中国缺少民权。统治者用枪杆取得政权后,选任何政体、行任何政策均可,不必考虑人民是否同意。

六、刘先生说,中国人说话嗓门大是因为汉语异声的音不够,必须靠打手势兼大声叫才能表达意思。

刘先生的话若是对的,我们真不敢想象中国人怎样通电话?在不能打手势的情形下,要用多大的声音才能使对方听明白?读者们不妨马上与亲友通个电话,若不须大声也能沟通的话,刘先生的理论便缺少说服性。

愚见以为中国人缺少会议程序训练,不懂得尊重别人发言,往往不等对方讲完,便开始反驳他的论点。这种中途打断别人的现象,在一般社交谈话中也经常发生。由于大家争着发言,所以才必须大嗓门。

七、刘先生花了很大篇幅,想说明中国交通乱是因为中国人在练车场上学驾驶,不及美国人在马路上学来得实际有效。因此中国人虽考到执照,仍将马路当成练车场,开车横冲直撞。

我虽对台湾练车场教学情形不甚了解,但想象中练车时用喇叭的机会不多,也不会遇到斑马线不让行人(否则大概通不过执照考试)。可以一上了马路便猛揿喇叭,而不尊重斑马线?愿刘先生有以教我。

以上是个人对刘先生大作的几点读后感,刘先生说柏杨在抹黑中国文化,我则认为刘先生在替中国文化的污点搽粉。不过无论是强调我们文化的缺点,或是替它文过饰非,我都相信作者的动机是纯正的。因此对刘先生说柏杨谄外这一点,认为不但有伤忠厚,而且不合逻辑。柏杨若是谄媚之辈,他谄媚的对象也应是国民党,而非洋大人。以柏杨之才和其与救国团的渊源(他曾担任救国团旗下青年写作协会总干事),若肯稍稍奉承当局,可能早已成政坛红人矣。柏杨却宁可写以抨击时弊的杂文为生,以致触怒国民党,身系囹圄九载。有如此情操的人,也许会骄傲,但相信绝不会谄媚,不知刘先生以为否?

伟大的中国人

执笔者朱桂先生
文载 1985 年 3 月 13 日洛杉矶《论坛报》、
4 月 12 日台北《自立晚报》、5 月 16 日
香港《百姓半月刊》

柏杨先生有一篇讲辞:《丑陋的中国人》,我的意见跟他相反:"伟大的中国人!"

凡是中国人聚居的地方,诚于中,形于外,第一个表征,便是"挤、噪、脏、乱","挤"是为了看热闹;"噪"是为了先声夺人;"脏"是为了和光同尘;"乱"是为了自由自在。

中国人对别人痛苦的关心,表现在看热闹上。杀头要看,死人要看,失火要看,淹水要看,大车祸更要看。别人的遭遇越凄惨,看得就越起劲,不如此,便平白丧失了享受人生幸福的大好时机。"怜我世人,忧患实多"!看着别人的悲痛,而庆幸自己幸免于难,实为人生最大的一项享受。

十几年前,台湾纵贯全岛的南北高速公路正在修筑的时候,台北基隆之间,只有一条北基一路。有一次,在汐止国民小学前,发生了车祸,一位穿越马路的学童,被疾驶中的汽车辗死在马路当中,那辆肇事的车辆竟在众目睽睽之下,扬长而去,成千上万的目击者,居然没有一个人肯挺身而出,向警政机关提供凶手的任何线索,更不要说记下行凶车辆的牌照了。大家只一窝蜂地拥向现场去看热闹,警察

先生用尽一切镇暴手段,大力防堵,群众却像潮水一样排山倒海而来,顿时把一条马路堵塞得水泄不通。人群中有一个约莫四十多岁的壮健男子,一脸的兴奋,嘴里不干不净地说着:"干那娘!又辗死人了!"兴高采烈地由人潮中挤进来,准备一睹这难得一见的精彩镜头。等到他挤进圈子里一看,突然,像触电一样,放声大哭……十几年了,我只要一闭上眼睛,脑子里仍清晰地存留着那副景象。

几年前,台湾高速公路三义段,曾经发生过一次六七十辆大小车辆追撞的大车祸,最初的原因,只是一辆车出了车祸,过路的车子停下看热闹,以致后来的车刹车不及,互相追撞,闹了个一塌糊涂。在有中国人的地方,只要有灾难发生,总少不了一拥而上看热闹的观众,熊熊大火燃烧着屋宇,烈焰腾空,被困在火海中的灾民呼天抢地,在火场和救火队之间永远隔着一圈看热闹的人墙。深山中,矿坑发生了灾变,无数矿工被困坑底,生死存亡,只在呼吸之间。这时节,一定有许多"好心人",不辞山高路远,长途跋涉,组成一团乱糟糟的人群,堵在矿坑口,和营救人员争路。只要有糖的地方,不管多隐秘,蚂蚁都会闻风而至,火车出轨,飞机失事,大水决堤,有人自杀,枪决要犯,中国人都会像蚂蚁闻到糖一样赶来看热闹。

二十多年前,有一个男子,一时想不开,爬到台北市馆前街某大饭店的十楼顶上,扬言要自杀。顿时招来了满坑满谷看热闹的观众,警察大人如临大敌,一面在楼下撒下了安全救护网,一面派人上楼去劝说,新闻记者端起照相机,取好镜头,准备猎取那最珍贵的一刹那。那男子却也作怪,任凭警察老爷说破了嘴,他仍坚持非自杀不可,可又不肯立刻就跳,就这样一点钟两点钟干耗着。中国人看热闹的耐心是天下第一的,抬头仰望两三小时,脖子再酸,也不肯休息片刻。眼看对面火车站前的时钟已经敲出十一点了,跳的还不肯跳,看的还不肯走,这时候,有一个提着空菜篮的主妇,嘴里嘟囔着道:"要跳还不赶快,老娘等着看完了还要去买菜!"

为什么中国人爱看灾难场面呢?因为中国人的一生就是一场灾难,做一次中国人就经历一次浩劫。灾难永远是中国人的孪生兄弟,谁也免不了的,只争什么时候来,什么地点来。《道德经》上说:"故有无相生,难易相成,长短相形,高下相倾,音声相和,前后相随。"苦和乐,幸福和灾难,都是相对的,不是绝对的。"他人骑马我骑驴,向前看,我不如,向后看,还有推车汉,比上不足,比下有余"。别人遭遇到莫大痛苦,而我侥幸逃过,看看别人的悲惨遭遇,想一想自己幸免于难之乐,这种享受在一生之中,难得遇上几回,不把握时机,充分享受,岂非罪孽?中国人一直都是悲剧的主角,一旦遇上别人上演悲剧,怎肯轻易错过?

记得抗战的时候,在重庆朝天门江畔,冬令水浅,渡轮不能直接靠码头,必须经过一段简陋的浮桥。渡轮一靠岸,所有的乘客照例要使出中国人的传统特技,冲锋陷阵,争先恐后,拼命拥挤。有一位老太太被挤落江中,载浮载沉,岸上成千上万的人看热闹,江面上千百只大小船只也在看热闹,就是没有一个人想到要救人。这时候,人群中来了一位美军,脱掉大衣,纵身跳入江中,经过了千辛万苦,总算把那落水的老太太救了起来。那位美军完成了救人的壮举后,去找自己脱下的大衣,却已不知去向。

洋军人只掉了一件大衣,在下的遭遇可就更惨了。三十五年前,我在台中火车站,遇见了一件影响我一生的事情。有一位单身的陌生人,突然病倒在车站门口,当时的情况非常紧急,我竟贸贸然招来一辆三轮车,把他送到医院去急救,到了医院,还没有办好手续,那位陌生人就已咽气了。医院里要我立刻把尸体搬走,以免影响他们的生意。我孤零零一个人,人生地不熟,叫我把一具不知名的死者尸体搬到哪里去呢?幸而医院招来了警察,警察要我供出死者的姓名,死亡原因,还要我把尸体安顿在一个适当的地方,听候检察官来检验。折腾了一天,好容易找到了死者的家属,他们一来即提出了一个更严重的问题,说死者身上的五十块钱不见了。我又被警察抓去问口供、做笔录、找保人,一直忙了一个月,幸而祖上有德,死者家属终于讲了老实话,原来恐怕我要他们归还代垫的车钱、寄尸费,所以谎称丢了五十块钱,先"将"我一"军",千幸!万幸!乡下人老实,只说丢了五十块钱,他们倘若说丢了五万块钱,那我岂不要坐一辈子牢。

中国人对别人的苦难,以明目张胆、兴高采烈的看热闹的方式,寄其同情;对于别人的成就和幸福,则以讳莫如深、极端隐秘、极端恶毒的嫉妒心待之。宽宏大量的中国人绝不能容忍相识的人比自己强,尤其同是苦难队伍中的难友,绝不能容忍其中任何一分子脱离苦海。所谓"见不得穷人米汤碗上起皮"。大家都穷得喝米汤熬日子,万一有人多弄了点米,米汤煮得稠了些,碗面上居然结了一层薄皮,这可不得了啦,是可忍,孰不可忍,非把他整垮不可。大家都吃阳春面,快快乐乐,相安无事,一旦情况改变,我只能吃肉丝面,你居然大吃排骨面,那我这日子怎么能过?"己饥人饥",便不觉其"饥";"己溺人溺",便不觉其"溺",跳井也得找个垫背的。在中国人的社会里,从失败者的口中可知:成功者永远欠失败者的情。老朋友绝不能做成功者的好部属,成功者也绝不会用老朋友做部属,陈涉尽杀"伙颐"旧友,双方都有杀身致死之道。

中国是一个没有英雄崇拜的民族,中国人崇拜的都是失败的倒霉鬼!关老爷大意失荆州才被人焚香膜拜;楚霸王因自刎乌江才被推为英雄盖世;诸葛亮鞠躬尽瘁才被尊为妙算如神;倘若关老爷守住荆州,楚霸王得了天下,诸葛亮复兴汉室,后世人是否还对他们这样崇拜,那就很难说了。对于死人,尚且如此,对于活着的,又是和自己相同出身的同类,他若胆敢向上爬,不拉下马来行吗?这种"窝里反"的精神,是中华民族几千年优秀传统之一。

中国人对于强大的外人,一向讲究和平,尤其对凶悍的外人,纵令骑到头上来,拉屎撒尿,也宽宏大量,坦然受之。唯独对自己人,眼睛里揉不进一粒沙子,心胸里容不下半句闲话,使拐子、打闷棍、下毒药、放冷箭,这些窝里反的伎俩,无所不用其极。尤其捏词匿名告密,更是中国人冠绝古今、独步天下的绝技。中国人就有这个癖好,不管是什么形式的政权,只要手握生杀予夺的权柄,便像吸毒犯染上毒瘾一样,热烈地爱好告密,盲目地听从告密。据说商鞅有"诬告反坐"之法,什么都保存下来的中国人,就只这一点没保存下来。老友长弓先生,能写能画能刻,为人古道热肠,心直口快。北洋政府时代,被人告密,以"革命党"罪名,判处死刑;还没有来得及执行,北伐就成功了。伪满洲国时代,又被告密为"重庆分子",再判处死刑;只差一天,日本人就投降了,否则必死无疑。来到台湾,又被告密为"匪谍",判处七年有期徒刑,如今长弓先生已经八十二岁了,不知道还会不会再戴上别的帽子。

一个中国人,聪明才智,能力干劲起来,都是一等一的,可是驾驭十亿中国人,却和赶绵羊一样容易,你只要让他们同样地吃苦,同样地受气,那他们准能吃别人所不能吃的苦,受别人所不能受的气。比赛吃苦受罪,含垢忍辱,中国人一定得冠军。他们也只会这些,此外便只有被人用皮鞭在后面抽着,聚集成千上万像蚂蚁一样的奴工蚁,修长城、挖运河。千万不能试图改善他们的生活,最聪明的办法,耐心倾听他们的诉苦,做出一副如同身受的同情状,这样就已足够了。

中国人"打破锅大家都没有饭吃"的事,人人会做;"大家拾柴火焰高"的事,却觉得划不来。

电影院上映孤儿寡妇穷途潦倒的悲惨镜头,满座观众,一把鼻涕,一把眼泪,此起彼落,满场尽是欷歔声,好像银幕上演的就是观众身受的一样,此时的中国人,把"人饥己饥,人溺己溺"的同情心,发挥到了极致。电影演完散场了,走出场外,就在路边躺着残废的儿童、衰病的老人,哀哀求乞,还红着眼睛的那些好心人士,却昂然而过,视若无睹。这就是中国人,生活在两个世界,永远有着双重人格。一个是理想的世界,充满了仁义道德,人人都讲究忠孝节义;一个是现实世界,充满了战争饥饿痛苦死亡,人与人之间拼杀得你死我活,唐尧虞舜当不得一个烧饼。诗云子曰,下不了锅,煮不了饭,修齐治平是别人家的事,肚子饿了只有自家知道。

中国到底是个古老民族,有五千年历史文化,也有五千年困苦生活的实际经验。古圣先贤给我们留下一套做人应该如何的理论,五千年艰苦生活磨练出一套要如何做才能活下去的宝贵经验。理论上应该这样做才算正常,事实上必须那样做才有活命的希望,"理想"和

"现实"永远相反,既不能放弃理想,又不能不顾及现实。于是只有分别生活在理想和现实两个世界中,一身具备了双重人格。理想世界中的中国人,讲道德,说仁义,具备了忠孝仁爱信义和平一切美德;现实世界的中国人,一直在饥饿线上挣扎,在生死边缘徘徊,人生第一件大事无过于保命,尔虞我诈,苟且偷生,只要能够保命,没有什么事不能干的。理想世界的做人道理,是说给别人听的,现实世界的作为,是自己实践的。所以你永远不能从中国人语言中猜出他的意向,他说他最讨厌客套,你可不能有丝毫随便;他说他今天不想讲话,那你就非请他讲话不可。要只是这样,那也简单,我们给他来个反其道而行,不就可以吗?斯又不然,中国人讲话,有的时候是反话,有的时候又是当真的,你就是他肚子里的蛔虫,也无法了解他的真正意向。

老张和老王是老朋友,老张的大儿子结婚,没有给老王下帖子,这下老王可抓住理了。事后碰见老张,气势汹汹地兴师问罪:

"你瞧不起人,是不是?怎么儿子结婚也不通知一声。"

"小孩子的事,不敢劳动大驾。"

"什么话?咱们是什么交情,怎么能不通知一声。"

"对不起!对不起!下礼拜天,老二结婚,无论如何一定请赏光!"

"啊!唉!"

于是老王到处宣扬老张接连借儿子结婚为由,大打抽丰!还偷偷向人事行政局密告老张违犯公教人员十大革新规定。

中国的先哲把人抬得太高了,对人的要求也太苛刻了,他们订了许多行为规范,不是一个有血有肉的人所能完全遵守的,也不是现实社会中所能行得通的。倘若谁要一板一眼照着那些规则去做,不被人当作傻瓜,也必自取灭亡。而且他们还一口咬定:"不为圣贤,便做禽兽!"圣贤只有庙里泥塑木雕的神像才能做得到,禽兽跟人到底有些分别。人是人!虽然有做圣贤的倾向,但毕竟不是圣贤,人也有做禽兽的倾向,可也不就是禽兽,人是有七情六欲的动物,人生第一件大事是要活命,几千年艰苦的生活把中国人磨练得乖巧多了。什么是最高原则,什么是最大理想,保持活命便是最大理想。中国人都希望人人急公好义,济弱扶倾,以天下事为自己分内事,起码能路见不平,拔刀相助,仗义执言,主持公道。可是几千年来的实际教训,告诉人们,千万不能好管闲事,好管闲事的结果,重则殒命,轻则也惹来一身麻烦。要想活命的唯一方法,就是要学乌龟,得缩头时且缩头。"各人自扫门前雪,休管他人瓦上霜","业可养身须着己,事非干己莫劳心"。除非活得不耐烦了,才去做什么荆轲、聂政。

在十字路口,一个骑摩托车的骑士被撞倒在马路中央,鲜血直流,危急万分,肇事者已逃得无影无踪,过往车辆,都绕道而行,绝尘而去,谁也不愿惹麻烦。突然有一位好心的出租车司机,路过这里,忍不住一时冲动,竟然停下来,把伤者抱上车,急送医院,并代缴保证金,总算救回了一条命。等到伤者从鬼门关被救转回来后,反咬一口,诬赖他的救命恩人就是撞伤他的凶手,理由很简单,要不是他撞的,彼此素昧平生,为什么平白无故把一个血淋淋的垂死伤者抱上自己的车,送往医院,还代缴医药费呢?法官也相信这个理由充分,于是那位好心的司机,终于得到了应有的恶报,卖了车子补偿自己救人的过失,还被判坐牢半年。

下雨天,公共汽车上挤满了乘客,车窗又关得密不透风,这时候,一个小混混儿在车上狂吸香烟,烟雾呛得满车乘客,一把鼻涕,一把眼泪,咳嗽得喘不过气来,可就没有人敢劝告那位吸烟者不要吸烟。在中国,只要一件事侵犯到两个人以上的权利时,绝对不会有人挺身而出,提出抗议。"受害的又不是我一个人,别人都能忍受,我又何必强出头,得罪人呢?"中国人比赛忍耐的功夫,是谁也比不上的。

对于自己权利受到侵犯,只要别人也一同受害,中国人总是忍气吞声,退一步海阔天空,绝不肯傻里傻气,自己得罪人,让别人去占便宜;对自己权利无关的事情,中国人最会明哲保身,置身事外,做一个看热闹的旁观者,绝不会蹚浑水。好手岂可逗臭狗屎,你说他冷血吗?不冷血,他怎能长命百岁!

不管什么时候,做中国人永远是一种灾难。五千年来,中国人一

理想世界中的中国人，讲道德，说仁义，具备了忠孝仁爱信义和平一切美德；现实世界的中国人，一直在饥饿线上挣扎，在生死边缘徘徊，人生第一件大事无过于保命，尔虞我诈，苟且偷生，只要能够保命，没有什么事不能干的。理想世界的做人道理，是说给别人听的，现实世界的作为，是自己实践的。

直在饥饿线上挣扎，一直在鬼门关前徘徊，"衣食足而知荣辱，仓廪实而后知礼节"。当生死存亡在呼吸之间时，哪容你雍容揖让，当你四五天没有东西吃，饿得两眼发黑，什么狗肉不能吃、牛肉不能吃，连人肉也照吃不误。中国圣人说："不患寡而患不均，不患贫而患不安！"这是天下最糊涂的两句话，"寡"了，怎么能均？一个苹果分给一万人吃，你怎么个平均法？"贫"了，又怎么能安？一个人五六天点滴没有入口，他如何能揖让而升，退而等死？"不患寡而患不均"，是叫大家一样忍饥受苦，"不患贫而患不安"，是要求每个中国人驯服地由饥饿在线向鬼门关迈进。富足的人不一定慷慨，但贫穷和吝啬一定是孪生子，贫穷和吝啬又是培育"自私"的温床。中国人"自私"不"自私"，我不知道。1949年，有一家公营工厂中的一个小职员，皮鞋底穿洞了，想找块皮子来补，他看中了马达上带动机器的那条两丈多长的大皮带，趁着夜晚停工的时候，偷偷地剪下两尺来，皮鞋是补好了，可是工厂的机器整个停工了。那时节那种皮带尚需由外国进口，他老兄这一剪，害得整个工厂停顿了两个多月。小职员没受过好教育，补皮鞋又是本身急需的事情，当然情有可原。大学教授该受过教育吧！有一年，某教授团参观一个机关，看见人家花园的一个凉亭上，紫藤花开得很美丽，那种紫藤只有一根主干由地面长起，爬到亭顶上，才分散出许多细枝，在整个亭顶搭成一个凉篷。有一位教授看见了，非常喜爱，趁众人不注意的时候，拿出钢剪，喀嚓一声，在主干上拦腰剪下一段，拿回自己家里去栽培。中国人为了自己的方便、自己的利益，为公众带来了多大的灾祸，都在所不惜。堤防是几千万人生命财产攸关的东西，有人仅只为了几毛钱，不惜把蛇笼上的铁丝剪下来当废铁卖，一旦洪水暴发，造成几千几万人死亡，几亿几兆财产损失，那是"你家的事，与我何关"。1959年"八七水灾"，便是铁证。各位总还记得，若干年前，某机关标售过损坏的兽用盘尼西林，某代表标得后，改装为人用盘尼西林出售，一时因注射而致死者，接踵不断，后来也还是不了了之。现在市面上不是还有很多医院里的回笼塑料注射针出售吗？一部价值几千万美元的机器是公众的，我把它上面的一枝钢管敲下来做手杖,虽然值不得几十元,但那是我自己的,不明乎此,即不配为中国人。

幸而各公共场所都改用自动门,使中国人少了一个丢人现眼的机会。在过去流行弹簧门的时候,只要是中国人通过,一脚踢开门,大步跨进去,也不向后看一眼,猛然放手,让门打到后面跟来人的鼻子上,这就是中国人的德性。

现在台湾有钱了,也开放观光旅游了,中国人又多了一个表现优良传统的机会,供应观光客的餐饮,多采自助餐方式,中国人虽然口口声声说"吃亏是福",事实上,却是最怕吃亏。取用食物时,不管酸甜苦辣,也不估计一下自己的胃口有多大,看见东西就往盘子里装,满盘子堆的东西足可撑死一头大象,可是实际吃的还比不上别人多,白白糟蹋了满盘子的东西。

"天地者,万物之逆旅。"中国人把自己的国家当作旅馆,只将就着住一宿,从不做长久打算。凡事急功近利,得过且过。"官不修衙",是为不让别人捡现成便宜;"少不种核桃",因为核桃要十几年才能结实。中国人修房子所用的材料,都是土木,砖瓦已是很耐久的建材了,遑论铁石。中国虽有几千年历史,却很少有几百年的建筑,洋人虽只有几百年历史,却到处都是比它的历史还古老的建筑。外国的许多教堂,从设计到完工,大都经历一两百年。中国的一般庙宇,一两百年之内,不知已历经多少次浩劫。

中国人对于暂时寄住的天地大旅馆,一点也不爱惜,从不为后来的旅客设想,这也是太穷的缘故,穷到随时随地都濒临饿死边缘,根本就来不及再想别的事情。中国人对于天地间人类赖以为生的东西,大都采用杀鸡取卵、竭泽而渔的手法,但求目前应急,无暇做养羊剪毛的长期打算。凡是中国人居住过的地方,土地被滥垦、森林被滥伐、鸟兽被滥猎、鱼虾被滥捕,本来可以供养万物的土地,都被中国人撕剥得赤裸裸的,成为万里黄沙。

"君子爱财,取之有道。"一点都不错,人应该追求正义,也应该追求利益。"义"和"利"本来是并行不悖的,甚至相辅相成的。可是中国有些圣人却一口咬定"义"和"利"是互相冲突的,互不兼容的。"正其谊不谋其利,明其道不计其功。"硬是要人口是心非,说什么见义忘利,说什么不求成功,口头上天天打高空、说大话,实际生活上全不是那么一回事。

在义和团教育中长大的这几代中国人,一开口就说"由于西方功利主义的弥漫,才使得中国人道德沦丧"。事实正好相反,世界上最重实利的莫过于中国人,中国人无论做什么事,首先第一个考虑的问题:"它有什么用处?"牛顿没有发现地心吸力以前,大便落到茅坑里,发现地心吸力之后,大便还是落到茅坑里,并不是没有发现地心吸力之前,大便会满天飞。所以中国人中永不会有牛顿那种大笨蛋。伽利略发现了自由落体原理,在中国人看来,那也只是玩物丧志,并没有实用价值,贤者所不为。

中国人拜菩萨,菩萨保佑他中爱国奖券头奖,他就演戏酬谢,若不能保佑他中奖,去他的泥塑木偶。只要有好处,中国人什么神都信,要是没有好处,什么神都不信。基于实利主义的观点,中国人没有宗教热狂,没有殉教的圣徒,也不会发生宗教战争。

中国人更没有爱得要死要活的爱情故事,中国人讲"中庸",讲"克制",讲适可而止。说穿了,还是以实利为出发点。不肯让热情奔放,更不肯执著于某一点,凡事都摆在利害的天平上称一称,算一算划算不划算。

"何必呢?"是中国人向一切恶势力屈服时的最高指导原则。你被别人整了冤大头,坑惨了,闹了个家破人亡,妻离子散,你要报仇,你要讨回公道。你的朋友一定劝你:"何必呢?事已至此,你就是冤屈得伸、大仇得报,但是死者不能复生,散者不能复聚,对你又有什么用处呢?""何必呢?""又有什么用处呢?"就是这两句话,使中国社会永远没有正义,使中国人永远不能坚持原则。

在实利主义的支配下,一些冒险犯难的事业,在中国人看来,都是疯子在发疯。"千金之子,坐不垂堂","暴虎冯河,死而无悔者,吾不与也"。世界上许多冒险的事业,像高空跳伞、冲下瀑布、驾车冲火

"君子爱财，取之有道。"一点都不错，人应该追求正义，也应该追求利益。"义"和"利"本来是并行不悖的，甚至相辅相成的。可是中国有些圣人却一口咬定"义"和"利"是互相冲突的，互不兼容的。"正其谊不谋其利，明其道不计其功。"硬是要人口是心非，说什么见义忘利，说什么不求成功，口头上天天打高空、说大话，实际生活上全不是那么一回事。

墙……那么二百五、半吊子的事情，真正中国人是不会干的。因为它除了找寻刺激而外，没有实际的利益。

中国人开会时绝不肯正确说出自己的意见，会议后绝不肯放弃自己的意见。跟中国人讲道理那只是白费。事前征询意见，人人没有意见；事情决定之后，人人都有意见。总而言之一句话，中国人永远不可能团结一条心，中国人永远不会主动去守规则，所以有中国人的地方一定就会乱。中国人永远不去想别人的感受，永远不顾别人的死活，自己说话的时候，希望全世界都听得见，自己在讲话时以为全世界的人都在听，所以要声震屋瓦，先声夺人，只要有两个中国人在一起就要吵死人；中国人所到之处，没有不脏的。全世界有十亿以上的中国人，哪能不挤？噪、挤、脏、乱之外，再加上"爱看热闹"却又"自扫门前雪，不管他人瓦上霜"；满口仁义却又自私自利，一方面高举"民胞物与"的大纛，却又天天在窝里反。

总之，中国人真是一个伟大的民族，伟大得令人无法理解她在地球上怎么能生存五千年？

你这样回答吗？

——比裔美籍司礼义神父谈《丑陋的中国人》

执笔者张香华女士

文载1985年6月12日台北《自立晚报》、

7月1日香港《百姓》半月刊

耶稣说了这话，旁边站着一个差役，用手掌打他说："你这样回答大祭司么？"耶稣说："我若说的不是，你可以指证那不是；我若说的是，你为什么打我呢？"

——若望福音十八章二十二节

和司神父相处，常给你惊奇的经验。

在馆子里，面无表情的女侍把菜单扔到我们面前，司神父悄悄问我："你知道她为什么这种态度？"我还没找出适当的答案，他却幽默地说："她不喜欢我。"

街上，几个年轻女孩走近，司神父望着T恤上印着外文的一位叫我看，我说我不懂法文。司神父为我翻译，那几个字的意思是："来乱搞我！"他摇头叹气："她一定不知道这个意思。"

司神父住在台北市万大路附近，那一带拜拜风气很盛，大街小巷处处是庙宇，和私人开设的神坛，司神父告诉我："昨晚这里上演酬神戏，你知道他们演什么？"我答："布袋戏。"心想这回一定答对了。谁知司神父的答案是："他们表演脱衣舞。"

——今年七十余岁的司神父，是比利时裔的美国人，前后十余年在大陆以及台湾的生活体验,使他对中国十分熟悉,加上他是"中央研究院"研究殷墟文字的学者,他对中国语言、文字、民俗的研究,已有五十年之久。从 1930 年起,司神父开始习中文,曾经是赵元任、陈世骧两位语言学家的学生;1955 年获得柏克莱加州大学东方语言学博士,他精通英文、法文、德文、俄文、希腊文、拉丁文,熟谙中文、西藏文、蒙古文、梵文、日文。1937 年,他到中国大陆北方,一面传教,一面做中国民俗研究、歌谣收集工作,并用英、法、德文等多种语言,发表过学术论著三十余种。

我告诉神父,我很吃惊,因为他老是提醒我这个中国人,身边许多习而不察,或察而不觉的现象。我心想,为什么不请他就"丑陋的中国人"这个主题,说说他的看法。以他对中国人的了解之深,对中国人的感情之浓,加上他来自西方文明世界的精神,他丰富的学识和修养,一定会给我们带来跨国性和跨民族性的启示。

司神父说:"你不在乎我的话令你惊奇?"

我说:"我正在期待你给我最大的惊奇。"

司神父本名 Paul L-M. Serruys,司礼义,是他的中国名字,从这个名字,看出他受中国文化的影响。可是,司神父答复我的礼义之问,却说:

"礼,是很好的东西,是人类行为的规范。但,中国人只讲礼,不讲理。于是礼的好处就变了质。因为礼应该接受理——正确的原因(the right reason)的指导。"

"义难道不是正确的原因?"我说,"我们中国人一向有'礼义之邦'之称。"

"礼义之邦?"司神父沉吟一会,"我没听说过。'义'字的英译,应该是 Right 或者还有一个意义相近的字 Justice。可是我认为中国人最缺乏的,就是社会是非观念(Social Justice)。中国人讲的义,是用来要求别人而设的,人人都觉得自己是例外,可以不必遵守。也就是说,中国人的'义'是双重标准。"

我问:"从什么事情,使你对中国人产生这样的印象?"

"交通现象就是一张中国社会的图画,"司神父说,"中国人对作为一个国民,应该尽什么义务,完全没有观念。交通规则在中国,只是订来要求别人遵守的,自己不但不遵守,一旦受到指责,立刻觉得没面子。又譬如说,我今天这样批评中国人,大多数中国人的反应,恐怕是生我的气。平时,常常有人说我太骄傲,或者来劝我,不能用西方文明世界的标准谈论中国人。其实,我很不愿意伤中国人的感情。"

"不见得人人都会生你的气,我就不会,"我说,"我也不怕感情受伤,我就是盼望听听你伤中国人的心,伤得有没有道理。"

司神父举一个例子:有一次,在一项学术会议讨论过程中,司神父提出与某位中国学者不同的意见,对方从头到尾都不理不睬。甚至从一开始,这位学者听到司神父有不同的意见,就非常不高兴,立刻面露愠色,拒绝和他讨论。第二天,司神父亲自到这位学者的办公室,准备再试试和他沟通。谁知道学者明明在办公室,却叫秘书小姐说"不在",使司神父知难而退。

"所以,"司神父说,"我觉得和中国人讲理,比登天都难。有时候,你真是一点办法也没有。因为,他用逃避问题的态度来对待你,使你无计可施。其实,根本的原因是,他不想讲理,因为讲理会使他失去面子。你想,连学术界都只讲面子,不讲理,造成权威和垄断,又如何能求一般的人民讲理?"司神父接着说:"当然,有时候,我和中国学者在一起讨论问题,我提出不同的意见,也有学者会说:'我不同意你,不过,我现在说不出道理,等我回去想想,再来和你讨论。'然而,能用这种态度来讨论问题的,实在没有几个。"

我问:"你是不是认为中国人讲'礼',妨碍了讲'理'?"

"其实,讲礼和讲理,是可以同时进行的,"司神父强调,"但必须经过学习,同时要有起码的彼此尊重,能力也要相称,才能够讲理。至于'礼义之邦'大概是中国人后来附会的说法,应该称'礼乐之邦'才对,因为中国历史上说周公制礼作乐。"

司神父对中国古籍了解之深,令我惊讶。

你这样回答吗? | 241

"公元前五世纪苏格拉底时代,希腊人自称是'理乐之邦',"司神父用笔写出中文"理"字,表明不同于"礼"字,"他们非常重视音乐,认为音乐是理的完美表现,理如果脱离音乐,就像人生失去了美。希腊人的人生哲学,可以用一句话来概括:kalos k'agathos。前面一个字 kalos,是'美',后面一个字 agathos,是'善',中间一个 k'是 kai 的简写,是'和'的意思。希腊人认为,人生最高的境界就是达到 kalos k' agathos,美与善合一。善,存在于理中,美,表现在音乐里,所以,希腊人自称'理乐之邦',和中国人自称'礼义之邦',是很有趣的东西文化对照。"

我静静地听着。

"不过,"司神父说,"中国人讲'礼',却只是虚礼——面子,'理'则受到压抑,不能伸张。且音乐的艺术功能,在整个中国文化发展中,一直受不到重视,连带和文学结合的戏曲,也发展得很迟,直到十三世纪元朝,蒙古的统治者,还不懂向中国民间艺术伸出政治高压的巨掌,中国戏曲才开始得到萌芽。"

中国人的礼,就是面子,司神父的话像一记春雷。

"另外和音乐相关的诗歌,中国也和希腊诗歌,大不相同,"司神父说,"中国人没有史诗(epic),没有像荷马那样壮阔的史诗。中国人的诗,常常只写一己、一时、一地的感受。诗意(image)虽美,但只注重个人,不着重对大自然的观察和描写。即使写,也只是用来烘托个人的感受,更不要说对整个民族观照的史诗。还有一点奇怪的是,蒙古人和汉人不同,蒙古人有史诗。"

"这个原因是什么?"我问。

"我还不是很清楚地知道,只是发现这个现象。也许你可以告诉我,中国人为什么轻视这些?"

听到司神父的问题,然而,我的思维却仍环绕在他前面讲的那句话上:"中国人的礼,就是面子。"久久不去。使我回想起,不久前和司神父一起用餐的一幕:台北市中山北路二段,有一家装潢十分高雅考究,取个洋名叫 Royal,中译作"老爷"的餐厅,三楼的明宫厅供应中国菜。我们去的那天,生意非常好,等了一会儿,终于等到一张刚空出来的桌子。司神父和我坐定后,女侍把前面客人吃剩的菜肴撤去,就在染了一摊酱油污渍的白桌布上,加铺一小块橘红方巾,立刻摆上我们的碗筷。她的动作,娴熟而自然。司神父等女侍走开后,指着露出酱油污渍的白桌布,说:

"你看,这就是面子!加上一块小红巾,就有了'面子',下面是什么,肮不肮脏,就不需要计较了。"

平时,常听到有人说:

"这是太不给面子了……"

"不给面子,就是存心跟我过不去嘛!"

"赏脸的话,请……"

"这样做,真是够有面子……"

这类话,在我们日常生活中,岂不比比皆是!在这一张张"面子"之下,我们中国人是不是忽略了"里子"?我们的生活中,类似"老爷餐厅"高贵的金碧辉煌之下,掩盖着多少酱油污渍,又有多少人注意到?

神游到这里,才想起我无法回答司神父的问话,于是我问:

"你是语言学家,从语言上,中国人的思考方式和西方人有什么不同?"

"中国人的语言,和其他国家的语言,并没有不同,"司神父简洁地说,"中国人常常喜欢自负地说,中国语言是独一无二的,这个态度和世界上许多国家的人的态度一样,其实,这是肤浅、幼稚的说法。"

"中国语言动词没有时态变化,"我说,"名词没有单数、多数之分,不是和西方语言不同吗?"

"那只是表达方式不同,并不是语言系统、思考逻辑上的不同。例如:中国人用'过''了',表示时态,用'两个''三个'表示数量,并不是说中国人没有时态或数量观念。中国人可以用语言,把思想表达得非常精确。问题关键在,中国人想不想表达得清楚?如果他不想表达清楚,他就可以表达得很模糊。"

"请做进一步说明。"我请求。

"中国语言在文法上,可以省略主词,英文却绝对不能。因此,你如果存心想讲不清楚,也可以用语言使别人误会,"司神父说,"中国人在语言上,并不特殊,我认为真正特殊的是中国的文学,那里面有中国人特有的精神。可是,现在研究自己文学的中国人,偏偏拿中国的文学来和西方文学并论,用西方人研究文学的方法来做'比较文学',用这个方法研究中国文学,是行不通的。"

"你的意思是说,语言只是传达观念的工具,观念差异,言语就有差异,是吗?"我问。

司神父同意地点点头。

"你认为是什么样的观念,影响中国人生活形态最大?"我接着问。

司神父直截了当针对我所盼望听到的主题,说:

"我认为造成中国社会落后,有一个原因来自中国人受儒家思想的影响太大。孟子说:'劳心者治人;劳力者治于人;治于人者食人;治人者食于人。'这句话支配了中国知识分子的思想和行为,使中国人的知识,无法实验。知识和技术,无法运用在日常生活上。而西方的学者,往往是手拿钉锤、斧头的人。在西风东渐之前,中国学者,是不拿工具,不在实验室中做工的。西方的知识、技术,却在实践的过程中,获得不断的修正和突破。而中国人纵有聪明的思考力,精于算术,很早能发明火药、罗盘、弓箭,却没有办法推动科技,发展机械文明。因为,在儒家思想影响之下,高级知识分子的领导阶层,轻视用手做工。机器的发明与运用,只限于末流的平民阶层,大大地阻碍了知识的发展。"

我承认这是中国士大夫阶层的特征。

"身居领导地位的知识分子,高高在上,和大众生活脱节,知识的断层,使中国人思考与行为分家,严重地妨碍中国社会的进步。"司神父提起一位已故的中国考古学家李济先生,他说:

"其实,以上这个见解,是李先生说的,我只是同意他的意见而已。"

李济先生当年在河南安阳,亲自参与挖掘古物出土,结果被人误当作干活的粗人的经验,使他说了上面一段话。而司神父在山西大同一带,做民俗、歌谣、语言的研究工作时,由一位乞丐带着他深入民间,到处寻访。他曾经用一个制钱换一句俚言的方法,向围绕在他四周的中国孩子,交换俚语。而当地的人,对他这种行径,视做怪诞,甚至把他当作一个疯子。所以,司神父觉得中国人的学问,完全被儒家士大夫的传统观念架空。

"另外,阻碍中国变成一个现代化国家的原因,是缺乏法治和民主的观念,"司神父继续他的话,"中国的法律,从很早开始,有唐律、宋律、明律、清律,但,基本观念只有一种,就是犯罪法,也就是人触犯了法律,应接受什么样的刑罚。而罗马法基本上有二:一是公民法,让人民知道,天生下来自己有什么权利。另一才是犯罪法,让人民知道,触犯了刑案,得受什么处罚。这二者相辅相成,既保护自己,也保护他人。所以,人民对法律产生重视和遵守的心理。

"反观中国,在西化之前,人民对自己的权利毫无概念,甚至连一己的性命,都认为是君王所赐,更遑论其他。传统中国社会中,权势假道德之名行使统治,领导阶层称为民之父母,人民只知道服从权威,完全没有现代法治的观念,这是基本上很大的错误。

"在这种单轨法律统治之下,中国人不知道法是可以保护自己的规则。所以,对法律只有产生畏惧、逃避,甚至枉法、违法,基本上是因为不知道尊重法律的缘故。"

司神父下了一句断语:"在现代化的社会中,孔子那个时代'以德化民'的政治理论,完全没有立足余地。"停了一会,司神父看我保持沉默,他继续说:

"一个国家在上述那种单轨法律治理下,五千年之久,不是一代、两代就能改变,因为人民一下子还不能去掉根深蒂固的思想。所以,也不能怪人民,这实在是历史文化累积的结果。

"民主是现代化国民的生活方式,人民必须知道怎么样做一个国民。受了苦要知道怎么样去奋斗、争取,不是只坐着等政府来改善。我最常听到中国人民对不合理的事的抱怨是:'没有办法!'对空气污染如此,对交通紊乱也如此,一切都'没有办法!'"

司神父感慨地说:"归根究底是,中国人民并不真的想改善!"

"请你再说说,"我说,"中国人受了那么多苦难、专制、腐败、战争、贫穷、外侮、内乱,层出不穷,是不是这些阻碍了中国的进步?而且,世界上别的国家受难之后,很快能复兴,为什么中国不能?"

司神父思如泉涌,情感澎湃,表现出他对中国观察之深,对中国人寄望之殷。听到我提出这个问题,他一口气提出了下面几个看法。

他认为中国复兴得慢,起码有几个原因:

第一,中国人只有家的观念,没有国的观念,中国人的美德、忠诚、爱心、保护力,都以家为目标,一切努力,到此为止。

司神父说:"中国人的心目中,国家是一部收税的机器,也是一部剥削人民的机器。因为,在上位的人不管人民是怎么过活,他本身是这部机器的受益人,在下位的人民,是这部机器的被剥削者,他没有办法抗拒剥削,变成一种恶性循环(Vicious Circle)。"

"你会不会太悲观了一点?"我问,"你不觉得我们在进步?"

"也许是有点悲观,但大致上说来,我觉得中国进步得太慢。至少,中国人对国家的观念,到目前仍是一成不变,"司神父心情沉重,说,"中国有些在上层领导的人物,本身是个好人,可是,他们就是不懂别人是怎么活的。这种上下层人物不能沟通,是很可悲的。又有些人,从贫穷出身,但,一旦当权之后,不但不再设身处地,站在原来自己那个阶层发言,甚至,故意不提自己的出身,反而认为穷人是懒惰、活该。"

司神父引用自身一个例证,提明中国人很怕面对自己的弱点。他从书架上拿出一叠资料,翻出一篇台北一位名诗人杨君的诗,拿给我看。"我知道他,杨君是他写诗的笔名,他姓王,曾经在台大……"我的话未完。

"这是1976年,他在西雅图华盛顿大学时写给我的诗:《献给一位比利时汉学家》。因为,他当时需要一份教职,要我介绍他到华盛顿大学任教,本来他对我很尊敬,也很感激。但,有一回,他在课堂上讲授诗歌,他的学生对他的讲法有疑问,转来请教我,而我的讲法和他有所抵触,从此,他就不再理我了。这次在我来台湾之前,曾写信给这位先我回台任教的诗人杨君,他竟不回我的信,那么,使我觉得他以前的献诗是一种伪造的作品。"司神父一面说,一面摩挲着杨君写给他的诗,我接过来,看到诗句中说:

你看到每棵树都在长大繁荣枯萎

而且互相支持着护卫着

我感觉得到,这位曾经受过司神父推荐的中国诗人杨君,已经在司神父的心中枯萎了。

司神父忽然振作地说:

"我们再来谈国家问题吧。"

第二,中国文明发展到清初,达到了极点,自以为四海之内,唯我独尊,闭锁的心态使中国对外来的一切,毫无心理准备去接受,老大与僵固,封锁了中国人向外学习的能力。

第三,中国人被船坚炮利的事实说服,发现必须向西方吸收科技时,中国在内政上矛盾与冲突百出,在派人到西方学习科技的主张上,也缺乏一套统一的政策。和日本相比较,日本可就有计划得多。他们一旦认定这是生存之道,马上选派最好的人才,到西方去深造。

"我亲眼看到那时被派到比利时的中国留学生,"司神父说,"有些资质不好,通不过考试,被学校淘汰,却从此居留下来,中国政府没有想办法更换。日本则不然,日本在选派人才时,十分严格甄选,一旦在外成绩不佳,马上另派人来替换,而且,学成之后,一定要回国建设。中国的留学教育,就缺乏这样一套有效的办法。"

第四,中国民族性不如以色列强悍,中国人一切听天由命惯了,以色列人则还击力(fight back)很强,遇到苦难,他们会挣扎,要对方付出代价。中国人是"算了,算了"一句话,一笔勾销。

第五,中国人不知道法治为何物,德国人则向来唯法是从,对纪律之重视,举世无匹。所以,希特勒只是因缘际会,在优秀的日耳曼人身上,建立自己的功勋,并不是他本身有多大能耐,而是人民训练有素。正因此,二次战败后的德国,很快就找到自己复兴的轨道。中国人的"没有办法",与德国人的"守法",正好相反。

"从以上五点来看,中国人之所以复兴得慢,实在是有以致之。"

司神父结束了纵横的议论,久久无语。

"你知道吗?"在沉默了一阵之后,司神父说,"我是1937年到中国来的。在我来中国之前,很早就对中国好感与好奇。我十四岁时,第一次读到利玛窦到中国的故事,种下了我日后到中国的种子。另外有件事,使我对中国人困惑不解,更促成了我亲自到中国来的动机。"

司神父曾经读到一篇报导赛珍珠(Pearl Sydenstricker Buck)在纽约,应中国留学生邀宴的文章,赛珍珠在筵席间当场宣布,她准备把中国古典小说《水浒传》,翻译成英文,向西方人介绍中国文学时,在纽约的中国留学生,登时提出异议,这些留学生认为把中国下层社会的黑暗面,打家劫舍、杀人越货,吃人肉等残酷的暴行,介绍到外国去,无疑是一件丢中国人脸的事,他们希望赛珍珠翻译一本描写中国人纯洁无邪的书。司神父对这些留学生的意见,感到异常震惊,他说:

"他们是高级知识分子,却持这样的看法,认为《水浒传》是中国人的耻辱,难道不知道世界上无论什么地方的人,都有情欲,都有人性的黑暗面,有谁会因莎士比亚写邪恶的人物、淫荡的女子,就会轻视英国的文化?因此,这些中国留学生给我的印象是,他们自欺得厉害。这种'自欺'(Self-delusion),实在是中国人的好面子,喜欢蒙蔽一切真相的根本原因。"

"中国人有没有优点?"我想从另一个角度,看看这位外国人对中国人的评价。

"当然有,"司神父首先举出了"忠心"(loyalty),"和中国人相处,开始时他们很多疑,但一处久了之后,他们对人非常忠心。"

"什么叫'忠心'？"我问。

"譬如，他们会竭尽所能来帮助你，为你服务，保护你。中国人当他们一旦和你成为真正的朋友时——虽然，那往往要经过很长的时间，他愿意无条件为你做许多事，且不求回报。

"其次，中国人很富于外交能力。中国人天生就富口才，个个是外交家。即使目不识丁的文盲，他们都有很强的说服力，他都有令人难以拒绝的本领，使你为了说一个'不'字，感到很不好意思。"

"那算是优点吗？"我问。

"起码，那是一种性格的特质（quality），"司神父说，"中国人的忍耐力是惊人的，是巨大无比的。"看过中国农村贫苦生活的面目，体验过中国人近代乱纷迭起的变迁，司神父说，"我没有看过比中国更能吃苦的民族。"

"另外一点，"司神父继续说，"中国人对知识学问充满了崇仰，学习被看作很重要的事。"

"柏杨说，中国人喜欢上学，却不喜欢读书，"我提出质疑，"你以为如何？"

"中国人的确喜欢上学，对学习甚至崇敬般感动，但，他们的动机我还不清楚。"

在语言学和甲骨文中钻研数十年，跻身于中国学术界最高阶层——"中央研究院"的司神父说，"在中国，绝大多数时候，我都和中下阶层的中国人相处，偶然才和上流社会的中国人打交道。我发现上流人士中，有许多正派、高尚又仁慈的人，然而，有一项不变的事实是：这些上流人士对中国传统社会体制中产生的严重不公，毫无知觉——这种社会体制目前仍持续保持。虽然，他们有时慈悲为怀，但，身为高级知识分子，他们对这种不公应负责任，应采取变革，竟毫无概念。从头到尾，他们一贯的想法，就是不要任何改变。"

我想起写《资治通鉴》的司马光，正是这样一个典型。

"保持既有，不求改变，正是儒家的精神，"司神父见我坠入沉思，继续高昂地说，"中下阶层的小市民当然在整个国家现代化的建设中,并不是完全清白无辜,但,他们那种对苦难的承担,和无休无止做苦力的精神,与生俱来的谦卑和殷勤,实在是令我心折,尽管他们语言粗鲁,但,在我的面前,他们从不失敏感和纤细。"

从客观立场来评估中国传统文化的司神父,在他发表了那么丰富的言论之后,我想听听他再谈谈儒家。

"你对儒家是全盘否定?"我问。

"应该这么说,"司神父又补充说,"对儒家负面影响的看法,我曾经遭受过很强烈的反对。我必须承认,这个问题的看法,有许多不同的角度。但,总括来说,后来的儒家学派,对中国社会是一点帮助也没有。虽然,在早期儒家著述中,'对暴政有革命权利'的思想,偶然也曾灵光一闪,但,却后继无人,即使有,也不曾发生过影响力!"

"我提出了中国人那么多的缺点,我想我一定完了,大概有很多人会因此愤怒不已,"司神父重提他的忧虑,他认为一个外国人要批评中国人是一件危险的事,因为忠言毕竟逆耳,"不过,我这些'丑话',一点也没有'丑化'中国人的意思。有些人是没有办法懂的,就好像我常常找不到东西时,我会开玩笑地向旁边的人说:'我真的需要一位太太来帮我的忙!'立刻就有人觉得我的话惊世骇俗,把我当作一个行为不检的神父来看待,你说糟不糟!"

"我听得懂你的话,"我告诉司神父,我说,"我完全懂你的意思,因为,我也常常找不到东西,我比你更需要一位太太。"

看,这个丑陋的中国人

执笔者张香华女士
文载 1989 年 7 月台北《中国男人》

柏杨是一个既浪漫又实际的男人,只是,他常把浪漫和实际的时间、地点颠倒而已。

作为柏杨的妻子,观察柏杨,把焦距拉得太近,跟拉得太远一样,恐怕和真相都不相符。

认识柏杨之前,听到他的名字,就心惊肉跳,想象中他是一位坐过九年多政治牢,手持钢刀,吞吐利剑的人物,和他交往,就像鸡蛋碰石头,不可能有共同语言。可是,认识之后,他给我的印象和想象中完全不一样。他谈吐温婉有礼、身体健康、性情爽朗,我甚至觉得他聪明敏捷、机智幽默,几乎囊括我所有赞美的形容词。所以,有一天当我嗫嚅着说:"我不知道能给你什么,你才从牢狱里出来,不能再受任何打击……"柏杨的反应像闪电一样快,他说:"我从不怕任何打击!"这句话使我一振,几乎就在同时,我已决定要嫁给他。也从他这句话的反应,使我以为他的语言精彩,生动感人。

可是,结婚后这十几年,最令我紧张的,却正是他的语言表达力——尤其他在讲台上时。每次,听他把一个生动的主题,叙述得冗长拖沓,恹恹欲死;或将一个可以深入的命题,稀里呼噜,轻松带过,我都急得两眼干瞪,恨不得跳上台去替他讲。有一次,柏杨应邀在台北金石堂演讲,又犯了松散的毛病,好不容易挨到终场,热情的听众仍不断地举手发问,我也拼命举手,陪我同去的朋友讶异地问:"你也要提问题?"我答:"我不是要提问题,我是要他快点下台!"从此,我尽量避开他的演讲。一九八四年在美国爱荷华大学,他那场后来轰动海峡两岸,造成无比震撼文化反思的"丑陋的中国人"讲演,我就不在场,原因是我对他的演讲,一直抱着一种态度:一个人丢人,比全家丢人好。

自从着手翻译《资治通鉴》这部巨著,一天之中,柏杨除了吃饭睡眠,几乎全部时间都埋首伏案,他那性急的脾气,全部表现在他日常生活的言语上,常常把句子的文法结构打散,只使用象征性的几个词,有点像电报。例如,他对他的助理小姐说:"一明天,书好,校好对,没问题,早打电话。"我就得替他翻译,柏杨说的话全文应该是:"明天早上,先把散放在地上的书,收拾回书架上,然后开始校对工作,校对完,尽快打电话告诉出版社来拿稿。"诸如此类,有时连我也不得要领,只好懊恼地大叫:"你怎么话都说不通?"这时,他无奈地看着我,暂时歇笔长叹:"笨哪,'怎一个笨字了得'!"

作为一个丈夫,柏杨这个男人心胸真是够开阔大方的。他曾对我说:"你如果想和别人跳舞,就去跳舞。"因为我对跳舞的兴趣不高,所以,并没有放在心上。有一年,新加坡《联合早报》发行人黄锦西先生邀请我们到新加坡访问,到达的当晚,有盛大宴会,宴会中途,不知何故,柏杨灵机一动,忽然公开征问有没有人愿意带他的太太去夜总会跳舞。一时全场哑然,没有一个人反应。不过,令我更生气的事还在后头。下一站在吉隆坡,接受记者访问时,有人问他婚姻中最重要的条件是什么?他的答案竟是最奇特的两个字:"金钱。"事后,他向我解释他之所以这样答,因为,爱情当然重要,跟空气一样重要,没有空气,人就活不了,但,谁会说空气是婚姻中最重要的条件?而人心中都知道金钱重要,却没有人肯这么直率地谈这个问题。可是,他向我解释没有用,因为记者已替他在报上解释了,认为是柏杨自己的婚姻经验。我的结论是:柏杨是一个既浪漫而又实际的男人,只是,他常把浪漫和实际的时间、地点颠倒而已。

柏杨每次被我奚落,就自我解嘲地说:"仆人的眼中没有英雄。"我马上提醒他,这话只适用于柏杨与熊熊——我们家的宠物,是一只灰溜溜的暹罗猫。它从出生一周,就入籍我们家,原是柏杨送给我结婚纪念的礼物。由于它特立独行的性格,谁的账也不买。常常在柏杨埋头写作之际,"笃"的一声,跳到稿纸上,无论怎么赶,它都不走,好像是抗议说:司马光比得上我熊熊重要吗?再看熊熊心目中的"英雄"柏杨是怎样的?每当熊熊盘踞书桌,柏杨只好委屈地把稿纸挪到老早因堆满书籍而狭窄得可怜的书桌一角,偷偷摸摸地继续奋笔直书,直到熊熊厌烦了这种沉闷单调的游戏,才一耸身,悻悻然走开。

在日常生活中,柏杨的记忆力几乎等于零,不久之前还发生了一件事,我趁假日离家南下两天,柏杨一人留守家中,结果因为遗失了钥匙,请来锁匠,偏偏我们家用的是顽固的耶鲁锁,最后不得要领,只好破门而入,却发现钥匙并不在家。还是社区餐厅的服务生,拾到一件客人遗留下的夹克,发现口袋中有一串钥匙,辗转追寻,终于想起是柏杨一个人去餐厅吃饭时遗落的,一场长达四小时的总动员闹剧才算收场。

尽管柏杨的记忆力不佳,但他却记得英国幽默大师萧伯纳的一个笑话,那就是,只有萧伯纳太太一个人对萧伯纳的笑话,不觉得好笑。柏杨充满同情地说:"可怜,萧伯纳的太太对萧伯纳说的每一个笑话,都听过一百次以上。"我告诉他,我可没有萧太太的好耐性,你的笑话,我听第二遍就嫌多了。

有一次,不晓得为了什么事,我大发脾气,恶狠狠地凶了柏杨一顿,过了一会儿我自己忘了,到柏杨书房去巡视,看见他垂头丧气坐在椅子上,一动也不动,我问他怎么了?他说:"你一生我气,我觉得做人都没有意思了。"霎时间,我眼前这个男人——柏杨,变成了一个孩子,我的心完全被软化了,我悄悄俯身下去,告诉他,我刚才的视觉有毛病,调整一下焦距就会好。其实,我还没有把藏在心中的话说出来,那埋藏在内心底处的一句话——柏杨,我爱你。

2011年年度名家文章精选

老根发芽与大和民族

执笔者潘耀明先生
文载2011年4月香港《明报月刊》

生命,他明白那终是一片凋落的秋叶,/可要在秋风舞蹈里,炫耀着/春之艳丽,夏之绿缛——不灭的光洁;/才能写出生命永恒的诗节。

——王统照:《雪莱墓上》

日本大地震、核扩散,酿成大灾难,用中国一句成语是雪上加霜。在严酷的事实面前,这句成语已显得苍白乏力。

在想象中,幸存的日本灾民在丧失家园、亲人之余,还要受核扩散的生命威胁,应该像其他灾区人民一样,呼天抢地,捶胸顿足,商人哄抬粮价,趁火打劫,灾民哄抢商品……现实中却迥然不同:日本的灾民出奇地冷静、坚忍、团结,甚至秩序井然。

令人感到意外的,是死守核电厂的五十位工作人员,一点也没有末日的恐惧感,他们发出庄严的誓言:"这是我们的使命,以生命保护每个人。"其中个别工作人员发给家人的短讯只是淡淡一句话:"我不回家了。"其精神境界若合了泰戈尔所说的:"使生如夏花之绚烂,死如秋叶之静美。"

哥伦比亚大学放射研究中心主任布伦纳(David Brenner)说:"他

们显然将受高浓度核辐射污染,并为此丧命。他们很清楚的,因此是真正的英雄。"除了核辐射威胁,工作人员还要面对缺水缺电缺粮。东京大学医学部放射医学科副教授中川庆一说:"除了说他们有如战争中的死士,还能怎么说?"反观这些被称做"死士"的核电工作人员的家属反应,一点也没有凄凄惨惨戚戚的悲情,而是坦然地承受,默默地支持。在传媒的访问、报道中,这些"死士"的家属虽然黯然神伤,却没有半点怨天尤人。无他,日本人是经过"精神陶炼"的民族。王船山曾说过:"恶莫大于俗,俗莫大于肤浅。"所以梁漱溟认为:"俗见俗肠是非洗刷干净不可,而要洗刷俗见俗肠,必在深心大愿出来的时候。深心大愿出来,俗见俗肠自然脱落。"

什么是"深心"呢?深心者,悲悯也。按梁漱溟的解释,悲悯是根植于人心深处的,"这种悲悯,不一定看见灾难才有,而是无时不可以没有的"。换言之,这是人的深刻修养淬炼而成的;至于"大愿",是从深心处发出一种志愿力,意喻立大志、发愿心,也就是张载所说的"民胞物与"。

梁漱溟这番话,是他在提倡农村建设的精神时说的,他说:"如果我们不发愿、不立志,我们的乡村建设亦即无从讲起。这一种愿力,超越个体生命:仿佛有一个大的生命,能够感觉个体生命问题以上的问题。能够超过个体生命而有一个大的生命,从这个地方就见出来是'人','人'就是这么个样子。"

其实梁漱溟上述的话,也是儒家教人发愿的精义。日本人迄今大多数信仰神道和佛教,日常起居生活和礼节,深受儒家思想影响,有汉唐遗风之说法。正因为大和民族经过长年的儒家精神的陶冶,虽然地处狭小的海岛,资源有限,却怀有大志向,能够"脱俗"而出,具有"深心大愿"的精神。

至于不少传媒及评论者,都把日本灾民这种坚忍和舍身的精神,归结为武士道精神,这只是其中的因素之一。即使是武士道的"舍身精神",与儒家所提倡的"民胞物与"精神也是相承的。

"一个民族的复兴,都要从老根上发新芽,所谓老根即指老的文化、老的社会而言。""新芽之发还是要从老根上发,否则无从发起,所以老根子已不能要,老根子又不能不要。"梁漱溟是说到骨子里去了。日本正是在老根发芽的民族,大和民族没有把汉唐遗风的儒家思想的老根丢掉,反而细心护理、珍之重之地薪传下来,在老根基础上吸收西方教育制度和民主法制的思想,并加以融会贯通,绽出新芽,茁壮成卓然大树。

反观今天许多人已早早把祖先的优良文化传统连根拔起,以为引进"西方先进思想"便万事大吉,既没有经过优良传统文化"精神陶炼",囿于"俗见俗肠"的心态,不免见财利浮名而熏心,毕露了人性卑俗肤浅的一面。这恰恰是值得国人反省的地方。

参考文献:

王船山:《老子衍》

梁漱溟:《人生的艺术》,陕西师范大学出版社,2007.11

张载:《西铭》

2012年年度名家文章精选

"酱缸"文化的批判者

——柏杨与《丑陋的中国人》

执笔者向阳先生

一

写完《台湾现当代作家研究资料汇编·柏杨卷》的综论,已是迫近黎明的三点半。暖暖春寒,孤灯下独对柏老一生笔耕,不禁掷笔。

综论结语部分,我特别针对柏杨1960年代透过杂文所扮演的异议者角色,与1950年代雷震与《自由中国》通过政论与行动所扮演的反对者角色,做了一个对比。相对于雷震的率直敢言,柏杨杂文显得委婉而屈笔,但是两人遭到执政者逮捕下狱的命运则是相同的:雷震于1960年9月被捕,以"知匪不报"、"为匪宣传"两罪名被判10年入狱,1970年9月出狱,坐满10年;柏杨于1968年3月被捕,以"煽动叛乱"罪名,先被判死刑,后改判12年,最后因蒋介石去世获得特赦减刑,于1975年减为8年,但仍遭软禁于绿岛,直到1977年4月1日才出狱回抵台北,同样坐了10年牢。

另一个巧合是,雷震去世于1979年3月7日;柏杨则为纪念他于1968年3月7日被捕,而以3月7日为新的生日。一死日,一生日,标志了威权年代两个敢言者遭受到的共同命运。

雷震反对蒋介石三连任、要求并进行组织反对党,直如造反,因此系狱,可谓求仁得仁;柏杨则以杂文讽刺时政,嬉笑怒骂,虽不及于"最高领袖",一样也遭到统治者严酷的制裁,原因何在?我在该文中做了这样的解释:

雷震进行的是政治权力的争夺,透过言论与行动来展现;而柏杨从事的则是意识形态与文化领导权的争夺,透过文学与作品来传播。对威权统治者而言,前者站在明处,要求的是民主自由与人权,可以政治解决;但后者则是思想的浸透,难以围堵,所以尽管是幽默讽刺之文,也如芒刺,必欲去之。柏杨以杂文名家,也以杂文系狱,原因在此。

"笔胜于剑",柏杨以杂文系狱,因此也就形同反讽——统治者面对柏杨的讽刺时政,还给他10年刑罚作为奖赏。这"奖赏"改变了柏杨的人生,也改变了他的文学道路,使他后半生转入历史再诠释与中国民族性的文化批判。狱中10年,宣告了小说家郭衣洞的离去,文化批判者柏杨的再生。幸耶?不幸耶?我的感慨在此。

综论完成后,我在书房中继续追思柏老。尽管出生后不久,母亲过世,使他的青少年时期都处在身世飘零的惨雾之间;但1949年来台之后,他开始写作,开启了以"郭衣洞"为笔名的第一个10年的小说创作生涯;接着是10年杂文,使他成为受读者欢迎、却遭统治者忌恨的作家。柏老在1962年出版第一本杂文集《玉雕集》(台北:平原)时,说他在《自立晚报》开"倚梦闲话"专栏是从1960年5月起——我翻寻《自立晚报》合订本,逐页复查,发现他开这个专栏,启用笔名"柏杨"的正确日期是1960年3月23日,发表的第一篇杂文是《嘴与梦》。在这篇杂文中,柏老以类似宣言的写法强调:

在自己所受的教育范围内,和不太委屈的情操下,应该能够比较不像蟒和老鼠那样的活下去——即令是淡淡的活下去,应该敢说、敢笑,敢在背后没有所恃的悲惨情况下无畏的面对着权势,敢去拥抱那被人群起而攻之的朋友,敢背着穷饿而死的危险,向社会,向人类善良的心提出控诉!

这篇少为人知(似乎也未收入《柏杨全集》)的佚文,事实上有着同样鲜少被讨论的政治脉络——这一天往前推两天,3月21日,蒋中正在国民大会获得压倒性的票数(1481票)三连任总统;再往前推,是《自由中国》反对蒋总统三连任事件掀起的政坛风波。柏老"倚梦闲话"的开笔,似乎隐藏着他对当权者的态度:挑战权势,说良心话。这或许也正是他后来以杂文系狱的病灶吧。

二

我初见柏老,是1977年4月底,他从绿岛出狱后不久。当时大四的我看到一位满头白发的老者从史紫忱老师宿舍离开,一问方知他就是柏杨,是史老师同乡、旧识。

我真正与柏老见面认识,则缘于诗人张香华的介绍。柏老出狱后遇到香华姊,两人因为相惜而恋爱、结婚。我与香华姊本来就认识,因而得识柏老。1981年3月,我与诗友创办的《阳光小集》由高雄移来台北,由我担任社长,开始与柏老、香华姊有了更多的互动。1982年6月我担任《自立晚报》副刊主编,而柏老入狱前就是副刊主编、报社副总编辑,有此因缘,往来乃就更加频仍。

出狱之后柏老,在《中国时报·人间副刊》重出江湖,撰写"柏杨专栏",叫好也叫座,此外各界邀约甚多,也占掉他不少时间。但他对于文坛后辈从不摆架子。入狱前,他曾写过讽刺现代诗的《打翻十字架》,但是对于《阳光小集》的我们则寄予厚望。1982年10月出版的《阳光小集》"阳光信箱"第一篇投书用的是他写给我的信,对于《阳光小集》经常延期出版,他写道"时已六月,方出去年之版,大概经费及稿件,均有困难……而今年(一九八二)春夏两季,又将于何时出版,使人挂念"。短短几句,关切与忧心,溢于纸面。

也在这一期的《阳光小集》中,同时刊登了我、张雪映和陈煌访问他和香华姊的记录稿《别让铅字架再被打翻》。柏老在访谈中,期望现代诗人能建立新形式,新的音乐性,和传统诗合而为一;也特别谈到狱中所写的《柏杨诗抄》,强调这是第一本监狱诗集,认为"传统诗大有发展余地",语锋一转,又说"但我不希望为了写诗去坐牢,坐牢可不是好玩的事"，十足柏杨式幽默。

这一年的柏老，63岁，访问结束后，开车载我们到乌来用餐，他谈童年、谈来台初期的流浪、谈狱中所见的人间地狱景象，都让我惊心。餐后道别时，他语重心长地告诉我们，"要努力，长成一棵大树，任风雨雷电也摧折不了"——这是我和柏老谈话最久、与他的内心世界最靠近的一次。我永远也忘不了，那一晚他开车的表情、说话的口吻，那是一个历尽沧桑、劫后归来的老人，对一群年纪未满三十的年轻孩子的殷殷叮咛。

此后，柏老和香华姊就成了《阳光小集》的赞助人，1983年3月，《阳光小集》与菲律宾耕园诗社结盟，他和香华姊特别邀集两社同仁在紫藤庐用餐谈心。他总是这样，关心、提携我们这一群写他不太喜欢的现代诗的年轻诗人。他的眼中看到的是希望，他相信一代强过一代，不必因为"不喜欢"而放弃对下一代的希望。

三

1984年9月，柏老与香华姊应聂华苓之邀，同赴美国参加爱荷华大学"国际写作计划"。在爱荷华，他发表了其后轰动、震撼华人世界的演说"丑陋的中国人"。这是他唯一没有掌声、没有听众上前握手、致敬、要签名的一次演讲；其后以文字发表，出书，却引发了一连串风波，震撼了不同国籍的华文读者。

这场演讲由住在美国爱荷华大学校区附近的吕嘉行整理成文字稿，柏老校对之后，远在台湾的我意外地成为第一位读者。这年11月4日，我在《自立晚报》副刊编辑室收到他寄自爱荷华的短笺，标示日期"1984.10.25"，寥寥数语如下：

另由邮挂号寄上一稿："丑陋的中国人"，如可刊出，请寄当天报纸一份(航空)给执笔人吕嘉行先生。吕先生是博士，美籍华人，在爱荷华定居二十年之久。他的地址：(略)

如有困难，请转《前进》。

我十二月初返台北,一切面谈。

这信是柏老写给我的第二封信,还没收到的稿子,则是出狱后投给自立副刊的第一篇稿子。对我来说,这也是一篇相当沉重的负荷。1984年的台湾,仍在威权统治下,刊登这篇具有争议性的文稿,编者是要冒政治风险的。

柏老走过政治风暴,当然知道。所以他把信和文稿分开寄出,以备万一文稿被检查拦截,至少能让我收到信;其次,他交代"如有困难,请转《前进》",则是审度副刊是大众媒体,可能无法刊出;《前进》是当年的党外杂志,由林正杰所办,每出必禁,每禁必续出,可以无所畏惧地登出。这短笺,寥寥数语,却满布诡云谲雾。这是柏老对我的体贴,同时也是对我仔肩的考验。

接到此信,是11月4日;收到稿子,则等到11月20日,整整晚了半个月。显然,文稿已先被警总邮检过了。展读《丑陋的中国人》,全文约15000字,主要集中于中国人民族性的针砭,柏老在演讲稿中指称中国文化是"酱缸文化"、"过滤性病毒";中国人丑陋的特色是:脏、乱、吵、窝里反、心胸窄、讲假话、不自尊、不认错……等。用语犀利而直率,有他一贯的杂文风格。读着读着,我所认识的柏老如在眼前。但,要不要发交工厂捡排呢?我却踌躇再三。就在这年3月13日,我已闯了一个祸——自立副刊因为刊登林俊义杂文《政治的邪灵》,遭警备总部以"为匪宣传"罪名查禁,我也遭到约谈。记忆犹新,此时若再刊登柏老这篇稿子,会不会又因"混淆视听"罪名导致副刊被禁、人被约谈呢?

终究我还是克服了恐惧,决定刊登。12月8日,自立副刊以显著头条刊出了《丑陋的中国人》,连载到12日刊完,前后5天。我至今还清晰记得,刊出首日,就接到一大堆电话,多半辱骂柏杨,部分则骂《自立晚报》"匪报",主编"混蛋";刊完之后,副刊陆续收到大批信件,不署名或署名"一个骄傲的中国人",抗议、辱骂各半;发邮地址或简略只写地名,或空白。总之,这稿子登出后,连报馆内部送信的先生都摇头了。

柏老、香华姊此时也已回到台湾，林白出版社发行人、诗人林佛儿常来副刊，也与香华姊甚熟，我向他推荐这篇讲稿，经过他与柏老联系之后，最后终于由林白出版社于次年8月推出包括讲稿和回应的《丑陋的中国人》一书，随即跃登排行榜；其后，又有简体字版、韩文版、日文版、英文版陆续推出。我刊登此稿时，心里只有忐忑，根本想象不到，柏老以一篇讲稿，居然掀起了一场延续约有10年的"丑陋中国人风波"。

四

柏老惜字如金，熟识后我曾向他索字，他说"字丑"而作罢。柏老的字，是新闻记者的字，是在急迫欲言中挤出来的字。仿佛乱世之中被挤压的行囊，遍布流离的皱折。

我没看过他入狱之前以"邓克保"笔名在《自立晚报》发表的《血战异域十一年》（后由平原出版社出版，易名《异域》，1961），据《自立晚报》检排过他这篇稿子的老同事告诉我，潦草难认，只有他认得。那大概是因为乱世扰动，孤军孤愤，也流泄于当年义愤填膺的记者笔下的缘故吧。

我手上的这封短笺，却是工整的，每一个字都站到该站的纸面上，逐一传递清楚的讯息。这是出狱后获得社会尊敬的柏老的字，脱离了灾厄连连的生涯，尽管批判力道不改，但已不再嬉笑怒骂，不复孤愤悲鸣，而有了安顿的住所。

这个时期的柏老，写《丑陋的中国人》，看似激愤，实则充满自省；文词看似严厉，字迹实则端正十分。聂华苓先生评柏杨小说时曾这样说：

郭衣洞小说和柏杨杂文有一个共同点：在冷嘲热讽之中，蕴藏着深厚的"爱"和"情"。

写完《台湾现当代作家研究资料汇编·柏杨卷》综论后，我找出柏老当年给我的这封信笺，抚字追昔，更加深然其语。

一

向陽：

另由郵掛寄奉上一純："醜陋的中國人"，為了刊出，請尊交天報紙一份（航空）給執筆人呂嘉行先生，呂先生是博士，是華人，在愛荷華定居二十年矣，他的地址：

Mr. Chia-Hsing Lu
███████████
Iowa City, Iowa 52240.
U.S.A.

如有困難，請掛"航空"。
我十二月初返台北，一切面談。

　　　　　　　　　柏楊
　　　　　　　　　1984.10.25
　　　　　　　　　愛荷華

1984 年 10 月 25 日，柏杨为《丑陋的中国人》自爱荷华写给向阳的短笺